本书得到教育部高等学校特色专业"汉语言文学"项目经费资助

本书系国家社科基金项目

《社会主义国家现代化进程中的城乡想象——1942—1967年的中国文学研究》

（项目编号：08XZW015）的阶段性成果

本书得到天水师范学院"青蓝"人才工程项目资助

中国现当代文学研究与批评书系

马　超◎主　编　　郭文元◎副主编

乡村/革命与现代想象

——40年代解放区小说研究

郭文元　著

中国社会科学出版社

图书在版编目（CIP）数据

乡村/革命与现代想象——40年代解放区小说研究/郭文元著.—北京：
中国社会科学出版社，2014.4
ISBN 978 - 7 - 5161 - 4126 - 7

Ⅰ.①乡…　Ⅱ.①郭…　Ⅲ.①小说研究—中国—现代
Ⅳ.①I207.42

中国版本图书馆 CIP 数据核字（2014）第 066724 号

出 版 人	赵剑英
选题策划	郭　鹏
责任编辑	郭　鹏
责任校对	王丹卉
责任印制	戴　宽

出　　版	中国社会科学出版社
社　　址	北京鼓楼西大街甲 158 号（邮编 100720）
网　　址	http://www.csspw.cn
	中文域名：中国社科网　　010 - 64070619
发 行 部	010 - 84083685
门 市 部	010 - 84029450
经　　销	新华书店及其他书店

印刷装订	三河君旺印务有限公司
版　　次	2014 年 4 月第 1 版
印　　次	2014 年 4 月第 1 次印刷

开　　本	710×1000　1/16
印　　张	14
插　　页	2
字　　数	238 千字
定　　价	48.00 元

凡购买中国社会科学出版社图书，如有质量问题请与本社联系调换
电话:010 - 64009791

总　　序

　　天水师范学院汉语言文学专业是本校自 1959 年建校以来最早重点建设的专业之一，半个世纪以来先后有张鸿勋、雒江生等学者为学科发展做出了重要贡献。新时期特别是进入 21 世纪以来，本专业得到全面发展，逐渐形成了年富力强、学术研究活跃的研究梯队。2008 年汉语言文学专业被教育部批准为特色专业，中国现当代文学学科被列为第一轮校级重点学科。

　　五年以来，中国现当代文学学科的中青年学者，秉承老一辈学人的严谨学风，关注前沿，锐意创新，发表 CSSCI 期刊文章 60 多篇，获立国家、省部级社科基金项目 10 多项，逐渐形成相对集中、相对稳定的研究方向："底层文化与新世纪文学"、"延安文艺与当代文学"、"甘肃文学与地域文化"等。其问题视域分别为：立足西部社会在城市化进程中凸显的民众底层处境和乡土情怀，关注文学中的民生民本、现代伦理和文学审美；利用靠近延安，地处陕、甘、青革命根据地，尤其是陇东革命老区的地缘优势，着力于革命文艺中主流意识形态的发生与流变研究；借重甘肃多元民族文化优势，关注甘肃地域文化符号特征及甘肃作家群的文化身份。在对"底层文学"、"延安文艺"、"甘肃文学"的关注中，我们力图建构它们在中国当代文学语境中的"边缘性"、"地域性"以及"冲击性"。现出版的《中国现当代文学研究与批评书系》学术著作八部，集中呈现了天水师范学院中国现当代文学学科近年来的研究成果。

　　"底层文学"是新世纪文学中最活跃的文学思潮，李志孝教授的《现场·历史·批评——新世纪文学与新文学传统》、王元忠教授、王建斌副教授的《从现代到当代——新文学的历史场域和命名》和张继红副教授的《启蒙、革命与后革命转移——20世纪资源与新世纪"底层文学"》，梳理20世纪不同时期文学中的底层话语谱系，以此为基来论析新世纪"底层文学"在新语境下对现代性经验的书写和对现代性问题的反思，建立20世纪中国文学与新世纪文学内在的精神联系。与20世纪中国文学资源的重估与激活相关，延安文艺规范了新中国前30年文艺的的基本价值和艺术走向，也极大影响了当代文学后30年的发展和变迁，探源延安文艺的核心价值观、艺术观，就是发掘、建构中国当代文学中国化、民族化、现代化的过程。郭文元副教授的《乡村/革命与现代想象——40年代解放区小说研究》，在当前多元并存的文化背景中，探寻现当代文学资源中具有中国特色的文学价值体系。

文学价值的建构和评估与文化板块间的地缘特征血脉相通。甘肃地处古丝绸之路的黄金路段，也是一个多民族聚居区，历史上东西文化在这里交汇，当今农耕文明、游牧文明与工业文明在这里并存。甘肃当代作家的创作，以独异的地域文化板块为"精神原乡"，逐渐形成了河西大漠——丝路文化、兰州黄河——城市文化、陇东农耕——红色文化、陇南始祖——民俗文化、甘南游牧——民族文化等文化形态的符号特征，并形成了相互独立又相互映照的作家群体。薛世昌教授的《话语·语境·文本——中国现代诗学探微》和丁念保副教授的《重估与找寻——现当代文学批评实践》中，特别发掘了甘肃作家群的这种文化身份。

另外，安涛教授的国家社科基金项目结项成果《20世纪中国马克思主义文学理论研究》和马超教授的国家社科基金项目阶段性成果《女性的天空——20世纪中国女性文学研究》也正在准备出版中。这两部著作的出版，将夯实我校中国现当代文学学科研究的理论基础和史学基础，延展两个世纪中国文学研究的精神空间，将天水师范学院中国现当代文学学科的研究提升到一个新的学术高地。

本书系是天水师范学院中国现当代文学学科的一次集体亮相，无论丑俊，都希望得到各位专家学者的批评指正。

感谢天水师范学院校领导对本书系出版工作的关心，感谢中国社会科学出版社同意出版本书系。特别感谢本书系的责任编辑郭鹏先生，他为本书系的出版付出了巨大辛劳，剔除了本书系原稿的诸多粗陋之处，才让本书系得以顺利出版。

马　超

2014 年 4 月 10 日

目　　录

前　言

　　乡村/革命的文学想象是百年现代文学创作的一个母题，是文学中显现中国乡村现代化进程的主要视域之一，一直受到文学创作和文学研究界的热切关注。"五四"一代作家大多认同都市文明，他们笔下的"乡村"代表着思想的落后与愚昧，而"城市"代表着进步与文明，城乡对立成为现代文学发轫后相当长时期内一种常见的叙事模式。《讲话》①后，这一模式遭到颠覆，解放区文学中，农村主题因其"政治性"更受青睐，城市主题在政治和农村文化的制约中模糊了。王德威说："小说之类的虚构模式，往往是我们想象、叙述'中国'的开端……谈到国魂的召唤、国体的凝聚、国格的塑造，乃至国史的编纂，我们不能不说叙述之必要，想象之必要，小说（虚构！）之必要。"②除去当时承载的政治功利性，重新阅读20世纪40年代解放区小说，站在20世纪中国现代化进程的基点上，这些小说就是特定时间段对中国乡村/革命的现代想象。

　　中国社会对"现代性"的探索和对现代化的追求，是贯穿中国近现代史的一条主线。亨廷顿认为："现代化是一个多层面的过程，它涉及人类思想和行为所有领域里的变革。"③城乡对立是亨廷顿描述现代化的一个重要现象，"现代化带来的一个至关重要的政治后果便是城乡差距。这一差距确实是正经历着迅速的社会和经济变革的国家所具有的一个极为突出的政治特点……城乡区别就是社会最现代部分和最传统部分

---

　　①　指毛泽东《在延安文艺座谈会上的讲话》。以下同。
　　②　王德威：《想像中国的方法——历史·小说·叙事》，生活·读书·新知三联书店1998年版，第1页。
　　③　[美]亨廷顿著，王冠华等译：《变化社会中的政治秩序》，上海人民出版社2008年版，第25页。

的区别"①。罗兹曼则强调中国城乡关系在现代化过程中的重要地位："（中国的现代化是）一个以农业为基础的人均收入很低的社会，走向着重用科学和技术的都市化和工业化社会的巨大转变。"② 随着中国日趋现代化，城乡差异并没有呈现出缩小的苗头……城乡差别似乎变得更为显著了。"③ 而在《共产党宣言》中，马克思、恩格斯早就勾勒了资本主义社会中的城乡关系面貌："资产阶级使乡村屈服于城市的统治。它创立了巨大的城市，使城市人口比农村人口大大增加起来，因而使很大一部分居民脱离了乡村生活的愚昧状态。正像它使乡村从属于城市一样，它使未开化和半开化的国家从属于文明的国家，使农民的民族从属于资产阶级的民族，使东方从属于西方。"④ 正因为如此，马克思和恩格斯认为无产阶级革命的任务之一就是"把农业和工业结合起来，促使城乡对立逐步消灭"⑤。实现乡村自身的现代，消除社会发展中形成的"城乡对立"，就成为40年代乡村革命和新中国建设初期中国共产党一直想要达到的主要目标之一。

　　20世纪中国社会现代化进程促使城乡问题出现，也促生文学对其自觉书写及思考。没有社会现代变革，文学中的乡村不过是山水风姿和田园风情，是作家们寄托个人情趣的所在，文学中的城市不过是消遣娱乐游玩的场所。是接受外来现代文明的知识分子首先发现了现代意义上的乡土世界，因为他们大都是"逃异乡，走异路，寻找别样的人们"，他们对乡土社会的回望将一种现代意义上的"城"、"乡"对照问题带入了文学视野。⑥ 20世纪初文学中的乡村，在城市现代文明之光烛照下尽显衰败与病容，乡民尽显生活的艰辛与精神的病苦，这是"未得变动的老中国的儿女们"（茅盾语）在旧文化中挣扎。在从乡村流动到城市

---

① ［美］亨廷顿著，王冠华等译：《变化社会中的政治秩序》，上海人民出版社2008年版，第55—56页。

② ［美］吉尔伯特·罗兹曼主编，国家社会科学基金"比较现代化"课题组译：《中国的现代化》，江苏人民出版社2005年版，第1页。

③ 同上书，第449页。

④ 马克思、恩格斯：《共产党宣言》，人民出版社1997年版，第32页。

⑤ 同上书，第49页。

⑥ 参见邵宁宁《城市化与社会文明秩序的重建——中国现当代文学中的"进城"问题》，《兰州大学学报》2008年第1期。

的乡村书写者眼中，他们曾经熟悉的乡土生活是灰色的、了无生机的。
而中国共产党领导的乡村革命，40 年代以延安为中心，吸引来大量城
市知识分子，毛泽东的《讲话》要文艺工作者把 20 世纪最具现代性的
社会革命理想传播到中国乡村世界，解放区的土改革命和合作化运动，
在让乡村发生巨变时，也让文学对乡村世界的想象呈现出前所未有的新
景象。赵树理小说叙述乡村伦理的变革，周立波《暴风骤雨》想象土
改斗争的民主性，柳青《种谷记》想象集体劳动，欧阳山《高干大》
探索乡村自由经济，孙犁、康濯等对乡村中"讲卫生""识字"新鲜生
活场景的描述，让解放区乡村呈现出现代变革气象。新中国成立后乡村
社会主义想象更成为文学的重要内容，赵树理、周立波、柳青等优秀作
家在进京后重返乡村，在亲身参加农业生产劳动中对乡村现代建设有更
深入的思考和想象，创作出《三里湾》、《山乡巨变》、《创业史》等优
秀作品。不过，20 世纪 80 年代改革开放后，城市经济、文化对乡村青
年产生巨大吸引力，《哦，香雪》中开进乡村的火车对山村女孩产生了
巨大吸引力，《人生》中的"进城"梦成了高加林最大的人生欲望，当
所有悲欢都与他们对城市生活的向往有关时，乡村在小说中的叙述重回
五四模样。20 世纪 90 年代以来中国经济高速发展，城市发展在让更多
乡村廉价劳动力在全球化工厂企业中生产制造现代生活的必需品时，也
对乡村来城市的寻梦者呈现出现代化"幻象"。城市明显阶层分化，数
以亿计的农村人口涌向城市，新一代青年农民离开乡土，看到现代城市
文明却不能分享，在经历维权、讨薪、伤残、久别的身心痛苦后迷失在
城市中，在游荡中失去了乡村趣味、人情伦理，成了回不去的无家者。
在这样的历史情境下，如何在文学乡村中重构稳定的乡村社会人伦秩序
和道德理想，已是一个严重而紧迫的问题。① 农村现代化并不等于完全
城市化，更重要的是乡村自身的现代化。在这样的语境中，20 世纪中
的左翼文学、延安文学、社会主义文学重新进入部分作家和读者眼中，
中国共产党在 20 世纪 40 年代乡村革命中的价值意识，具有重新赋予新
世纪"底层"社会一种保护性力量的意义，40 年代解放区小说敞开底

---

① 参见邵宁宁《城市化与社会文明秩序的重建——中国现当代文学中的"进城"问题》，
《兰州大学学报》2008 年第 1 期。

层声音，寄寓了乡村社会民众渴望的公平、正义、平等等社会理想。重新阅读研究这一时期的文学作品，发掘乡村/革命的现代想象，从中挖掘乡村现代化想象的复杂性及丰富性，无论是重新认识这段文学还是对新世纪乡村文学书写都具有了新的重要意义。

第一章

乡村/革命与现代想象

五四新文学运动之前，具有现代性关照的乡村并没进入文学书写，虽然古典诗歌散文中一直有悯农主题。即使是鲁迅，在文学视野中发现了现代意义上的乡村，对乡村也是一种远距离的精神观望，20世纪30年代左翼作家用抽象的革命意识想象的乡村更是血肉横飞，京派文人笔下的乡村又是士大夫式的充满诗情画意。直至《讲话》①之后，解放区文学中的乡村在革命思想的涤荡下一扫感时伤世，亲身投身于社会革命的文艺工作者，对现代文明的渴望、对革命理想的坚信、对新生政权的认同、对未来生活的憧憬，让他们的创作洋溢着青春气息，一改文学乡村面貌。40年代解放区文艺和共和国文学，想象乡村/革命的现代，构建理想的政治共同体新中国，赵树理、柳青和浩然分别代表了三种想象方式和价值取向。

第一节 赵树理:本土性现代想象

在中国现代文学史上，赵树理小说显得很是异样，陈思和先生言"赵树理是'五四'以来新文学传统的异端"②。从20世纪40年代开始，对赵树理小说的评价就极为不同，80年代以来一些批评者认为赵树理小说是毛泽东时代的典范作品，缺乏现代品性，③一些批评者认为赵树理小

---

① 指毛泽东《在延安文艺座谈会上的讲话》。以下同。

② 陈思和：《50年代民间立场的曲折表达：重读赵树理的名篇〈"锻炼锻炼"〉》，见李伟国主编《辞海新知》（第五辑），上海辞书出版社2000年版，第81页。

③ 司马长风认为赵树理的作品"在内容上受政治操纵"，"远离文学的轨道"，见司马长风《中国新文学史》（下），昭明出版社1978年版，第123页；夏志清认为"赵树理的蠢笨及小丑式的文笔根本不能用来叙述，只能嘻嘻哈哈地为共产党作宣传"，见夏志清《中国现代小说史》，香港友联出版社1979年版，第411页；戴光中《关于"赵树理方向"的再认识》(《上海文论》1988年第4期)；张颐武《中国农民文化的兴盛与危机——对二十世纪中国文学一个侧面的思考》(《山西文学》1985年第11期)等文也有论述。

说具有"民间"的、"反现代的现代"特点。① 到 21 世纪,有学者以赵树理小说为对象来反思"十七年"文学研究、现代文学的现代性。② 本节试图在中国小说现代转变的框架中对赵树理小说的"现代性"再做一讨论。

一 多元的文学现代性

无论是 20 世纪 40—70 年代还是 80 年代至今,对赵树理小说评价的差异主要源自于对文学"现代性"的不同理解。对此问题,贺桂梅在《赵树理文学的现代性问题》中,考察了 20 世纪 50 年代日本学者洲之内彻与竹内好有关赵树理文学现代性内涵的争辩,提醒批评者要注意文学现代性的评判标准及其内涵的歧义。洲之内彻认为文学的西化是世界文学现代化的"宿命",竹内好认为东方的反抗有可能超越这种"宿命"并产生出非西方的东西。在这样不同的文学现代性观念下,洲之内彻认为赵树理小说缺乏现代小说创作的基本方法——心理主义;而竹内好认为赵树理的小说正是"自觉从现代文学中摆脱出来"的人民文学。贺桂梅注意到"相较于洲之内彻从单一维度理解的现代性,竹内好的'现代'是具有不同层次的,或者说,他关注的是'现代性'的内部差异"③。赵树理小说在中国现当代文学中经历了多种现代性话语的批评,最先主要是 20 世纪 40 年代开始的以毛泽东《讲话》精神为主导的现代革命话语体系对赵树理小说的评论;其后主要是 80 年代在回到五四的口号中以西化的五四启蒙话语体系对赵树理小说的评论;到 90 年代,力图发掘赵树理小说另外的现代性意义成了研究者的主要方向。赵树理小说在不同时期被评论时所面对的问题是不一样的,有关赵树理小说的评论也随时代的变化而变化,这说明了赵树理小说本身的丰富性。在多元的文学现代性观念中,重新面对赵树理小说,摆脱 40 年代和 80 年代这两种看似不言自明的现代性话语体系对赵树理小说评论的束缚,可以使探寻赵树理小说另类现代性价值的

---

① 参见陈思和、王光东、贺桂梅等人有关赵树理小说的论述。

② 参见董之林《关于"十七年"文学研究的历史反思——以赵树理小说为例》,《中国社会科学》2006 年第 4 期;贺桂梅:《赵树理文学的现代性问题》,见唐小兵编《再解读——大众文艺与意识形态》,北京大学出版社 2007 年版,第 86—110 页。

③ 贺桂梅:《赵树理文学的现代性问题》,见唐小兵编《再解读:大众文艺与意识形态》,北京大学出版社 2007 年版,第 90 页。

研究成为可能。

我们通常认可的现代文学源于五四新文学，其主旨是要借鉴西方近现代启蒙思想、文学艺术来批判传统文学，创造出中国新文学，这是五四新文学现代性发生的主要路向。与这种强调西化性因素的路向不同，五四新文学还有另一条现代性发生路向，即强调本土文学现代转化的路向。从1918 年春刘半农、沈尹默等在北大发起征集整理近世民间歌谣的运动，1922 年 12 月创办《歌谣》周刊杂志，到 30 年代文学大众化大讨论，再到 1939—1941 年在抗战背景下激起的文学"民族形式"的讨论，这一文学的发展过程构成了文学现代性发展的本土转化路向。在 20 世纪的中国文学中，强调西化的文学现代性观念和强调本土转化的文学现代性观念就一直此起彼伏，赵树理小说在不同时期的被认可和被批评，也部分是基于这种文学现代性路向认识的不同。这样，赵树理小说在五四以来新文学传统中的另类性、暧昧性就具有了"烛照"中国现代文学现代性观念的重要意义。贺桂梅说："重新面对赵树理文学内涵的复杂性，并不是要在此判断其'现代'与否，而是反省我们的现代观和那些定型化的关于现代的想象方式。也就是，将我们一直视为价值评判标准的'现代性'本身作为一个问题来讨论。赵树理小说创作及其文本正提供了展开类似讨论的可能性。"① 以这种视角来讨论文学的"现代性"、赵树理文学的现代性，研究者的眼光就不光是在五四以来的现代文学中，而是会投向晚清文学，如李欧梵、土德威等学者的研究。

李欧梵在《晚清文化、文学与现代性》中首先介绍了加拿大学者查尔斯·泰勒（Charles Taylor）概括的两种现代性模式，一种是从韦伯的思路发展出来的"科技的传统"的现代性，认为所谓现代性的发展是一种不可避免的现象。另外一种模式是查尔斯·泰勒所作的模式，认为西方的这一套现代性文化模式并不是放之四海而皆准的，世界上本来就存在着多种现代性。李欧梵认为，中国文学的现代性首先起源于一种"新的时间观念"的确立，即一种"直线前进"的时间观念，而"这种新的时间观念其始作俑者是梁启超"，正是他在很大程度上改变了"中国上层知识分

---

① 贺桂梅：《赵树理文学的现代性问题》，见唐小兵编《再解读：大众文艺与意识形态》，北京大学出版社 2007 年版，第 109 页。

子对于时间观念的看法",从而发展出一种新的历史观,即"进化的观念
和进步的观念"。针对这种西来的、一元的现代性观,李欧梵提出了"中
国的现代性"的说法。王德威依据马泰·卡林内斯库《现代性的五种面
相》中的理论——"现代为一种自觉地求新求变意识,一种贵今薄古的
创造策略",认为"中国作家将文学现代化的努力,未尝较西方为迟。这
股跃跃欲试的冲动不始自五四,而发端于晚清",晚清那种"新旧杂陈,
多声复义"的现象中,其实隐含着多种现代性的可能。① 王德威研究的出
发点是"志在搅乱(文学)史线性发展的迷思,从不现代中发掘现代,
而同时揭露表面的前卫中的保守成分,从而打破当前有关现代的论述中视
为当然的单一性与不可逆向性"②。李杨认为王德威是"通过解构'晚
清'与'五四'的二元对立来进一步解构'传统'与'现代'的二元对
立,并进而质疑历史的进化论、发展论和方向感"③。赵树理小说的出现
实际上产生的效果正是在中国小说由传统向现代的转变中对"晚清"与
"五四"、"传统"与"现代"二元对立价值观念的解构,因为赵树理小
说给中国小说转变带来的不是断裂式、否定式的转变,而是在继承、吸纳
基础上的转变、创新,不是西化式的,而是本土化的现代转变。

二 晚清到五四:中国小说叙事的转变

晚清小说在品格、趣味上就有现代转变的因子,梁启超以小说"有
不可思议之力量"、足以影响社会人心而提倡"新小说","新小说"强烈
的启蒙色彩极大地提升了小说的现代品格,但也付出了因失掉小说娱乐性
而失掉读者的代价。在小说叙事方面看,晚清小说仍是传统的,不同于西
方小说家对小说情节、性格、背景等标准的强调,晚清小说家、批评家谈
及小说的仍是"章法"、"部法"。刘鹗自为《老残游记》作评时说:"疏
密相间,大小杂出,此定法也。历来文章家每序一大事,必夹序数小事,

---

① 参见王德威《被压抑的现代性——没有晚清,何来"五四"?》,见王德威《想像中国的
方法历史·小说·叙事》,生活·读书·新知三联书店 1998 年版。

② 王德威:《被压抑的现代性——晚清小说的重新评价》,见王晓明主编《批评空间的开
创——二十世纪中国文学研究》,东方出版中心 1998 年版,第 126 页。

③ 李杨:《没有晚清,何来"五四"的两种读法》,《中国现代文学研究丛刊》2006 年第 1
期。

点缀其间，以歇目力，而纾文气。此卷序贾、魏事一大案，热闹极矣，中间应插序一段冷淡事，方合成法。"[①] 吴研人自为《二十年目睹之怪现状》作评："有一段极冷淡处，便接一段极亲热处；有一段极狠恶处，便接一段极融乐处。两两相形，神情毕现。"[②] 韩子云自为《海上花列传·例言》：

> 全书笔法自谓从《儒林外史》脱化出来，惟穿插藏闪之法，则为从来说部所未有。一波未平，一波又起，或竟接连起十余波，忽东忽西，忽南忽北，随手叙来并无一事完，全部并无一丝挂漏；阅之觉其背面无文字处尚有许多文字，虽未明明叙出，而可以意会得之。此穿插之法也。劈空而来，使问者茫然不解其如何缘故，急欲观后文，而后文又舍而叙他事矣；及他事叙毕，再叙明其缘故，而其缘故仍未尽明，直至全体尽露，乃知前文所叙并无半个闲字。此藏闪之法也。[③]

同时，晚清小说翻译家在翻译外来小说时也是仅注重西洋小说的"故事"，致使译作大都有点故事梗概的味道，原作中不为中国读者熟悉和喜欢的场景描写和人物心理分析都被删掉了。以上这些原因，使晚清小说创作在叙事方面没有发生根本性的变化。

而到五四新文学运动时期，作家、批评家迎头痛击鸳鸯蝴蝶派、黑幕派，认为"将文艺当作高兴时的游戏或失意时的消遣的时候，现在已经过去了"，不管是"为人生"派还是"为艺术"派，都相信文学是一种神圣的事业。他们在小说品格、趣味上延续梁启超等人提倡的启蒙价值，把小说对社会政治的关注转向了"人的文学"，而在小说的叙事方式方面开始发生重大变化。五四新文学作家、批评家接受了外来文学理论、文学作品，撇开了"章法"、"部法"等传统小说观念，开始从人物性格、心理分析、背景描写等角度来创作、品评小说，小说开始淡化情节，突出抒

---

① 刘鹗：《老残游记》自评第十五回，见刘德隆编《刘鹗及老残游记资料》，四川人民出版社1985年版，第77页。

② 吴研人：《吴研人全集》（第一卷），北方文艺出版社1998年版，第180页。

③ 朱一玄编：《明清小说资料选编》（下），南开大学出版社2006年版，第700页。

情。这种转变，跟五四小说翻译重心的转变也有关系。晚清小说翻译家重意译，而五四小说翻译家重直译，强调小说的原貌，晚清小说翻译中被删掉的心理描写、景物描写在五四翻译小说中被还原了回来，这给求新求变的五四新文学带来了"心理化"和"诗化"的小说叙事风尚。① 五四小说在小说趣味、叙事等方面的变化使中国小说获得了现代转化的一条重要途径——西化转变路向。

但五四小说同样要面对晚清小说现代转化中面向读者大众时要通俗化的问题。五四小说家在注重小说的"抒情化"、"诗化"时，他们的小说又不能不是布局比较单调、人物比较单薄的，以致难以表现较为广阔的社会人生，其读者只能是青年学生和新文学圈内的人。这种问题在 20 世纪 30、40 年代，随社会思潮的变化而显得越来越突出，一些受五四小说影响的小说作家逐渐开始重新喜欢传统叙事模式。30、40 年代张恨水、赵树理、张爱玲等人的小说创作在一定程度上就是对这一问题在创作实践上的回应。其中，赵树理小说是在对中国小说艺术传统资源的现代择取和转化中，在对五四启蒙价值的继承和在对农民现实生存问题的关注、对乡村本位价值立场的坚守中，实现了中国小说的现代性本土转化。这种对中国小说艺术传统资源的现代择取、转化是在自觉反思了五四小说局限后的主动择取和转化，同样对五四启蒙价值的承续也是在与传统文化价值的参照、比对中的承续。赵树理小说的这种承续、转化尝试，开辟出了中国小说现代转化的另一重要途径——本土性转化路向。因此赵树理小说的现代性问题，应是中国小说现代转变中的现代性问题，而不仅仅是其在现代文学中是否具有现代性的问题。

三 《讲话》之前的赵树理小说

同样，在谈论赵树理小说的现代性问题时还有一重要问题需要分辨，就是赵树理小说和毛泽东《讲话》的关系。因为 20 世纪 40 年代赵树理能够在全国文坛获得极高声誉，是和解放区、国统区批评家对他的高度赞扬分不开的。1946 年周扬发表《论赵树理的创作》，认为赵树理的创作是"毛泽东文艺思想在创作上实践的一个胜利"，此后的多数批评是沿此路

---

① 参见陈平原《中国小说叙事模式的转变》第四章第四节，北京大学出版社 2003 年版。

向展开的，赵树理1944年后的创作也明显受到了《讲话》的影响。^① 赵树理小说和《讲话》的这种关系也确立了赵树理小说在解放区文学、50—60年代当代文学中的现代性地位。但是，一个重要的细节是，奠定了赵树理在解放区文学和当代文学史上地位的作品、也是赵树理的成名作《小二黑结婚》、《李有才板话》，事实是发表在赵树理看到毛泽东的《讲话》之前，^② 也就是说，赵树理小说的特色在他看到《讲话》之前就已经形成了。周扬也说："赵树理，他是一个新人，但是一个在创作、思想、生活各方面都有准备的作者，一位在成名之前已经相当成熟了的作家，一位具有新颖独创的大众风格的人民艺术家。"^③ 因此，仅依据赵树理小说与《讲话》的关系来谈论赵树理小说，把赵树理小说的现代性价值仅仅放在现代革命话语体系中，也会把赵树理小说显示的问题简单化。那么在《讲话》之前，赵树理的创作情况到底怎样呢？

赵树理最早发表的小说有《悔》、《白马的故事》（1929年）和《到任的第一天》（1934年）。《悔》描写了一个被学校开除的学生从学校返回家里时的各种心理变化，他不知如何是好，只是麻木地往家走，怕见街上的人，更不知如何去见自己辛劳的父母。小说用大量的景物描写来衬托主人公内心的狂乱、惶惑。《白马的故事》更像是一篇寓言，一匹在山谷中吃草的白马突然遭到一场暴风雨的侵袭，它在山谷中狂乱奔跑，后来终于回到了主人的怀抱，如同迷路的孤儿遇到了母亲。整篇小说采用了大段的景物描写和细腻的心理描写。《到任的第一天》，在一幅美丽的田园风

---

① 在赵树理看到《讲话》前创作的《小二黑结婚》（1943年5月写成）、《李有才板话》（1943年10月写成）中，赵树理在表现人与人关系时注重的是传统伦理道德，而在看到《讲话》后创作的《李家庄的变迁》（1945年冬写成）中，赵树理在表现人与人关系时注重的是阶级斗争意识。茅盾在《关于〈李有才板话〉》中说"《李有才板话》让我们看见了解放区的农民生活改善的斗争过程和真相，使我们知道此所谓'斗争'实在温和得很"，而在《谈〈李家庄的变迁〉》中说"赵树理先生是在血淋淋的斗争生活中经验过来的，而这经验的告白就是小说《李家庄的变迁》"。这种变化可以显示出《讲话》对赵树理小说创作的明显影响。

② 《小二黑结婚》写成于1943年5月，9月出版，《李有才板话》写成于1943年10月，12月出版，而毛泽东的《讲话》是1943年10月19日在延安《解放日报》首次公开发表的，其后各解放区报纸才进行了转载，赵树理也说《讲话》是1944年传到太行山。详见董大中《你所不知道的赵树理》，北岳文艺出版社2006年版，第32—33页。王瑶在《赵树理的文学成就》中曾回忆说"赵树理说他写小说时根本没有看到毛主席的《讲话》"，见陈荒煤等著《赵树理研究文集》（上集），中国文联出版公司1998年版，第46页。

③ 周扬：《论赵树理的创作》，《长城》（创刊号），1946年7月。

光描写中，流露出主人公淡淡的忧伤。如果联系 1928 年赵树理被迫离开山西省立第四师范学校、四处躲避国民党追捕、后又被抓进"自新院"的经历，可以说这三篇作品中的情境正是赵树理当时心境的表现。这三篇小说的叙事明显走的是五四小说"诗化"、"抒情化"的路向，小说没有曲折的故事，只有一段情感、一个印象，大量的景物描绘和心理描写使小说带有浓郁的抒情氛围与忧伤情调。

到 1934 年前后，赵树理的文学趣味发生重大转变。① 20 世纪 30 年代初，针对五四以来"欧化"的文学倾向，文坛上正在热烈讨论着文学的"大众化"问题。鲁迅在《文艺的大众化》中提出："应该多有为大众设想的作家，竭力来作浅显易解的作品，使大家能懂，爱看，以挤掉一些陈腐的劳什子。"② 对五四新文学远离大众的事实有着更贴身体会的赵树理，深深感到中国当时的"文坛太高了，群众攀不上去"，因此"立志要把自己的作品先挤进《笑林广记》、《七侠五义》里边去"③，要做一个文摊文学家。1934 年前后，赵树理一边在参与文艺大众化的讨论，一边开始了自己的创作实践，《盘龙峪》、《打倒汉奸》就创作于此期间。到 1943 年《小二黑结婚》、《李有才板话》发表，赵树理已经创作了大量通俗化、大众化并且风格一致的作品。

而在 1946 年、1947 年赵树理小说在解放区、国统区文坛突然受到高度重视、并和毛泽东的《讲话》联系在一起时，国统区郭沫若三篇介绍、评论赵树理小说的文章显得与众不同。郭沫若并没注重赵树理小说中的政治功利意识，也没有提及赵树理小说和《讲话》有何关系，而是从文艺批评的角度出发，强调的是赵树理小说对中国小说艺术传统的借鉴和转变，以及这种转变中创作主体的"自由"精神，认为赵树理"是处在自由的环境里，得到了自由的开展"。④ 郭沫若在对解放区重要作品《白毛

---

① 赵树理在 1966 年写的《回忆历史 认识自己》中说"我有意识地使通俗化为革命服务萌芽于一九三四年，其后一直坚持下来"。见《赵树理文集》（4），中国工人出版社 2000 年版，第 2117 页。

② 鲁迅：《文艺的大众化》，《大众文艺》第 2 卷第 3 期，1930 年 3 月。

③ 陈荒煤：《向赵树理方向迈进》，《人民日报》1947 年 8 月 10 日。

④ 郭沫若的三篇文章分别是《〈板话〉及其他》，发表于 1946 年 8 月 16 日《文汇报》；《谈解放区文艺》，发表于 1946 年 8 月 24 日《晋察冀日报》；《读了〈李家庄的变迁〉》，发表于《北方杂志》第 1、2 期，1946 年 9 月号。

女》有些微失望时，却对赵树理小说"非常满意"，说赵树理小说"是一株在原野里""不动声色地自然自在"地、"不受拘束地成长了起来"的"大树子"。这种"不受拘束"是既摆脱了五四以来欧化体小说的束缚，也"扬弃"了"章回体的旧形式"，并在作家立场上改变了新旧小说家都不愿通俗情状后的一种"自由"状态。"旧式的通俗文作者，虽然用白话在写，却要卖弄风雅，插进一些诗词文赞，以表明其本身不俗，和读者的老百姓究竟有距离，五四以来的文艺作家虽然推翻了文言，然而欧化到比文言还要难懂。特别是写理论文字的人，这种毛病尤其深沉，装腔作势，矫揉造作，瞎缠了半天，你竟可以不知道他在说些什么。"① 由此可以看出，郭沫若推崇赵树理的小说，针对的既是五四新文学的问题，也是旧文学的问题。五四以后的新小说在对西方小说的借鉴中、在强调抒情、诗化中摆脱了传统旧小说的束缚，但在后来逐渐发展成为现代小说唯一固定的标准时，也就变成了一种新的约束，为自己限定了一个框框。② 而赵树理不屑于混迹在五四后形成的新文学"文坛"中，扎在"长袍马褂"的文人堆里讨生活，也不满足于旧小说作家骨子里的假通俗，而是在对新旧小说资源的借鉴中、对乡土自足文化的自信中自觉地摆脱了新旧文学的框框，在 20 世纪中国小说的现代转变中"不受拘束地成长了起来"。这种"在自由的环境中，得到了自由的展开"的创作状态，让国统区的郭沫若感觉到了极大的惊喜，让他非常的"羡慕"。

从以上的分析可以看出，赵树理小说的独特性在毛泽东的《讲话》之前就已经形成，赵树理小说反映出来的问题同样不仅仅是现代革命话语体系中的现代性问题，而应是中国小说现代转变中的现代性问题。

四　传统小说艺术资源的现代择取和转化

把赵树理小说放在中国小说现代转变中来发掘它所具有的现代性价值时，如何确认赵树理对传统小说艺术资源择取的现代性便是首先面临的问题。1917 年，胡适在《再寄陈独秀答钱玄同》中批评《孽海花》为"合

---

① 郭沫若：《读了〈李家庄的变迁〉》，《北方杂志》第 1、2 期，1946 年 9 月。
② 参阅竹内好《新颖的赵树理文学》，见黄修己编《赵树理研究资料》，北岳文艺出版社 1985 年版，第 491—492 页。

之可至无穷之长，分之可成无数短篇写生小说"，"布局太牵强，材料太多，但适于札记之体（如近人《春冰室野乘》之类），而不得为佳小说也"。① 十年后，曾朴出版修改本《孽海花》时辩护说：

> 他说我的结构和《儒林外史》等一样，这句话，我却不敢承认，只为虽然同是联缀多数短篇成长篇的方式，然组织法彼此截然不同。譬如穿珠，《儒林外史》等是直穿的，拿着一根线，穿一颗算一颗，一直穿到底，是一根珠练；我是蟠曲回旋着穿的，时收时放，东西交错，不离中心，是一朵珠花。②

这种"珠花式结构类型"正是中国传统小说的结构，其历史久远。晚清小说多数仍以传统的珠花式结构为主，小说家对外来的单一情节结构、一人一事为主的结构往往不以为然，"西人小说所言者举一人一事，而吾国小说所言者率数人数事，此吾国小说界之足以自豪者也"③。胡适在《〈海上花列传〉序》中也承认传统小说结构的意义，"作者大概先有一个全局在脑中，所以能从容布置，把几个小故事都折叠在一块，东穿一段，西插一段，或藏或露，指挥自如"。胡适并把这种布局结构的渊源追溯到《史记》的"和传"体例，这让"看惯了西洋那种格局单一的小说的人，也许要嫌这种'折叠式'的格局有点牵强，有点不自然。反过来说，看惯了《官场现形记》和《九尾龟》那一类毫无格局的小说的人，也许能赏识《海上花》是一部很有组织的书"④。张爱玲在《国语本〈海上花〉译后记》中也为五四读者不能欣赏这篇小说的结构而惋惜，因为这样结构的小说让五四"爱好文艺的人拿它跟西方名著一比，南辕北辙，《海上花》把传统发展到极端，比任何古典小说都更不像西方长篇小说——更散漫，更简略，只有个姓名的人物更多"⑤。米列娜在《晚清小说情节结

---

① 胡适：《再寄陈独秀答钱玄同》，《新青年》第 3 卷第 4 期，1917 年。
② 曾朴：《修改后要说的几句话》，《孽海花》（修改本），真美善书店 1928 年版。
③ 王钟麒：《中国历代小说史论》，《月月小说》第 1 卷第 11 期，1907 年。
④ 胡适：《〈海上花列传〉序》，见韩子云原著，张爱玲注译《海上花开》，上海古籍出版社 1995 年版，第 6 页。
⑤ 张爱玲：《国语本〈海上花〉译后记》，见韩子云原著，张爱玲注译《海上花开》，上海古籍出版社 1995 年版，第 648 页。

构的类型研究》中说："中国小说的情节远没有人们相信的那么飘忽不定，毫无规则；像在西方小说中一样，中国小说情节从属于某些使小说具有统一性的组织原则。"① 李欧梵在谈这些晚清小说叙事模式时用了一个词叫"社会史诗"，又说"有些现代小说包罗万象，比如《尤利西斯》，是 19 世纪的小说无法容纳的，不能用传统的小说概念来指称"，"晚清小说也是如此，试图用一种叙述模式包罗万象，这种方式就使得晚清小说呈现出多样性"②。赵树理小说对传统小说艺术资源的现代择取就是对这种"珠花式结构"小说传统的继承，以此达到对乡村社会万象的表现。在赵树理小说中，大故事套小故事，无数小故事仿佛是作者信笔所至，又似作者细细道来的乡村琐事，若即若离，枝枝蔓蔓，而这些东西构成了赵树理小说的血肉，浓郁的乡村生活气息，当地的风土人情，乡村社会的方方面面便立体式地展现了出来。竹内好认为赵树理的这种写作是"以中世纪文学为媒介，但并未返回到现代之前，只是利用了中世纪从西欧的现代中超脱出来"的一种写作，"他的文学观本身是新颖的"③。

　　我们可以看到，在《小二黑结婚》中作者直接描写小二黑和小芹恋爱的地方并不多，两人的恋爱主要起到了推动并串联整个小说的功能，小说的血肉却是由小二黑和小芹恋爱中牵出的村里那些大大小小的事件构成的，这些事件使小说具有了非常丰富的内容。乡村生活的气息、万象就在作家无意识中逸出的、体现着风土人情的碎碎的细节中和大大小小的事件中体现出来。也正是这种独特的乡村气象，把赵树理和其他作家区别了开来，因为这种乡村气象是那些不熟悉乡村生活的作家难以表现出来的。《李有才板话》中，李有才的故事是结构小说的一根绳子，④ 小说的十节内容，真正集中笔墨写李有才的地方并不多，整篇小说借李有才把阎家山

---

　　① ［捷］米列娜著，伍晓明译：《从传统到现代——19 至 20 世纪转折时期的中国小说》，北京大学出版社 1991 年版，第 34 页。

　　② 李欧梵：《晚清小说与中国现代性想像的确立》，见周桂发，周筱赟编《复旦大讲堂》（第 1 辑），复旦大学出版社 2004 年版，第 36 页。

　　③ 参阅竹内好《新颖的赵树理文学》，见黄修己编《赵树理研究资料》，北岳文艺出版社 1985 年版，第 491—492 页。

　　④ 赵树理在《关于〈邪不压正〉》中提到软英和小宝的恋爱故事是结构小说的一条绳子，"把我要说明的事情都挂在它身上，可又不把它当成主要部分。我在写《李有才板话》的时候，曾以这样的态度来用李有才，这次又用了一下软英和小宝"。见《赵树理文集》（4），中国工人出版社 2000 年版，第 1650 页。

的矛盾展开后，李有才就退到了背景中，别的人物不断出场又不断地被另外的人物换掉，这样小说就实现了由多个人物的故事来展示整个阎家山变迁的目的。在《李家庄的变迁》中，小常和铁锁也不是小说的中心人物，铁锁最先有打官司、出逃、太原见闻等故事，"牺盟会"成立后就迅速背景化，作者把笔墨转向了对新兴起的青年冷元、白狗和妇女们的描写。因此赵树理小说并不是以某个人物为中心，也不是以某一矛盾事件为中心，而是以多个人的多种故事来表现庞杂的整个社会时空或群体，达到对社会万象的表现。

除过这种现代择取，赵树理还对中国小说传统艺术资源进行了现代转化，这主要体现在文体、语言、描写对象等方面。首先是对传统小说文体的扬弃。郭沫若说赵树理在小说中去除了章回小说"和老百姓的嗜好是白不相干的"、"且听下回分解"、"章回节目的对仗的文句"、"'有诗为证'式四六体的文赞"等旧习气，"创出了新的通俗文体"。其次是小说语言的文言一致。郭沫若、周扬、茅盾等人都提到了赵树理小说中人物语言和叙事语言的口语化，针对新旧小说中常见的言文分裂现象，赵树理小说实现了作品中的人物语言和小说叙事语言的统一。赵树理要把"知识分子的话""翻译成"农民大众可以接受的话，创造出了一种适合广大民众需要的普泛性语言，使得那些原本可能很难或根本无法交谈的农民，通过文学的中介变得能够相互理解了。最后是对底层农民日常生活的表现。小说中的人物不再是传统小说中的"勇将策士，侠盗赃官，妖怪神仙，才子佳人，妓女嫖客，无赖奴才"[1]，也不是五四小说中的"新的智识者"，描写的事件也不再是社会重大事件，赵树理注重的只是生活在社会最底层农民们的喜怒哀乐，是他们说不完、道不尽的"张家长，李家短"，或是关系他们切身利益的事。在赵树理这儿，只有那些适合做大家谈资的小事、够得上世俗生活中少不了的飞短流长和那些与农民日常生活密切相关的农事、农活、农具等才能进入赵树理的法眼，变成他的描写对象。如在打谷场上、大槐树下、李有才的窑洞里人们的自在闲谈，如农村里的丈地、算账、洗场碾、活柳篦笆挡沙等。赵树理小说对中国小说传统

---

① 鲁迅：《〈总退却〉序》，《鲁迅全集》（第4卷），人民文学出版社2005年版，第638页。

艺术资源的这种现代择取及转化，在深层涉及的是"文学现代化的主体"是"谁"或者说文学现代化到底是"'谁'的现代"的问题。①

五 "谁"的现代

五四新文学提出"人的文学"、"平民文学"的价值取向，赵树理是在坚持这种价值取向、感触到这种取向与大众的距离后，才把这种价值取向具体化为"为农民"创作和上"文摊"，在具体创作中又不断参照、比对传统价值观念，对五四价值取向进行了修订。

五四新文化运动的倡导者，在接受了外来现代思想后活跃在各个城市，但他们对乡村世界却是陌生的，这不可避免的要出现鲁迅深深感受到的启蒙者与被启蒙者之间的隔膜，甚至是启蒙者的高蹈。乡村出身和有着十年社会底层飘荡经历的赵树理，切身感受到五四新文化在乡村世界难以传播、接受的情况，他试着要去沟通五四新文化的价值世界和乡村传统的价值世界。在这种沟通中，赵树理并不是单纯地把这种外来的现代思想传递给需要启蒙的农民，而是对这种启蒙思想还有一种站在乡村传统文化内的自觉反思意识，在这种传递中他强调的是农民主体的接受性，强调的是以农民——社会现代化的主体——为服务对象的文学实践。因此在赵树理小说中既有五四新文学的现代价值观念，也有对传统价值观念的重新发现，以两者的融合来缩小五四现代价值观念面对中国乡村世界的距离。

在面对乡村世界时，赵树理首先关注的是农民的现实生存问题。在近现代中国社会变迁中，农民首要解决的问题是维持生存的物质问题，他们只有在一定程度上先使自身摆脱物质贫困的拘束和羁绊后才能真正走向新生，这种追求是乡村革命得以发生的原始土壤。这种土壤孕育了中国现代历史上丰富的启蒙和革命话语，但这种价值取向在启蒙和革命话语中并未被重视。当鲁迅等五四一代启蒙者感觉到现代知识分子并不能真正进入乡村世界而认为民众的启蒙只有"以俟将来"时，赵树理选择了对农民现实生存问题的表现。在参与中国共产党领导的社会革命时赵树理坚信这场伟大的革命会给广大民众的生存状况带来变化，因此他是自觉地用自己的

① 这一问题是贺桂梅在《赵树理文学的现代性问题》中提出的，参见唐小兵编《再解读：大众文艺与意识形态》，北京大学出版社 2007 年版，第 94 页。

创作真诚地讴歌这场革命给乡村世界带来的变化，毛泽东的《讲话》更是坚定了他这种"为农民"创作的价值追求。在新中国成立前夕赵树理更是把自己创作的中心问题归结为"中国农民在中国共产党领导的社会变革中，是否得到真实的利益"，也即"中国共产党的政策是否实际地（而不仅仅是理论上）给中国农民带来好处"，① 这种对农民"实"利的注重使他自觉地与党的政治意识形态保持一致，因此，他的小说有很强的政治意识，多有对新政权的歌颂意识。在《做生活的主人》中他说：

> 十九世纪批判的现实主义作家，与当时的社会是对立的，他们可以不顾一切地刻绘，但我们今天不同，我们的作家要对向上的、向幸福方向发展的社会负责，对党负责，对人民负责。"咱的江山，咱的社稷"，遇上了尚未达到理想的事物，只许打积极改进的主意，不许乱踢摊子!②

但是，赵树理对农民现实生存问题的重视，也使他具有了独立思考和判断的基点。我们也看到赵树理这种"对党负责、对人民负责"，与当时极少数干部或作家只对党负责而并不顾及农民实利的意识有着本质的区别，而当党的政策或党的干部作为违背了农民的利益时，赵树理又据理力争，从而显示出他独立的批判锋芒。从深层来讲，无论是赵树理小说中的这种建设、歌颂意识，还是批判意识，与五四时期强烈关注现实的新文学作家作品中的批判意识是一脉相承的，是一破一立的。

其次是赵树理对乡村本位价值立场的坚守。历史的复杂性往往在于，一种新文化秩序开始重新建设时，当初所批判的旧文化又会以新面目渗透进来，同样新文化也可能对原有文化秩序中健康的基因造成戕害。五四新文化的影响让赵树理对乡村原有旧文化进行了批判，但他对外来新文化对乡村原有健康文化的戕害也抱有一定的警惕。因此在表现乡村时，赵树理小说中的价值世界并不像当时大部分解放区作家笔下的世界那样明朗单

---

① 参阅钱理群《1948：天地玄黄》，山东教育出版社1998年版，第236页。

② 赵树理：《做生活的主人》，见《赵树理文集》（4），中国工人出版社2000年版，第1988页。

纯。赵树理在表现乡村世界时,其重心并不放在表现外来新思想意识如何强制性地介入乡村生活、改变乡村生活上,而是放了乡村内的人们在如何接受或抵制外来思想的过程中产生的变化或不变的层面上。我们看到《小二黑结婚》中小二黑和小芹的自由恋爱观念,《李有才板话》中农民与阎恒元之间的斗争意识,《李家庄的变迁》中铁锁懂得的"革命"等,这些新的价值观念的确是外来的,并最终引发了乡村内部"革命"的产生,但"革命"最终仍是在乡村内部自己完成的,这不同于《太阳照在桑干河上》、《暴风骤雨》、《红旗谱》、《创业史》等小说中所表现的那样,是由外在的现代思想——党的直接领导——来完成的。而受外来新文化影响而产生的乡村革命在打碎旧世界后要建设的新世界仍是农民心目中的世界。在这个社会中我们看到的,是《小二黑结婚》中金旺、兴旺这样的恶霸被判刑,是《李有才板话》中坏村干部下了台,是《李家庄的变迁》中好人王安福老人受人尊重而汉奸李如珍却被村人活活撕成了几大块,是《套不住的手》、《老定额》、《实干家潘永富》等中人们从内心中赞美劳动,是多篇小说中都在表现的人们对自由自在的生活状态的渴望等。在这里,这个新建的农民心目中的世界,并不是一个全新的世界,而是新中有旧,旧中有新,从传统社会中转化过来的现代社会,是一个有理有情有秩序的、为广大农民所能理解并渴望的世界。

中国文学的现代转变经历了多元的现代性话语体系,赵树理小说体现出的现代性本土转化是这多元文学现代性话语中的独特一元,是一种在继承、吸纳新旧文学营养、又能自觉摆脱其束缚的、自由自在的现代创作。当中国社会由封建王权社会向现代人权社会转变时,当旧文学"载道"、游戏消遣的文学观转变为新文学"人的文学",并进而转变为无产阶级文学的文学观时,"为农民"的小说创作在中国文学现代化进程中就有它出现的历史合理性。站在现代思想的平台上,自觉、主动地选择适合农民大众的中国传统艺术资源并进行现代性转化,从而使中国小说真正实现小说创作与现实大众思想情感的一致和交流,是中国小说现代转变的必然要求,也是农业人口占绝对多数的中国社会在现代化进程中的客观需要。这样,赵树理小说的出现就具有历史的必然性,也部分地满足了中国文学现代转变的必然要求和中国社会现代化进程的客观需要。而当我们在21世纪重新面对赵树理小说时,中国乡村世界需要的究竟是一种怎样的现代,现代化中国乡村的主体想象和共同意识应该建立在怎样的文化基础之上，该怎样叙述中国乡村的现代，也许便仍是需要思考的问题。

第二节　柳青:想象乡村可能的现代

《创业史》在 1960 年初版后就引起较大争议，肯定者认为小说广阔而深刻地反映了中国农村的社会主义革命，并塑造了梁生宝这一社会主义新人形象，批评者坚持认可梁三老汉这一中间人物的丰满性时指出梁生宝形象存在理念化的不足。20 世纪 80 年代对这部小说的争议仍未停息，不过随着中国社会工作重心从意识形态转到经济建设，农村新人形象不再是走社会主义道路的梁生宝而成为发家致富的郭振山时，有关《创业史》评价的政治价值开始让位于文学价值，这部在 60 年代影响巨大的小说渐失去光彩，成了诟病 50、60 年代文学被政治束缚的代表作。不过，20 世纪 90 年代以来，改革开放在带来中国经济高速发展的同时，也逐渐暴露出贫富分化的严重社会问题，人们重新开始怀念中国社会主义初期的革命理想，社会公平对弱势群体的保护，《创业史》重新进入部分读者、批评者视野，他们重新阅读 50 年代中国社会集体化、合作化的现代性。面对 21 世纪出现的各种严峻社会问题，社会主义价值初想仍具有非常重要的现代价值。从这一角度上来说，在文学乡村中，柳青《创业史》想象了乡村社会主义现代的可能性。

一　革命/作家与社会主义想象

怀着建设新中国乡村社会主义的革命信念，1952 年 5 月柳青这位曾经的团中央高级干部从北京来到陕西长安，1953 年 3 月在皇甫乡安家落户，直到 1967 年离去，同农民一样在此生活 14 年，这样自觉融入乡村革命的作家在中国文学史上是少见的。现代文学中影响甚大的乡土文学、左翼文学作家走异路地从乡村来到城市，新中国成立初部分心怀建设乡村社会主义理想的作家毅然奔赴乡村，在躬身实践过程中想象心目中理想的乡村未来，这种姿态本身就体现了极强的革命性。

在皇甫乡，柳青曾用自己的稿费和积蓄换来日本优良种稻引领农民试种，让王家斌领导的合作社一千多亩水稻平均亩产 710 斤，创造了陕西历史上最高粮食生产纪录；1960 年，柳青将《创业史》所有稿费 16065 元捐给胜利人民公社，为社修建农业机械厂、卫生院，后又预支小说第二部部分稿费给村里拉电线，如此付出让柳青自己的生活一贫如洗。作为一名革命者，柳青无论在文艺创作还是在现实生活中都把自己的生命放在了乡村建设上，实践了革命到底是"为谁现代"的价值取向。理解柳青的这种革命信念，才能理解 50 年前柳青塑造新人梁生宝这位一心带领贫穷农户走合作化道路的农村新人的现代品格。武春生在《寻找梁生宝》一文中问：

> 当年，这一大批年轻的知识分子——瞿秋白、何叔衡、刘少奇、周恩来——他们本来已经是先富起来的一部分人了，他们出身于大家，是公子、少爷、小姐，本可以子承父业，舒舒服服地继续做其地主、资本家，做其人上人，但是他们不，他们背叛了自己的家庭、自己的阶级，舍弃一切，提着脑袋干起了革命，这是为什么？他们的选择又告诉了今天的我们什么？今天，当各色人等都在争先恐后不择手段地争着抢着想挤上"先富起来的一部分人"这驾马车的时候，救中国、救穷人还是不是我们年轻人一代又一代不悔的选择？①

这一问题不光是对 20 世纪中国革命的追问，也是对当下两极分化社会问题的追问，更是对我们政党革命性的追问。除过部分权贵的腐败，当下还有更多代表和支配着社会交往和商品交换法则的群体，他们利用各种社会资源侵占其他人收入时，当初那些抛头颅洒热血的革命先烈们的革命志愿让我们惊醒。在这样的社会现实中，革命党人的柳青们将文学看作自己的革命事业，时刻考虑自己对劳苦大众的责任心，在勤勤恳恳、无怨无悔的笔耕中实践自己的革命理想，即使面对的是艰苦的工作岗位，经受的是极端的物质贫乏和持久的心灵寂寞，他们都把自己的生命献给了他们为之革命的对象——那些处于社会最底层的农民，沉潜到底层民众的灵魂深处，用文学展现民族现代化的历史。在新世纪的今天，他们更应受到我们的崇敬。在新中国成立之初，在为之奋斗的革命事业已取得军事和政治上的胜

---

① 武春生：《寻找梁生宝》，《读书》2004 年第 6 期。

利后，这些革命者踌躇满志、意气风发，对新中国即将揭开的社会主义建设事业充满期待和憧憬，重回故乡的他们要亲手改造家乡面貌，内心深处翻腾着"创业"冲动，革命气概前无古人。对这种"创业"豪情的文学想象，让文学中的乡村气质发生巨变。

（一）乡村社会主义新人想象

不让少数人侵占社会绝大部分的财富和资源，才能防止社会的两极分化，中国共产党在新中国成立之初就非常警惕这种历史老路，中国农村发生的社会主义建设就是要避免中国革命最后又重走这种历史老路。梁生宝们带领社会底层农民走与郭振山个人发家不一样的互助组、合作化道路，就是为了在社会发展中避免乡村中新的两极分化。

郭振山个人发家道路，是社会主义革命来临之前所有农民的梦想之路，无论是贫农、中农、富农、还是地主。中国共产党领导的革命如果仅仅进行土地改革而不进行乡村社会主义革命，那么各种成分的农民思想并不会发生本质变化。土改时期的革命英雄、党的领导干部郭振山，曾经也有过革命热情和革命气魄，可是个人发家道路不是引导大众实现普遍富裕，只会重新导致阶级分化。下堡乡蛤蟆滩二十几户借贷无门的贫困农民在没有国家政策的扶持下只会重新走向变卖土地的老路，重新堕入被剥削的阶级中，那些富农、富裕中农包括掌握村政大权的郭振山们，因占有丰厚的发家资本而会成为新的剥削阶级。仅仅平分田地的社会变革，多次出现在中国历史上，最终迎来的仍是社会阶层分化的复辟，再次迎来社会暴力。没有社会主义革命，中国共产党领导的土地革命的革命意义将很快丧失殆尽。正是在这种形势之下，柳青塑造的年轻农民、共产党员梁生宝要挑起互助组重担，坚定不移地走合作化道路。梁生宝带领贫困农民走合作化道路，丰产增收，奔向普遍富裕，要防止农村中阶级的重新分化，使中国革命事业得以继续向前发展。从这一角度出发，梁生宝与郭振山的区别就是革命新农民和所有旧农民的区别，两者的道路指向的就是乡村现代与乡村传统的本质区别。土地革命革了地主阶级的命，农村社会主义革命还要革旧农民的传统乡村价值的命，梁生宝受现代革命思想的培养率先具备了社会主义革命意识，心怀共产党最初社会革命理想，为实现社会共同富裕与现代而九死不悔。

除梁生宝外，柳青还塑造了另一位乡村青年新人徐改霞，她把自己的人生理想建立在城市工业化革命上。中国城市工业化让部分农村青年进城当工人，给农村青年提供了另外一种生活天地。虽然徐改霞是在郭振山的教导下开始向往这个新天地的，可是去城市的意义在徐改霞和郭振山那里是完全不同的。对郭振山来说，进城当工人更有利于个人前途和生活，比如他安排弟弟进城当工人是为了让弟弟在工厂升了技工后往家捎钱，来实现他的发家计划，但是在徐改霞看来，进城当工人更有意义的是要把自己的工作和社会发展联系在一起，把个人前途与献身于国家工业建设紧密联系在一起。与其他贪图城市里吃的、穿的、用的等现代物质生活的姑娘相比，徐改霞是被"工人阶级的光荣吸引"并决心要献身于工业建设，心怀远大理想，因此她并看不上不安心农村建设、只贪图城市现代物质生活而进城青年的想法。从这一角度来说，徐改霞进城参加工业化建设，是与梁生宝在农村参加农业合作化生产一样，虽不在同一个地域空间，但都把个人价值的实现放置在国家现代化宏大理想的实践上。虽然当时城乡经济、政治待遇的差异导致部分农村青年流向城市，进城青年被当成不安心乡村劳动的人而受到批评，然而在柳青的《创业史》中，柳青把徐改霞当成和梁生宝一样的理想新人来塑造。由于小说主要表现的是农村社会主义革命的发生发展，因此梁生宝新人形象凸显，徐改霞形象隐现在小说中，但进城参加城市工业化建设的路向也为农村青年实现个人价值提供了另一途径。

（二）乡村现代景象

《创业史》中乡村的现代想象，首先，是农村时间在被规划中赋予了指向未来的意义。韩毓海在《春风到处说柳青——再读〈创业史〉》中认为，《创业史》的一个创新在于将"现代时间观念"纳入到小说叙事，并将之运用于叙述中国乡村。[1] 不光是《创业史》，柳青1947年创作《种谷记》时就已经用现代时间观念来规划人们的生活意义，县上要求统一时间、互助统一种谷，大家早上就听村里打钟后统一出工，原来自由散漫的生活开始被规划，生产效率提高。可以看出柳青的《种谷记》、《创业史》这些以中国农村、乡土生活为内容的小说，在时间叙述上具有明显现代意识。柳青要展现王加扶和梁生宝活动的新"时代"，这个时代的时间是与

---

① 韩毓海：《春风到处说柳青——再读〈创业史〉》，《天涯》2007年第3期。

建设新农村、建设现代国家的巨大任务、使命和浩繁工作联系在一起的，农民们的时间不再是自己的时间，而是被紧密组织进围绕着"劳动和工作"来建设一个新社会理想的空间中。在这个意义上，要完成这项巨大的任务、使命就必须规划和管理时间，每个农民的时间被组织进来后，时间反过来督促每个成员按计划完成自己的任务。在这样的计划中，原来日复一日的时间在被精细化、精确化后，每个时间段都有了自己的任务和意义，不再是随意重复无意义的，这些时间将按计划一步一步指向未来，未来理想的社会生活空间将在这样的时间计划实践中实现。过去时间中的生活成了现在时间中努力实现未来时间中生活的参照，当下时间中的工作成了将来时间中理想生活形态实现的基础。这样，从"当下"有规划的时间角度去叙述历史和预言未来，从而将历史时间纳入到以"当下"为核心而其价值实现在未来的结构中。既然时间意义的实现是指向未来理想社会的，当下生活就必须为实现未来生活理想而努力工作，而不是停在当下享受现实时间中的生活。

其次，农民被组织起来，进行规模化生产。当现实生活方式和价值选择都指向未来理想社会时，现代时间观念也带来社会组织方式和生产方式的变化。现代时间观念督促着这个时代每一位成员为实现未来理想社会生活而努力工作，未来历史将告诉现代时间下生产和组织方式转变的现代意义。在这样的时间观念中，如何合理地利用时间而不浪费时间，如何在单位时间中产生更高的生产效率，将改变人们的生产方式。对这种时间观的认同，意味着我们每个个体都必须把自己的生命划分为分、秒、小时，以面对"时代"提出的使命和任务，以跟上时代的脚步。这样的时间观念中，个人生命不再处于原初自由状态，而是被赋予追求这种未来价值的目标。原来自由散漫、重复的时间中自由散漫的生产方式开始被组织、规划起来，人们不再自由自在地日出而作、日落而息，无论是城市工业化还是农村合作化，所有人在时代要求下，统统被组织进统一时间、统一计划的生产中。全国统一的时间，被放入世界现代化时间中，"赶超英美"、尽快实现国家现代化，成为全国人民共同追求的时代目标。在这样的目标下，1953 年写作《创业史》时，小说展现的中国农村要"多快好省"地建设社会主义"总路线"，是作者完全认同并着力表现的，"《创业史》的诞生，是第一个五年计划（1953—

1958）大规模工业化和农村合作化——对于中国传统生产方式和中国传统社会的全面改造的标志"①。从第一个五年计划开始，中国农村和农民祖祖辈辈的生产方式被彻底打破。全村、乡、县乃至国家的农业生产被规划，对具体普通的个体农民来说，按照任务早上打钟统一上工，中午打钟统一收工，劳动生产将按照村里生产计划有步骤地进行，劳动是有目标的，所有劳动被组织起来，所有生产被规划起来，实现乡村的规模化大生产。柳青的《种谷记》和《创业史》深刻地抓住并表现了乡村这一具有现代化品格的变化，让小说具有了现代性标志。

再次，时间观念、生产方式的变化带来生活方式变化。祖辈静态的生活方式，在这种时间观念和生产方式的改变下被改变，"勤俭创业"、"劳动光荣"的崭新伦理被确立起来。千百年来乡村生活方式一直是慢节奏的，无论外面如何变化，都遵循的是自己的时间、生活节奏。而在柳青小说中，村民们的生活一派忙碌，乡间地头，到处是梁生宝们劳动的身影，农民们热衷于劳动增产，春节过后两三个月中赌博喝酒打发时光的农民变换成了争分夺秒学习识字、劳动的新人，整个农村在高度组织起来后，二流子和不事劳动的人无处藏身，全被组织进合作化生产方式中，农村出现前所未有的劳动新景象。在国家社会主义理想引导下，农村合作化把原来如同马铃薯一样散落的农民强有力地组织起来，在共同生产劳动中想象未来新生活。

最后，创造新社会的想象。蔡翔说：

> 只有在一个大工业的社会环境中，或者以大工业为自己目的诉求的社会，才会对"组织"有着如此强烈的要求。因此，所谓的"集体主义"的话语实践，我们除了看到它的国家政治的意识形态背景，同时，也必须注意到它的现代也是工业化的社会含义。②

《种谷记》、《创业史》中的新人是农村革命过程催生出来的，也是当时社

---

① 韩毓海：《春风到处说柳青——再读〈创业史〉》，《天涯》2007 年第 3 期。
② 蔡翔：《革命/叙述：中国社会主义文学—文化想象（1949—1966）》，北京大学出版社 2010 年版，第 214 页。

会主义文化建设中想象出来的，社会主义建设需要这样的新人。柳青谈论《创业史》时说："我写的是社会主义制度的诞生……蛤蟆滩过去没有影响的人有影响了，过去有影响的人没有影响了。旧的让位了，新的占领了历史舞台。"[①] 因此《创业史》的意义，并不局限于中国农村问题，而是要通过一个村庄的变化，来讨论整个中国社会新制度从无到有的诞生过程。在这里，文学叙述的力量，不仅在于重新叙述革命历史，也在于在个人利益、一般观念和社会理想之间，想象出一种新情感基础，一种新型价值，一种新型组织，以便将更多社会部分纳入现代化过程中，王加扶、梁生宝、徐改霞就是在这样的诉求中想象出的奔向未来生活的新人。

二　想象乡村可能的现代

如果求新求变是现代性一种特征的话，对现代的追求也意味着是对多种可能性的追求。《种谷记》、《创业史》中，柳青的社会理想就是要把因为贫穷和受苦在社会中处于最底层的弱势者变成现代社会中能够平等享受现代物质文明的一员，让小人物也可以参与社会的发展与建构。柳青把自己的这种理想可能性投射到青年农民思想中，塑造了在新生政权建立后的王加扶、梁生宝、徐改霞等形象，他们要通过互助组和合作社的方式实现这样的社会想象。新中国成立初的乡村社会主义革命不是改朝换代，而是要变革乡村文化权利的深层结构，要"鸡毛飞上天"。郭振山的革命只是让部分农民在土地革命中分得了胜利果实，但并没有真正改变原来乡村社会稳固的阶层结构，没有新中国成立初的社会主义革命，没有农村的合作化、公社化对农村社会结构的改变，自发的乡村暴力变革只会在弱肉强食、自相残杀下让农村变为各种社会强权掠夺的领域，甚至沦为国家机器横征暴敛的对象。中国共产党在新中国成立初走社会主义革命，发动农村去走互助组、合作化道路，在国家权力强制地把自己的触角伸到乡村世界时，也在培养、引导王加扶、梁生宝这样的新人来建设中国新型乡村的政治领域、权力领域、价值领域，让乡村社会一方面实践规模化的合作化生产以提高生产效率，增加社会财富；另一方面避免规模化生产方式下新弱

---

① 柳青：《在陕西省出版局召开的业余作者创作座谈会上的讲话》，《柳青文集》（第4卷），人民文学出版社2005年版，第321页。

势群体的出现，避免强势群体对弱势者的剥削，让社会财富的增加不是建立在对他人财富的剥夺之上。这样一个保护弱势者利益的乡村秩序、政治空间，让弱势者感到希望、安全，对未来充满想象。毛泽东在1955年承诺："我们就得领导农民走社会主义道路，使农民群众共同富裕起来，穷的要富裕，所有农民都要富裕，并且富裕的程度要大大地超过现在的富裕农民。只要合作化了，全体农村人民会要一年一年地富裕起来。"①"富裕起来"，而且要"共同富裕起来"，执政党领袖这样的承诺正是中国农民世代企盼的一个现代理想。

在《种谷记》、《创业史》中，王加扶和梁生宝团结的那些贫穷户，除了新政权在考虑他们的利益外，再无人会考虑他们的利益。因此，受中国共产党革命恩惠的王加扶和梁生宝们在感觉到中国共产党站在穷人一边后，完全真心诚意地跟着中国共产党，要走社会主义道路。在被别人嘲笑中，如落汤鸡一样从潇潇春雨中头顶麻袋片，身扛亩产710斤的新稻种回来时，梁生宝是真诚地把自己的生命献给自己认识的新生社会：

> 这难道是种地吗？这难道是跑山吗？啊呀！这形式上是种地，跑山，这实质上是革命嘛！这是积蓄着力量，准备推翻私有制度嘛！整党学习中所说的许多话，现在一步一步地在实行。只有伟大的共产党才搞这个事，庄稼人自己绝不会这样搞法！②

梁生宝的这种感触不是空洞的，而是经历过整天饿肚子的穷苦生活后的真心表白。在乡村社会主义的道路上，他不顾道路泥泞挫折，步伐蹒跚、跌跌撞撞，然而却无怨无悔，这种生命激情让我们感到建构乡村现代生活的强大生命力。为了实现乡村生活的现代化，人们的共同富裕，梁生宝自觉地把自己的生命价值融入到实现乡村社会主义的国家理想中。从这一角度说，《创业史》塑造的新人与《三里湾》、《三乡巨变》的新人有了本质区别，梁生宝们是在实践乡村社会主义的国家革命，而金生、玉生、灵芝

---

① 毛泽东：《农业合作化的一场辩论和当前的阶级斗争》，《毛泽东选集》（第5卷），人民出版社1977年版，第198—199页。

② 柳青：《创业史》，中国青年出版社1960年版，第247页。以下本小说中的引文全出于此版本，不再注。

和李月辉、刘雨生等是在乡村人情伦理基础上变革乡村生活。杜国景认为《三里湾》、《山乡巨变》在反映农业合作化运动时，并没能让个人创业的理想完全转变为社会主义创业者主体身份合理性的确认上，《三里湾》把扩社、开渠过程中的矛盾作为工作中的问题来反映，《山乡巨变》以自上而下的合作化运动结构小说时，个人创业主体向集体创业主体身份的转换痕迹过于明显，而柳青《创业史》中的梁生宝、徐改霞认为农村合作化和城市工业化道路是历史的必然选择并自觉实践，他们创的才真正是社会主义大业。①

农业合作化运动将终止中国乡村数千年的个体劳动形式，包括附着于这一劳动形式之上的政治、经济、道德等各种社会、文化结构，将带来一个史无前例的新社会秩序。"共同富裕"的理想让柳青在投身乡村合作化运动时，也在文学创作中包含了创造新世界的想象冲动。蔡翔认为，合作化这一集体劳动方式并不单是中国乡土社会传统的互惠互利劳动形式，而是一种借用城市工业化组织方式对乡村关系的一种全新的改造，是中国革命对苏联"集体农庄"的另一种创造性想象。② 在把原来散漫的中国农民组织起来后，运用现代科学技术和管理技术进行大规模现代化高效生产，成了柳青文学想象中乡村未来现代生活的远景。1953 年柳青年仅 37 岁，在新中国成立初深入乡村建设，雄心勃勃，内心涌动"创业"豪情，他把自己的这种社会理想投射到了梁生宝、徐改霞这样的农村新青年身上，让他们去实践这种前无古人的乡村现代想象，气魄非凡。

洪子诚在《中国当代文学史》中这样评价柳青：

> 柳青等更坚定地实行表现新的人物新的世界的决心，更重视农村中先进人物的创造，更富于浪漫主义理想色彩，具有更大的概括时代精神和历史本质的雄心，从而也更符合社会主义现实主义的要求，因而也对后来的合作化小说的写作产生了更大的影响。③

---

① 杜国景：《论农业合作化小说中的/创业叙事——以〈三里湾〉〈山乡巨变〉〈创业史〉为中心》，《贵州师范大学学报》2005 年第 4 期。

② 参见蔡翔《革命/叙述：中国社会主义文学—文化想象（1949—1966）》，北京大学出版社 2010 年版，第 248 页。

③ 洪子诚：《中国当代文学史》，北京大学出版社 1999 年版，第 93 页。

2006 年 7 月 5 日雷达先生在《光明日报》发表论文《当前文学创作症候分析》，归结当前文学"缺少肯定和弘扬正面精神价值的能力"，部分人群的精神生态趋于物质化和实利化，腐败现象蔓延，道德失范，铜臭泛滥，20 世纪 90 年代以来的小说较为普遍地告别了虚幻理性、政治乌托邦和浪漫激情，部分作家或者走向实惠主义的现世享乐，或者走向不问政治的经济攫取，或者走向自然主义的人欲放纵。在告别神圣、庄严、豪迈而走向日常的自然经验陈述和个人化叙述时，也出现浮躁、自我抚摸、刺激、回避是非、消解道义、绕开责任、躲避崇高等的普遍精神姿态。在"症候"分析基础上，雷达先生特别强调作家与时代的关系，呼吁强化肯定和弘扬正面价值的能力。① 而新世纪文学中对未来生活的想象更是现代社会中缺乏的，"人民拥有想象一个美好未来的能力，这对于作出有意义的努力去改变今日之现状却是至关重要的。因为人们必须先有希望然后才有行动，如果人们的行动要想不是盲目的，不失其目的，那么其希望就必然寓于对更美好的未来的幻想中"②。从这一角度说，柳青等小说不光是从价值取向上塑造社会主义新人形象，也从想象力上在努力构建乡村未来现代生活秩序。

虽然这种对未来新社会的想象与追求，仍是对未来一种可能性的追求，社会主义是一个未来社会理想，对可能性的追求仍冒有极大风险，实现想象的过程中可能会有各样的新问题，因此对未来理想的追求也可能面临失败的可能，但是即使如此，这种想象中为保护弱势者利益的价值追求却是任何时代都不会过时的。

中国后来的历史并没能按柳青预想的道路发展，梁生宝原型王家斌后来被批斗，甚至柳青在后来运动中也自身难保，20 世纪 60、70 年代多次的政治斗争极大地破坏了乡村经济的现代建设，80 年代推行的联产承包责任制在迅速解决了农民吃饭穿衣问题后被确认为一种更适合农村的生产方式，50 年代的乡村社会主义想象成了批判当时社会政治的附带对象而

① 雷达：《当前文学创作症候分析》，《光明日报》2006 年 7 月 5 日。
② ［美］莫里斯·迈斯纳著，张宁、陈铭康译：《马克思主义、毛泽东主义与乌托邦主义》，中国人民大学出版社 2005 年版，第 2 页。

被否定。不过 90 年代后，乡村社会却逐渐显出原来不曾料想到的严重问题，村、队的集体企业、副业财产被破坏、侵吞后，社队干部主要任务变成了催粮要税，农村水利设施被完全破坏，小农单户的生产方式很快显出难以提高生产效率的问题。随着城市化、市场化进程加速，大量乡村青年被迫进城务工，乡村社会开始衰败，三农问题严重突出，"土地的荒芜，打工的艰难，增收困难，致富无望，村庄破败，文明败落，治安混乱⋯⋯这是世纪末的西部山村，也是农村责任制改革后期中国绝大多数农村的现实写照"①。在社会贫富差距拉大逐渐成了危及社会安稳的严重问题时，80 年代被认同的郭振山这样的既得利益者并不是我们社会健康发展的基石，在重新掌握社会资源后，在保证自己既得利益稳定下，他们并没有保护弱势者利益，反而在侵占多数人利益的基础上实现了少数人的快速致富，把自己获取的财富建立在剥夺他人利益基础上。郭振山们这样的革命者完全瓦解掉了"互助合作"革命对社会机体的健康建构，瓦解掉了梁生宝们互助协调农村尖锐矛盾的方式，中国乡村可能重新走向弱肉强食、自相残杀的历史循环中去。在这样的历史发展变迁中，当"社会主义新农村建设"再次成为党工作的重中之重时，我们需要重新回忆社会主义国家现代化建设之初的乡村社会想象，重新发掘 50—60 年代文学中对未来社会最初想象的价值取向。韩毓海说：

> 对于中国来说，不搞现代化、不搞工业化、不搞市场经济，就不能发展，从根本上说也就没有出路。但是，在现代化和市场化的过程中，如果不保护弱势群体，扶助老弱病残孤，而是听任他们被毫无保障地抛入工业化、市场化的汹涌波涛中，那么工业化、市场化就不可能搞成功——如果说工业化、市场化必须以牺牲穷人、牺牲农民、牺牲老弱病残孤为代价，那么，我们还要中国革命干什么？还要马克思主义干什么？还要共产党人干什么呢？②

---

① 武凤珍：《我国新农村建设的历史必然性及基本原则》，《延安大学学报》2007 年第 4 期。

② 韩毓海：《春风到处说柳青——再读〈创业史〉》，《天涯》2007 年第 3 期。

在新世纪社会主义新农村建设中，我们需要更多梁生宝这样的新人在共产党政策的支撑下，能够把社会中的弱势者团结起来，带领大家走互助合作道路，维持中国农民的生存，避免农民彼此间围绕着有限的资源进行自相残杀，避免乡村资源被市场资本的鲸吞。组织起来，走集体创业、共同富裕的道路，以农业产业化和农村工业化对应全球工业市场的挑战，在今天更需要大气魄和想象力。

第三节 浩然：乡村革命想象的继续

20世纪90年代的小说在对伪崇高、伪宏大、伪审美的自觉解构中，告别了新中国成立以来神圣、庄严的政治、革命价值书写，以日常经验的个人化陈述追求纯文学的审美理想。然而，内转的纯文学很快被消费文化收缴，在自我抚摸的呻吟中市场让小说变成了情欲混乱、心理变态、感官刺激的展览场，在批评家不知所措时，写手和书商已大赚特赚。不满这种小说自恋，新世纪文学重新发现文学与现实生活的血肉联系，底层书写成了新世纪十年最引作家和批评家关注的共同话题。不过底层叙事数量越来越多，缺乏正面精神价值的肯定和对现实生存的精神超越，其理想形态也没有在批评理论中被正面建构，在向20世纪中国文学寻找资源中，社会主义文学成为其被重新关注的对象之一。50—60年代文学对社会公平、民主价值等的看重，尤其是对工农阶级社会地位的承诺，让社会主义价值意识成了"底层"的一种保护性力量，人格、尊严、正义、勤劳、坚韧、创造、乐观等价值被重新发掘，社会责任感、集体主义等价值被重新肯定。在这样的语境中，重读浩然，就不光是对一位逝者的同情。

在当代文坛上，浩然及其作品被看成是一个时代文艺的象征。身为"文化大革命"时期"唯一的作家"，在"文化大革命"期间赢得众人仰慕的光辉，在新时期又被众人贬斥得黯然失色。从1978年主动"隐退"到1989年复出，到1994年《金光大道》四卷本全部出齐，到1998年"要把自己说清楚"，2008年去世，浩然及其作品都引起了极大争议。两种尖锐对立的政治立场，决定着人们对浩然个人和文学创作截然不同的评价。批评者以文学"真实性"标准尖锐地批评浩然粉饰了当时生活。不过从文学也可以是对新生活的想象来说，浩然小说又有另一番景象。面对

20 世纪 50 年代乡村生活，小说中的阶级斗争话语、理念以及各种场景，便成了小说对乡村现代的一种"想象"。赵园说："社会学、政治学意义上的农民，与文化史意义上的农民，都属于'知识者'的乡村、农民……文学中自不会有纯然的乡村真实。"① 一代一代的知识者依据自己的学识和情感构筑着自我心目中的乡村，浩然小说提供了他心目中的文学乡村想象。作为新中国历史中成长为作家的一个农民，他的创作是为新中国主体对象——农民服务，书写的作品又为农民所接受，作为这样一个三位一体的作家，他不仅是研究工农兵方向文学的历史标本，也对当下底层写作有启示意义。新世纪底层写作完全不同于昔日"底层写作"的工农兵文学，从赵树理、柳青、浩然这样本身就处在底层、从底层成长的作家写作开始，底层对象经历了从自豪、自信转变成新世纪心酸、自卑群体的过程，这种变迁让人重新思考"工农兵文学"的含义，昔日的国家主人如今成了社会的底层，浩然等人的文学想象在此应有新的意义。他那些自豪、激情的农民情怀，当时具有的乌托邦想象，作品中的理想主义情怀，仍是我们重读浩然的深层原因。去掉"文革叙述"和"新时期叙述"建构中对浩然的遮蔽，如果我们把启蒙、革命、现实主义、想象的文学，视为特定历史语境中有关中国现代化的不同书写方式，重读浩然，我们面对的是一个人背后一个时代的文学想象。②

一　想象乡村革命的文学

　　新中国成立以来的文学更多是对社会主义新生活想象的文学，小说在总体风貌上呈现出欢快、明朗的基调，人物多是对生活富于热情、对未来生活充满美好想象并决心要改变现实的青年，因此整体上呈现出一种明朗、青春、理想化的特点。文学对新生活的想象也是作家对未来生活的想象，评价这种文学想象的标准应是看作家所想象世界的丰富性、宽广性和深厚度，以及对现实生活的超越性。作家真诚地表达对未来生活社会的梦想，用想象的文学方式书写一种全新的未来生活形态，这种书写姿态本身

---

① 赵园：《地之子——乡村小说与农民文化》，北京十月文艺出版社 1993 年版，第 74 页。
② 参见程光炜《我们这代人的文学教育——由此想到小说家浩然》，《南方文坛》2008 年第 4 期。

就具有现代意味。①

从《喜鹊登枝》开始，1956—1962 年的浩然小说，所写都是新人新事新风尚。1958 年的小说集《喜鹊登枝》赢得叶圣陶、巴人、钟灵的盛赞，叶圣陶在这些小说中看见的是"被革命唤醒的新农村里，受合作化实际教育的新农村里，人的精神面貌怎么样焕然一新，人与人的关系怎么样发生自古未有的变化"②，巴人说，小说集中的小说"每篇都透露着新生活的气息，读了以后，好像自己也下了一次乡，置身于新农村里，看到了一个个精神饱满、积极、勇敢而又活泼的青年男女，也看到了一些笑逐颜开、正直、纯良，从旧生活和旧思想中解放出来的年老一代"③。在这些评价中，批评家看重浩然对农村新生活、新气象的敏锐捕捉和想象，浩然在农民精神、气质、心理、性格的细微变化中来体现崭新的、强大的国家意识对传统乡村的改变。对浩然这样一位从社会底层开始参加社会革命并进行文学创作的作家来说，面对新建国家、社会，如何建设它是他这样的文艺革命者创作中的激情来源。"我不能回家种那几亩地了，我要参加社会主义建设，让全国农民都过上社会主义的好日子，让全国人民都不破产，让他们的后代都不成为无依无靠的孤儿，而且都成为有文化的人。我要告诉妻子，只有一心一意为这样的理想工作、奋斗，才是有正气、有志气、有出息的人。我要为自己，为我的亲人当这样的人。"④ 这样饱含热情、对未来充满热切渴望的情感成为浩然小说创作的基调。浩然十二、三岁时父母双亡，自己和未成年的姐姐相依为命，家中房子土地被舅父霸占，是代表解放区政府的"黎明同志"主持公道，让小浩然心里对共产党新政权产生了信任感，并参加革命。同样，赵树理、柳青等也是在血与火的考验中投身共产党领导的中国革命，只有理解了这些执著于农村泥土的作家在社会底层的人生经历，及因共产党革命给农村带来变革而产生的真诚感激，我们才能靠近这些作家笔下在新中国成立初的新农村想象为什么是明朗的、欢乐的、充满希望的。从建设角度出发，他们真诚地维护着

---

① 有关十七年文学中的理想性，贺仲明有文章《重论"十七年"乡村题材小说的理想性问题》，见《文学评论》2012 年第 2 期。

② 叶圣陶：《新农村的新面貌——读〈喜鹊登枝〉》，《读书》1958 年第 14 期。

③ 巴人：《读稿偶记》，《文汇报》1958 年 4 月 7 日。

④ 浩然著，郑实采写：《浩然口述自传》，天津人民出版社 2008 年版，第 124 页。

这个新生国家、政权，并对未来生活进行美好想象。不过，同赵树理的《三里湾》和周立波的《山乡巨变》一样，浩然50年代的创作并没有在小说中表现阶级斗争主题，而是在努力捕捉生活亮色并让它更加明亮，这样的书写展现着新生活面貌，却未能写出未来新生活的现代新质。直到1960年柳青《创业史》中梁生宝、徐改霞乡村新人的出现，一种全新的、自觉地把自己的生命价值融入到乡村社会主义建设理想中的革命新人才真正出现，浩然的《艳阳天》就沿着梁生宝这样的新人路向继续革命想象创作出了萧长春这样的乡村革命者。

那么，如何理解浩然小说中对生活的美化呢？在浩然小说中，我们看不到五四乡土小说家笔下凋敝破败的乡村景象，甚至看不到赵树理小说中反映出来的乡村问题，然而浩然写的是他心目中希望看到的、理想的美好生活，从文学想象角度出发，浩然希望这种美好生活能够改变现有不够光明的生活。① 当然我们不能单纯以浩然这种价值取向就肯定浩然小说的价值，但同样我们也不能因此就否定浩然小说为美化。从文学想象角度出发，我们要关注的是在浩然小说中他想象的深广厚度怎么样，而不是单从反映现实的真实虚假甚至政治角度对其进行正确与否的德性判断。李辉认为："赵树理总是执著地认定，应该尽可能地根据现实中发现的、感受到的生活来创作，而不是先入为主地根据观念来创作。他的成功源于此，而最终被摈弃也源于此。与赵树理不同，浩然从50年代一开始走上文学道路，就表现出一种全新的创作观。"李辉进一步分析认为赵树理与浩然的本质区别在于，赵树理写的是现实工作中的问题，而浩然写的是生活中的理想，是观念，"观念远比生活更为重要。我想，这样一种将观念置于生活之上的创作方法，恰恰是理解浩然、认识浩然的一把钥匙。有了这样的创作方法，他才有可能适应新的需要，才有可能将'阶级斗争'作为主线来反映农村生活，塑造出赵树理无法塑造出的新的英雄人物"②。从这

---

① "文化大革命"前，浩然在介绍创作体会时曾说："我在构思小说时，对在生活中遇到的事情，常常从完全相反的角度去设想。譬如，到商店去，遇到一个营业员态度特别恶劣，甚至挨了骂，但在写小说时，我就设想遇到一个好营业员，对人如何热情如何周到；一个生产队员懒惰消极自私自利，我就设想一个勤劳积极大公无私的形象……"见李辉《清明时节——关于赵树理的随感》，载《风雨中的雕像》，山东画报出版社1997年版，第126页。

② 李辉：《清明时节——关于赵树理的随感》，载《风雨中的雕像》，山东画报出版社1997年版，第127页。

一角度出发，浩然 60 年代的《艳阳天》和"文化大革命"中的《金光大道》等小说对理想生活的想象，就不应单从政治革命的角度去直接否定或肯定，在其中探究浩然这种对新人、新生活、新社会的想象达到了怎样的丰富、宽广、深厚程度就更有意义。

二　革命想象的继续

从对新人的想象来说，赵树理、周立波笔下的人物是乡村内的人物，他们在乡间赢得人们对其认同的是乡间传承多少代的个人道德伦理，然他们还未获得历史主体性，还未自觉地参加到现代政治国家的建设中去，他们身上的乡村传统伦理意识压过了阶级意识与历史意识。《三里湾》中的王金生、《山乡巨变》中的李月辉等面对走个人发家道路的革命干部范登高和农民王菊生，采用的是乡村社会家长里短式的德性沟通，达到了喜剧性结局，并未能揭示出两种社会理想的本质区别。《创业史》中的梁生宝，既是一个乡村伦理中被认可的德性人物，但更重要的是他具有社会理想，他非常自觉地把自己的生产劳动与建设自己认同的社会理想联系在一起，超越了父辈小农意识。到浩然的《艳阳天》和《金光大道》中，萧长春和高大泉，为实现自己认同的这种社会理想而奋不顾身，放弃个人财产，完全把自己的生命投入到社会建设中，成为带有纯粹想象性特质的理想英雄，人物的这种变化体现出的是对乡村革命现代想象的继续。

在这种对未来生活的想象中，阶级话语是重要资源。在《艳阳天》中，东山坞中阶级对立，街道以阶级势力划分为两半，萧长春退伍复原回乡，战争话语换成农民话语，战士身份换成农民身份，斗争意识不减，决心建设乡村社会主义。在他的意识中，生活就是战场，麦收就是战斗，镰刀、锄镐就是手中的刀枪，他时刻准备着战斗。萧长春、高大泉这样的人物"公而忘私"、"舍小家，为大家"，但如果他们不能把这种牺牲奉献上升到历史意识的高度，充其量这些人物只是传统伦理道德秩序中令人崇敬的德性人物，是宗法社会中的道德领袖，仍不具备现代社会的新人本质。要把这样的人变成现代中国社会的新人，必须把这样的人物放在中国社会政治现代革命的设想中，塑造出他们自觉的现代政治意识，对未来现代国家、社会的认识。如果没有这种自觉的历史意识和政治意识，他们很容易又会变成《三里湾》中的范登高、《创业史》中的郭振山，一旦他们成为社会中握有重权的人物，单靠德性也很难让这些清官不变成《老残游记》中可恨的清官。如果中国社会秩序不能建立在现代社会制度的基础上，中国社会利益重新分配后并不能实现共同富裕的社会理想，社会革命将在绕了一大圈后重新走向社会分化的老路，革命结局将会背离革命初衷。① 要避免"革命的第二天"② 问题，萧长春、高大泉就要避免社会重新出现分化，就不能把自己的理想寄托在传统社会中的个人德性上，而是要将其建立在自己对政治革命的认识上，建立在对当初革命理想的实践上，在这个意义上，《艳阳天》、《金光大道》都是对《创业史》主题的进一步续写。小说所描绘的乡村从合作化发展到了人民公社，小说叙述的重心从组织起来的劳动生产方式转向阶级"意识"斗争。分配问题上东山坞面临的问题已经由走合作化道路变成了新建共同体内部的思想斗争，马之悦成为了范登高、郭振山人物谱系的后续者，萧长春与之的冲突不再单纯是共同富裕与个人发家致富道路的冲突，而是上升到未来社会秩序建构的问题。马之悦支持土地分红的原因并不是"沟北每一户……添个斗儿八升的"，而是要"建立一个以他为核心的东山坞的统治模型，这一模型实际上暗含的是一种地方官僚政治为主导的乡村权力结构"，"应该说，浩然对此问题的涉及，已经关联到社会主义制度（包括这一制度的构成形态）本身有无可能产生新的官僚利益集团"③。从这个角度看，赵树理小说中充满了大量乡村伦理温情，重建在社会动荡中被破坏的乡村伦理秩序，然而缺少了对未来新社会的建设和想象，柳青、浩然这些作家继续思索了未来社会的秩序以及要继续革命的思想。

　　社会革命本身任何时候都不会结束，再加上新中国成立后社会革命道

---

① 蔡翔认为赵树理、柳青注意这一问题是有现实依据的，"这一现实原因即是当时存在的干部中的资本主义化倾向，实际上，早在 1940 年代后期，就出现了党员雇工剥削的现象，而围绕着党员致富的问题，当时党内高层也有过争论"，"核心问题则在于，党员'雇工剥削'的资本究竟来自何处？这就涉及'土改'的分配问题。周立波的《暴风骤雨》中也已涉及这一问题，也就是说，在分配土改'胜利果实'的时候，干部、党员和积极分子常常具有优先选择的权力"。见《革命/叙事：中国社会主义文学—文化想象（1949—1966）》，北京大学出版社 2010 年版，第 107 页。

② ［美］丹尼尔·贝尔：《资本主义文化矛盾》，生活·读书·新知三联书店 1989 年版，第 75 页。

③ 蔡翔：《革命/叙事：中国社会主义文学—文化想象（1949—1966）》，北京大学出版社 2010 年版，第 109—110 页。

路的弯曲，20 世纪 90 年代 "去政治化"① 中对社会政治的厌倦，消费文化对社会革命思想的消解，让新世纪以来社会问题大大凸显。1963 年 5 月 20 日发表的《中共中央关于目前农村工作中若干问题的决议（草案）》明确指出："在机关和集体经济中出现了一批贪污盗窃分子，投机倒把分子，蜕化变质分子，同地主富农分子勾结一起，为非作歹。这些分子，是新的资产阶级分子的一部分，或者是他们的同盟军。"② 如果失去对严重不合理的社会财富分配制度进行社会革命，不能创造一个普遍公平的社会，中国共产党的执政将失去当初发动革命的合理性。从思考 "革命的第二天" 的问题角度出发，浩然小说想象极具先锋意味，因为浩然当初的想象之敌在 90 年代后真正站在了底层大众的对立面。③

在浩然小说中，萧长春、高大泉被塑造成阶级斗争中成长起来的、意志坚强品德高尚的英雄人物而受到诟病，但正如柳青为梁生宝的辩解一样，"这是指导互助合作运动的党成熟了，而不是梁生宝成熟了"④，正因为如此，小说中无论是梁生宝还是萧长春、高大泉，在有了工作思想中的问题后，经过乡、区、县或更高层次代表党组织领导的解释说明后，就又投入到革命事业中去了，小说叙述减少对个人精神世界的呈现，突出政党、国家意识，在这种层面上小说才更具有乌托邦意义，这里的乌托邦不是个人想象，而是在国家社会层面想象未来社会价值秩序，具有国家意义的社会主义构想让其真正具有了乌托邦意义。

社会主义社会不能建立在小农经济和资本经济基础上，更不能无视在这一基础上产生的贫富分化和剥削现象，为避免这些现象重新出现而走的集体化道路，需要现代政党的引导，梁生宝、萧长春、高大泉等在接受了社会主义理想后就带领大家去实践了。《三里湾》中的王金生、《创业史》中的梁生宝等靠互助组、合作社多打粮食、提高抗自然、社会风险等好处

① 参见汪晖《去政治化的政治、霸权的多重构成与 60 年代的消逝》，《去政治化的政治：短 20 世纪的终结与 90 年代》，生活·读书·新知三联书店 2008 年版。

② 江山主编：《共和国档案》，团结出版社 1997 年版，第 199 页。

③ 当然，浩然在这一问题上，由于夸大了残余地主阶级、资产阶级这些原来力量的重要性，蔡翔认为是 "多少回避了社会主义本身有无可能异化的重要问题，或者说将这一重大问题简单化了"。（见《革命/叙事：中国社会主义文学—文化想象（1949—1966）》，第 115 页）这一简单化，让这一问题缺乏对历史的洞穿力度，没能达到超越时代的程度。

④ 柳青：《提出几个问题来讨论》，《延河》1963 年第 8 期。

吸引农民走上了合作化道路，而《艳阳天》中的萧长春面对的问题是从如何分配合作社丰收的粮食开始的。粮食丰收，合作化优越性吸引了人们走社会主义道路的决心，但如何分配丰收果实，如何消费丰收果实才是真正考验萧长春的重要问题。是按照土地多少来分配，还是按照劳动多少来分配？是多分一点，还是多卖一点？多分多卖后如何消费所得？是走郭振山的发家路，还是重新投入到社、村的进一步发展中？在获得丰收的物质面前，人们的私欲开始膨胀，因此小说重心重又变成对私有观念的批判，创业难，守业更难，新的革命需要更有气魄的想象。

三 乌托邦情结

浩然终其一生都在写乡村，他把自己四十多年的创作精力都献给了乡村题材的小说，从乡村成长起来的他对乡村充满了深厚感情，新时期以来受他人口诛笔伐，他对自己的小说创作仍不悔改，相信自己小说创作的价值。李敬泽说："浩然属于中国现当代文学中一个边缘而光辉的、很可能已成为绝响的谱系——赵树理、柳青、浩然、路遥，他们都是文学的僧侣，他们都将文学变为了土地，耕作劳苦忠诚不渝。"[1] 在这些作家的乡村创作中，激励作家表达欲望的是他们对心中理想农民集体精神的称赞，是对美好人性的向往，对乡村美好未来的希望，这些希望也给读者带去了想象未来的空间。在中国现当代文学中，这些作品中想象的未来美好生活、主人公精神追求，以及激情澎湃的创世豪情，都让小说世界现出乌托邦光辉。

乌托邦是人类对美好社会的憧憬，在莫尔想象的社会主义社会是一个人人平等、没有压迫、世外桃源般的世界，后来这一概念的含义藉由此扩大为基于某种概念而建构的理想社群形式。就其意义而言，乌托邦的价值乃在于其启发性，对未来社会更加美好完善地想象。在小说中，浩然就是在演绎时代乌托邦，在这样的想象中浩然究竟敞亮出了一个怎样的世界，这个世界的启发性意义又是什么，这应该是评价浩然小说创作的一个关键性问题。

作家在《口述自传》里提到："在所有作品中，我最偏爱《金光大

---

[1] 李敬泽：《我们该不该向浩然表示敬意》，《人物》2008 年第 9 期。

道》，不是从艺术技巧上，而是从个人感情上。因为从人物故事到所蕴涵的思想都符合我的口味。和《艳阳天》一样，当时读者就认为我写二林、彩凤这样的中间人物写得好，但我不喜欢他们。今天，经历了这么多人世纠纷，对这种有点自私，但无害人之心的人是否比较理解呢？但不，我还是不喜欢自私的人。我永远偏爱萧长春、高大泉这样一心为公，心里装着他人的人，他们符合我的理想，我觉得做人就该做他们这样。至今我重看《金光大道》的电影，看到高大泉帮助走投无路的人们时还会落泪。"① 这是浩然老年时对自己创作的最后告白，这些人物身上寄托了浩然的精神理想。现代文学中某些形象成了作家的精神投影，鲁迅笔下的过客，沈从文笔下的翠翠，巴金笔下的觉慧，汪曾祺笔下的小英子和小明子，都是他们精神理想的一个化身，而不是单纯某个现实社会中的人。翠翠在沈从文那里是一个美好、自然生命状态的存在，是他理想生命状态的象征，同样，萧长春身上所体现出来的天下为公、和谐美善的人性状态是浩然精神世界的理想。与赵树理、周立波、柳青小说中塑造的新人王金生、刘雨生、李月辉还有梁生宝相比，浩然的人物更加具有理想性、精神性，萧长春与高大泉在摆脱个人小集体的物质欲望后，把个人的人生理想建设在实现更加宏大的国家社会主义上。从王金生到梁生宝再到萧长春，人物离现实生活越来越远，在对未来生活的想象中渐具乌托邦意义。想象中未来生活是全新的，因此必须要有新意识才能建设这样未来性的社会秩序。要在这个层面上看，柳青、浩然塑造的人物理应具备奔向未来生活的新质，而在赵树理、周立波笔下的人物由于囿于现实束缚，凸显德性时反缺乏未来性。

从作者创作激情出发，从社会主义想象出发，浩然小说在一定层面上带给读者美好人性、未来社会生活、政治革命的一种虚构蓝图，但是由于受认识生活深度的局限，更重要的是其对社会主义革命的理解部分源于对革命政治意识的简单图解，在对未来社会生活的想象中，他所表达的乌托邦世界不够深刻广阔深厚，并没有完全达到超越时代精神的程度，这在一定程度上造成小说整体思想深度的缺乏，影响了小说艺术感染力。浩然的乌托邦想象不全是对社会主义革命现代想象的新质，而是夹杂了"不患贫、患不均"的农民式梦想，在有田公耕、有饭共食的生活境界中来消

---

① 浩然著、郑实采写：《浩然口述自传》，天津人民出版社 2008 年版，第 238 页。

灭小农私有意识，发动阶级斗争，这种简单的价值推理削弱了在社会现代化过程中阶级斗争的现代性价值。从晚清开始，知识分子、革命党人无论是在文化想象还是在政治革命中，都有强烈的创造自己心目中未来中国图像的激情冲动，为这种现代国家图像的实现无数仁人志士不惜抛头颅洒热血，这种改变旧社会制度的革命性尝试虽然也走过多样的弯路，但这种尝试性、想象性是国家现代化过程中推动社会发展变革的重要动力。这种具有青春朝气的想象动力吸引着一代又一代情愿为社会、国家奉献自己青春甚至生命的人，尽管时代在变化，但这样对未来社会充满美好想象的激情是任何时代都会吸引读者的。

　　雷达说浩然是"'十七年文学'的最后一个歌手"，通过"最后一个"看到的东西往往是丰富的。① 从文学真实性角度，对浩然这一类小说的反思在 20 世纪 80 年代以来已经取得重大成绩，然而，从文学想象性角度来看，浩然小说又有另一面貌，尤其在新世纪文学对社会现实批判缺乏对未来生活的诗意想象时，新中国成立以来的文学想象又具有重要启示意义。

---

① 雷达：《浩然，"十七年文学"的最后歌者》，《光明日报》2008 年 03 月 24 日。

第二章

赵树理乡村愿景

赵树理在解放区被迟到地发现后，在解放区内外评论的呼应下于 1947 年被树为"方向"性作家，20 世纪 80 年代，赵树理评价地位的起伏变迁都与此"方向"相关。不过 90 年代以来的赵树理研究，逐渐去掉了这一"方向"给赵树理带来的荣辱，更贴近赵树理小说本真的面貌。本章将发掘郭沫若在 20 世纪 40 年代对赵树理小说的另一种解读，细读赵树理小说的叙事艺术，以此为基础来理解赵树理小说乡村叙述的价值取向。

第一节　郭沫若另种解读

1946 年 6 月 26 日—7 月 15 日，在中国共产党建党 25 周年前后，延安《解放日报》用 9 天时间在第四版连载了赵树埋小说《李有才板话》，并在小说连载首版的《解放日报》上发表了冯牧的《人民文艺的杰出成果——推荐〈李有才板话〉》。至此到 1947 年，赵树理小说受到解放区、国统区文坛的密集评论和高度重视，一颗耀眼的新星在中国现代文坛升起。1947 年 7 月 25 日，在中共晋冀鲁豫中央局宣传部指示下，边区文联召开专门讨论赵树理创作的文艺座谈会，8 月 10 日《人民日报》发表陈荒煤总结性文章《向赵树理方向迈进》，正式提出了解放区文艺创作的"赵树理方向"。从 1946 年到 1947 年，在有关赵树理小说的评论文章中，影响最大的要算周扬的《论赵树理的创作》和陈荒煤的《向赵树理方向迈进》。周扬既是一位马克思主义文艺理论家，又是一位中国共产党的文艺领导者——延安大学校长兼延安大学鲁迅文艺学院院长，这种双重身份，使他在评价赵树理小说时既能高屋建瓴地看到它的大众化价值，又深谙文艺是"党"的文艺而对赵树理小说中某些不合《讲话》精神的内容有所规避，他论定赵树理的小说"是毛泽东文艺思想在创作上实践的一个胜利"①。陈荒煤《向赵树理方向迈进》的主要内容是对周扬思想的进一步完善，使其更加系统化、理论化。1946 年、1947 年期间，对赵树理小说的评价几乎不出周扬、陈荒煤这种强调赵树理小说与《讲话》关系的评价。但是，在如此众多的评论文章中，郭沫若的三篇介绍、评论性文章却显得很是独特，郭沫若说赵树理小说是"一株在原野里成长起来的大树子"，"是处在自由的环境里，得到了自由的开展"②。作为五四新文学运动的先驱，革命文学最早的倡导者，又是一名党的文艺工作者，40年代身处国统区的郭沫若对赵树理小说的评价别有意味。长期以来，郭沫若对赵树理小说的这种评论一直很少受到赵树理小说研究者的重视，本节欲就此问题做一番考察，再来探究赵树理小说面貌。

1946 年 7 月底，时任晋察冀中央局宣传部长的周扬前往上海，带着刚编印好的赵树理小说集《李有才板话》和《解放区短篇创作选》，以此作为送给上海文化界朋友的礼物。当时上海的郭沫若读到周扬带来的赵树理小说后，在 8、9 月间曾写有三篇介绍、评论赵树理小说的文章。第一篇是 8 月 9 日写的《〈板话〉及其他》③，这是一篇 600 多字的短文，主要是对周扬带来的两本小说集的介绍。郭沫若简单地谈到了自己对两本小说集的喜爱，"费了一天工夫，一口气读了两本书，这在我是好些年辰以来所没有的事"，其中"一本是赵树理著《李有才板话》"，"我是完全被陶醉了，被那新颖、健康、朴素的内容与手法。这儿有新的天地，新的人物，新的感情，新的作风，新的文化，谁读了，我相信都会感着兴趣的"。一连五个"新的"一词在表达郭沫若对赵树理小说强烈的赞誉之辞时，也显现出赵树理小说对郭沫若的极大触动，《小二黑结婚》和《李有才板话》"两篇都可以说是杰出的短篇"，是郭沫若意外感到满意的"好书"，他"愿意把这两本书推荐为抗战以来文艺作品的杰出者"。

也许考虑到这篇文章要公开发表，郭沫若在介绍中可能有有意识地

① 周扬：《论赵树理的创作》，《长城》创刊号 1946 年 7 月。
② 郭沫若：《读了〈李家庄的变迁〉》，《文萃》第 49 期，1946 年 9 月。
③ 郭沫若：《〈板话〉及其他》，《文汇报》1946 年 8 月 16 日。

对解放区作品夸饰的成分，如果真是这样的话，那么郭沫若在私下写给朋友的信件中谈到赵树理的作品时，他的评价相对来说就应该是真实可信的。就在写了《〈板话〉及其他》的第二天，即 8 月 10 日，郭沫若又写了第二篇谈论赵树理小说的文章《谈解放区文艺》①。这是两封信，一封题为《向北方的朋友们致敬》，另一封题为《致陆定一同志的信》。8 月 14 日，郭沫若托即将由上海返回解放区的周扬把这两封信捎给"北方的朋友"。《向北方的朋友们致敬》是一篇不到 300 字的短文，表达的意思和《〈板话〉及其他》一样，因为这篇短文的对象是一个群体，并不是某一个具体的人，文中的感情并不如《〈板话〉及其他》那样细腻强烈，主要是一种姿态的表示。而《致陆定一同志的信》是一封私人信件，作者因面对的是一个具体的人，并且是自己的朋友，文字就显得很细腻，充溢着真挚的感情，也写得较长，全文约有 1100 多字。在这封信中，郭沫若谈及赵树理小说时的感受是个人化的，是真实的。郭沫若说自己是"一口气"把赵树理的《李有才板话》读完了，对这部书"非常满意"，赵树理的小说是"抗战文艺的杰作"，赵树理是一位"值得夸耀的新作家"，他的新作《李家庄的变迁》"我很希望能够谋到机会读它"。郭沫若在用"非常满意"、"杰作"、"值得夸耀"等词语时把话都说得很满，强烈地表达出他对赵树理小说的极力赞誉。我们知道，此时的赵树理无论是在解放区文坛、还是在国统区文坛都是一个名不见经传的小作家，他的小说除彭德怀题过字外并没有大人物或大批评家注意，而郭沫若在这样一封私人信件中，对其作大加赞赏，表明郭沫若在赵树理小说中的确感受到了某些非常独特、也非常重要的东西。但是，郭沫若在给赵树理小说这样很高评价时，却在这两篇文章中都没有对赵树理小说进行详细的论述，这是为什么呢？我们想这可能正显示了郭沫若对赵树理小说的重视，突然看到这样一位独特的、自己喜欢的作家，郭沫若不想轻易地、简单地去作解读，而是想经过深思熟虑后找一个合适的时机再来表达自己对赵树理小说的看法。

事实也是如此，一个多月后，郭沫若的确在深思熟虑后把自己对赵树理小说的强烈感受理论化、系统化了。9 月 17 日，郭沫若写了一篇专门

---

① 郭沫若：《谈解放区文艺》，《晋察冀日报》1946 年 8 月 24 日。

解读赵树理小说的文章——《读了〈李家庄的变迁〉》①，全文约 1400 字，赵树理小说给他的强烈冲击感在这篇文章中得到了详细论述，至此我们清晰地看到了与别人不大一样的、郭沫若对赵树理小说的另一种解读。

在这篇文章中，郭沫若首先用两段形象化的描述来说明赵树理小说的特点，"这是一株在原野里成长起来的大树子，它根扎得很深，抽长得那么条畅，吐纳着大气和养料，那么不动声色地自然自在"。"当然，大，也还并不敢说就怎样伟大，而这树子也并不是豪华高贵的珍奇种属，而是很常见的杉树桧树乃至可以劈来当柴烧的青杠树之类，但它不受拘束地成长了起来，确是一点也不矜持，一点也不炫异，大大方方地，十足地，表现了'实事求是'的精神。"这两段话中突出的正是赵树理小说给郭沫若的"新的"感觉，"新"在它的"原野"气息，它的"自然自在"、"不受拘束地成长了起来"的状态。

郭沫若认为，赵树理小说的这种"不受拘束"是既摆脱了五四以来欧化体小说的束缚，也"扬弃"了"章回体的旧形式"，并在作家立场上改变了新旧小说家在创作中假通俗化情状后的一种"自由"状态。在赵树理小说中，"不仅每一个人物的口白适如其分，便是全体的叙述文都是平明简洁的口头话，脱尽了五四以来欧化体的新文言臭味。然而文法却是谨严的，不像旧式的通俗文字，不成章节，而且不容易断句"。赵树理小说的形式也不再有旧式文人"搔首弄姿"、"和老百姓的嗜好是白不相干的"章回节目。在作家立场上，"旧式的通俗文作者，虽然用白话在写，却要卖弄风雅，插进一些诗词文赞，以表明其本身不俗，和读者的老百姓究竟有距离，五四以来的文艺作家虽然推翻了文言，然而欧化到比文言还要难懂。特别是写理论文字的人，这种毛病尤其深沉，装腔作势，矫揉造作，瞎缠了半天，你竟可以不知道他在说些什么。"而赵树理破除了这些新旧文学的习气，"创出了新的通俗文体，是值得颂扬的事"。由此可以看出，郭沫若推崇赵树理的小说，针对的既是五四新文学的问题，也是中国旧文学的问题。五四以后的新小说在对西方小说的借鉴中、在强调抒情、诗化中摆脱了传统旧小说的束缚，但在后来又逐渐发展成为现代小说

---

① 郭沫若：《读了〈李家庄的变迁〉》，《文萃》第 49 期，1946 年 9 月。

唯一固定的标准时，也就变成了一种新的约束，为自己限定了一个框框。[①] 赵树理不屑于混迹在五四后形成的新文学"文坛"中，扎在"长袍马褂"的文人堆里讨生活，也不满足于旧小说作家骨子里的假通俗，而是在对中国新旧小说资源的自由借鉴中、对民间传统文化的自信中自觉地摆脱了中国新旧文学的框框，在 20 世纪中国小说的现代转变中使其创作精神"不受拘束地成长了起来"。这种"处在自由的环境里，得到了自由的开展"的创作状态，让郭沫若——曾经身经五四新文学运动和革命文学的核心人物——感觉到极大惊喜，让他非常"羡慕"，以致郭沫若说"或许有人会说我在夸大其辞，我不愿置辩"，态度之坚决可见一斑。

上面我们考察了郭沫若三篇文章对赵树理小说的评价，然而令人不解的是，作为国统区党的代表性文艺工作者，郭沫若在三篇文章中并没有直接提及赵树理小说和毛泽东《讲话》的关系，也没有明确地用文艺要为无产阶级政治服务的标准来评价赵树理小说。在解放区、国统区的评论者几乎都认为赵树理的小说是毛泽东《讲话》精神在创作实践上的一个胜利时，郭沫若对赵树理小说的解读依据的却是毛泽东另外的文艺思想资源。

郭沫若对赵树理小说有极高评价，并且论定"是处在自由的环境里，得到了自由的开展"，但郭沫若对这一话题并未细说，而我们可以从赵树理的小说中感觉到一位经历过乡村社会底层的飘荡、又在进行着革命斗争的解放区自由创作的文艺工作者的自由创作精神以及这种创作精神与民间传统文化的内在联系。赵树理早期写作也是模仿五四新文学"欧化"路向的，但那样的作品无法在乡村存活，立志要为农民创作的他在 1934 年后决定要做一个文摊文学家，其文学观念发生重大转变。从 1935 年发表《盘龙峪》到 1943 年发表《小二黑结婚》、《李有才板话》，赵树理已经创作了大量通俗化、大众化并且风格一致的作品。这些作品，既摆脱了五四新文学的束缚，又自由地汲取了传统文学资源，显现出赵树理创作精神的自由自在，而这种自由创作精神的资源应该来自于赵树理在农村自由自在生活方式的影响，以及民间传统文化的熏陶。赵树理在 60 岁高龄时仍念

---

① 　参见竹内好《新颖的赵树理文学》，载黄修己编《赵树理研究资料》，北岳文艺出版社1985 年版，第 491 页。

念不忘自己儿时在农村八音会的生活，

> 那时"八音会"的领导人是个老贫农，五个儿子都没有娶过媳妇，都能打能唱，乐器就在他们家，每年冬季的夜里，和农忙的雨天，我们就常到他家里凑热闹。在不打不唱的时候，就没头没尾的漫谈。往往是俏皮话连成串，随时引起哄堂大笑，这便是我初级的语言学校。①

这种"没头没尾"的、快乐随意的"漫谈"场景我们常能在赵树理小说中见到，如《盘龙峪》中十二个农村青年结拜唱戏时的情景，《李有才板话》中村西的大槐树下、李有才的窑洞里、打谷场上大家闲谈的情景，《刘二和与王继圣》中六个放牛娃在山坡上纵情演戏的情景，等等。这些场景实际上就是乡村中的公共自由空间，在这样的空间中，普通的乡民才有完全属于他们自己的、自由自在的话语空间、活动空间、文化空间，而赵树理"自由"的创作精神也就来源于这种文化空间的培育。席扬先生在谈到这点时说：

> （赵树理）正是在这一"自由""自为"的审美氛围中，在不知不觉中培植了自己的审美情趣并激起审美创造能力的。怡人性情的地方戏曲，游走四方的说书艺人，流行于田间炕头的板书及出现在人们调侃之间的"顺口溜"式的诗的创作，给了赵树理的是一种极自然的陶冶，是对他在趣味牵导下审美创造冲动的自然诱发。审美创造和接受的自由氛围，创造者与接受者的非功利性的对应契合以及在此基础上对每一个有志于审美的后来者自由的诱惑，形成了赵树理既不同于五四"理性自由"，又不同于延安时代"共性自由"的审美创造的自由意念。②

---

① 赵树理：《回忆历史 认识自己》，《赵树理文集》（4），中国工人出版社2000年版，第2117页。

② 席扬：《面对现代的审察——赵树理创作的一个侧视》，见《多维整合与雅俗同构——赵树理和"山药蛋派"新论》，中国社会科学出版社2004年版，第47页。

赵树理曾经与杰克·贝尔登交谈时也说：

> 有人会觉得我的书没啥意思。抗战前，作家们写的是小资产阶级的爱情故事。这种作家对于描写在我们的农民中所进行的革命是不感兴趣的。我若请这种人写政治性的书，他们就很不高兴，觉得受了拘束。可是我是在农村长大的，我在这里一点也不感到拘束，我想写什么就写什么，而从前我却办不到。①

因此我们可以说，赵树理的创作正是脱出了五四新文学、传统旧文学的束缚后"自得其乐"地展示出的一个自由自在的艺术世界，也是郭沫若盛赞的"这是一株在原野里成长起来的大树子"，它根深叶茂，"自然自在"地成长。而这个被郭沫若一再盛赞的艺术世界，正是毛泽东文艺思想倡导的"新鲜活泼的，为中国老百姓所喜闻乐见的中国作风和中国气派"的艺术世界，这种"最浓厚的中国气派，正被保留、发展在中国多数的老百姓中"②，更保留、发展在赵树理这样作家的文艺创作中。

赵树理在 1934 年前后文学观念的转变在深层触及的是中国现代文学发展过程中一次非常重要的自我调整，是对五四新文学运动西化偏颇纠偏中的民族化努力。郭沫若对赵树理小说的解读，针对中国新旧文学的问题，看重赵树理身上体现出的"自由"创作精神，以及这种创作精神和民间传统文化的内在联系，在深层文艺思想上触及的正是赵树理小说在现代文学史上出现的这种特殊价值，这种思考也正是毛泽东文艺思想中有关"民族形式"的思考。由此可以看到，郭沫若对赵树理小说的解读与周扬等人的解读不同，从另外一个方面显示出赵树理小说在 20 世纪 40 年代文艺界的独特地位。

当然，在更宏观的层面看，无论是周扬，还是郭沫若，对赵树理小说的解读，都受到了毛泽东文艺思想的影响，虽然有不同的侧重，但共同丰富了赵树理小说在中国现代文学史中的独特价值。只是，在郭沫若对赵树

---

① ［美］杰克·贝尔登：《赵树理》，载黄修己《赵树理研究资料》，北岳文艺出版社 1985 年版，第 39 页。

② 柯仲平：《谈"中国气派"》，延安《新中华报》1939 年 2 月 7 日。

理小说独特解读中显现出来的，有关现代文学发展过程中这一自我调整与毛泽东文艺思想中有关"民族形式"的这种内在、深层的复杂关系，在今天也许更值得我们进一步思考，因为在全球化的 21 世纪文学中，探究"中国作风和中国气派"仍是文艺界的重要命题之一。

第二节　旷野中的花树

一　《盘龙峪》：小说艺术民族化的初步尝试

赵树理小说艺术风格的成熟一般以他 1943 年发表《小二黑结婚》和《李有才板话》为标志，周扬的评论确定了赵树理小说和毛泽东《讲话》的关系。20 世纪 80 年代后，赵树理早期小说逐渐被整理出来，我们看到，在 20 世纪 30 年代上海进行大众化问题论争而没有产生出真正大众化作品的时候，远在太行山区的赵树理不光在理论上进行着大众化的思考，更在创作中实践着这种主张，我们现在能看到的主要实绩就是赵树理在 1935 年发表的《盘龙峪》（第一章）①。30 年代初，赵树理文学观念和创作实践的调整，牵涉的是中国现代文学发展中对五四以来小说西化偏颇的一次重要调整，这种调整是中国小说在现代转型中对本土化—民族化方向的尝试，《盘龙峪》（第一章）的出现体现了赵树理的这种努力。同时，对《盘龙峪》（第一章）这种价值的发掘将起到重新划分赵树理研究时段的重要作用。但除过董大中、李国涛、李锐等人的论述，《盘龙峪》（第一章）一直少被人注意。

《盘龙峪》（第一章）最先被董大中发现并载于《汾水》1981 年第 5 期，后李国涛认为赵树理《盘龙峪》（第一章）同《小二黑结婚》等在艺术风格上是一致的，② 董大中也认为《盘龙峪》的小说特点"正是作家

---

① 董大中说："据作家一些老朋友回忆和作家自己在一些自述性的材料中所说，三十年代前半期，他（赵树理）总共写过四部中、长篇小说，即《铁牛的复职》、《有个人》、《白的雪》和《盘龙峪》。前三部现已无存，《盘龙峪》可以看到很少部分。"（见中国作家协会山西分会编《赵树理学术讨论会纪念文集》，中国作家协会山西分会 1982 年版，第 93 页）

② 李国涛：《赵树理艺术成熟的标志——读〈盘龙峪〉（第一章）札记》，《汾水》1981 年第 11 期。

此后多年小说创作中所表现出来的主要之点"①，后来李锐也说"赵树理所有的创作，无论是《小二黑结婚》、《李有才板话》，还是《李家庄的变迁》、《灵泉洞》等等，都是以《盘龙峪》为出发点的"②。在确认赵树理的成名作《小二黑结婚》、《李有才板话》中的艺术特点源于1935年发表的《盘龙峪》后，李国涛和李锐都认为赵树理在写《盘龙峪》的时候创作风格已经成熟，李锐甚至认为《盘龙峪》（第一章）的"艺术境界远在赵树理其他的作品之上"。鉴于《盘龙峪》（第一章）本身的艺术特点还没有被充分发掘出来，本文将具体分析小说体现出的赵树理对小说艺术本土化—民族化方向的可贵尝试。

董大中说《盘龙峪》在小说叙事方面，"没有跳跃，没有突然的'蒙太奇式'的镜头转换"，兴旺"这个人物就跟《三里湾》开头玉梅一样，起着把各个场景连接起来的作用"；小说描写方面，"作家写人物，不借助景物和心理，而是纯用白描"；小说语言方面，作家所用的语言是经过提炼的"群众口语"，"易懂，又具有艺术魅力"。③《盘龙峪》中没有的这些特点正是五四以来小说的突出特点。五四以来小说受西来翻译小说的影响，强调小说的诗化、抒情性，注重作家内心情感的表达，以对单个人物内心世界发掘之深和描写之广为目的，小说结构心理化，时空情绪化，在突破传统小说叙事形式时，又失掉了小说通俗娱乐等特性，造成了现代小说与大众读者的分离。20世纪30年代，面对这样的情状，赵树理创作的《盘龙峪》，是对五四以来小说西化偏颇进行的一种自觉反拨，具体实践就是对小说艺术民族化的尝试。

《盘龙峪》中这种民族化的初步尝试，首先，表现在类似"珠练式"、"珠花式"的小说结构上。所谓"珠练式"结构是相对"珠花式"结构而言，这个比喻是曾朴在回答胡适对《孽海花》的责难时提出的。《盘龙峪》（第一章）开始，在叙述兴旺和有法的对话时采用的就是类似"珠练式"的结构，而到叙述十二青年的结拜时采用的又是类似"珠花式"的

---

① 董大中：《在文艺民族化、大众化的道路上——介绍赵树理的一批佚文》，中国作家协会山西分会：《赵树理学术讨论会纪念文集》，中国作家协会山西分会1982年版。

② 李锐：《谁看秋月春风》，《读书》2002年第11期。

③ 见董大中《在文艺民族化、大众化的道路上——介绍赵树理的一批佚文》，中国作家协会山西分会编：《赵树理学术讨论会纪念文集》，中国作家协会山西分会1982年版，第94页。

结构，从第一章整体来看小说采用的也是类似"珠花式"的结构。小说开头，西坪上的兴旺冒雨到北岩来打酒，跑进一家院子里躲雨，与有法闲聊天，有法想知道结拜干弟兄的都有谁，兴旺就给他一个一个介绍。但在介绍的过程中，有法总是插话打断兴旺的介绍，总是添进去许多别的人和事，如兴旺介绍窑上院的小软，有法却牵出窑上院俩寡妇，牵出另户人家一个名叫珠的女孩，还牵出同院子的碰成，还对院子里的人事闲扯两句。两人对窑上院的人事谈论一番后，兴旺打住话把介绍的对象转到了下一个结拜青年喜顺身上，结果有法又是插话，扯到喜顺的爹——"瞎话篓"发贵，刚牵回来谈青年小松，有法又问他爹还抽不抽大烟，还说起同样抽大烟的起富。两人谈着谈着就扯远了，谈东方、润年两家的境况，感叹生活的艰辛，谈话就没头没尾，使两人不得不又重新提及最初的话题来，这样的跑题谈话后面一次又一次。不过最终两人的谈话还是围绕在了介绍十二个结拜青年这一中心话题上，但由于有法不断的插话，本来不长的一段对话，变成了包含有许多互不相干的一个又一个话语包的很长的对话，对话中这些话语包或大或小，旁插斜出，摇曳多姿，点缀在对十二青年的介绍上，使这段话有很大的容量。对有法来讲，他并不是直接想知道这十二个结拜青年是谁，而是只想和兴旺闲聊天，感兴趣于闲扯中扯进来的大量日常生活细节。这种通过对话来介绍人物的结构类似于传统小说中"珠练式"结构。

而兴旺打酒回到十二青年结拜的"老院"后，小说结构就由类似"珠练式"的结构变成了类似"珠花式"的结构。打酒中的中心人物兴旺，回来后马上就融入到了小说背景中，不再是赵树理叙述的主要对象，在大家准备菜肴、邀神、唱戏的场景中，兴旺只是作为整体中的一员偶尔露一下面。小说中出现大量随意的对话，这些对话一会儿一个话题，话题随意转变。最初大伙的对话是对兴旺受木头刀的气而表现忿忿不平之情，后来就转移到互相的斗嘴取乐上，见小软来马上拿小软和女孩珠的事开玩笑，又和得水老婆开玩笑，邀神，唱戏，又喝酒，再唱戏，很快就鸡叫了。这些对话和事件中间没有一个中心人物，也没有一个中心事件，小说叙述的方式看似随意散漫，叙述的一个话题和一个话题之间也没有什么直接的联系，但在这样的叙述中，西坪村中这一群小伙的性格特点、精神面貌却整体式地展现在读者面前了。同样，我们再把前面兴旺和有法之间对话时对这些青年的介绍，和对村中其他人的介绍融合在一起，有关西坪村的人事景象也是隐约显现出来。如果作家没有一种小说全局观念在脑中，这么多的人物和事件，彼此之间又缺乏紧密的联系，很容易导致小说结构的凌乱不堪，前后衔接不一，甚至矛盾冲突，但《盘龙峪》（第一章）给我们的感觉却是平实、从容而又大气。因此《盘龙峪》（第一章）从整体结构上看是非常类似于中国传统小说"珠花式"结构的，这样的小说结构方式，会让看惯了五四西化小说——强调单一结构、塑造中心人物——的读者感到不习惯，但也会让看惯了传统旧小说如《三国演义》、《红楼梦》、《金瓶梅》、《海上花列传》等的读者感到亲切熟悉。而这样的结构方式在《小二黑结婚》、《李有才板话》、《李家庄的变迁》等中也有明显痕迹。[①]

其次，类似"包罗万象"式的小说描写。《盘龙峪》（第一章）中几乎没有人物的心理描写、外貌描写，但西坪村青年的直爽、憨厚、诙谐、自在状态等却隐约显示了出来，小说也没有对西坪村的景物、风俗、人事等进行专门、具体的描写，西坪村的整体状况也是隐约显现。《盘龙峪》（第一章）中人与人之间的对话并没有一个十分确定的主题，话题都是信手拈来，想到哪里就到哪里，但正在这看似漫无目的，想到什么就说到什么的对话中，西坪村人物之间的关系，有关西坪村的一些事件就在不经意中被介绍了出来。如兴旺和有法的一段闲聊，牵出来的不光是十二个要结拜的西坪村小伙，另外还有十二个人，如木头刀、窑上院的寡妇、女孩珠、碰成、碰成老婆、发贵、老来宝、起富、东方老汉、东方、润年、黑旦，赵树理对这后面十二人的笔墨或浓或淡，整体上并不比前十二人少。这样，小说并不以某个人物为中心来展开故事，而是达到了对多个人物及人物之间多层关系的整体展示，通过对多位人物的展现牵出多个事件，达到对西坪村整体面貌的表现。《盘龙峪》（第一章）首先一个叙述事件是兴旺到北岩打酒买调料，与有法聊天，后到木头刀铺子受气而回。但小说叙事的重心在兴旺与有法闲聊天中牵出来的大量有关西坪村的人事。后来兴旺回村融入小说背景，小说叙述的第二个事件是十二青年的结拜。但小说重心也不在结拜本身，而在结拜前菜肴准备时大家的嬉戏玩笑，在众声

---

① 参见本节后文第三小节"'细节'、'小故事'：乡村世界的叙事构成"中有关论述。

喧哗的斗嘴聊天中，一群充满生命活力、自由自在的农家小伙凸显在读者面前。第三个事件是结拜后的唱戏，赵树理并不具体写怎么唱、唱了些什么，却写戏唱了半本，邀神的人来，大家就停下来喝酒，喝了酒又开始唱，这一唱就唱到公鸡叫了，重在他们生命个体的自由自在状态。再从小说整体上看，这三个事件在表层上有联系，卖酒、结拜、唱戏，但明显三个事件之间缺乏彼此的推动性，没有一个事件应有的起伏变化，而且如我们刚才的分析，实际上每个事件作者所要表现的重心与表层的事件并不一致，这更冲淡了表层小说事件之间的联系，三个表层事件之间没有统一的中心人物，没有中心事件。但我们把作者表现的三事件中的重心——卖酒聊天是在关注西坪村的人事和日常生活、结拜是体现十二个青年的性格特点、唱戏是在彰显这群青年生活的自由自在状态——放到一起，则可以看到作家是把三者统一在对西坪村立体、多方位的整体表现中，这种表现是力图包罗万象的。赵树理也简单地提及过《盘龙峪》的结构："我曾写了个长篇《盘龙峪》，十几二十万字，在一个朋友办的小报上发表了，不全发，也不按顺序发，因为我写的每一章都可以独立，连起来可以成为一本。那个朋友需要就拿一章去。"① 我们阅读 20 世纪 40 年代赵树理的《小二黑结婚》、《李有才板话》、《李家庄的变迁》，可以明显看到这些小说的结构和表现对象，在包含着众多人物的一个又一个的故事片段中，在对村庄中各种人事随意散漫的表现中实际上展现出的是刘家峧、阎家山、李家庄等这样村庄的整体面貌。这种对村庄社会做整体性的表现，正是对传统小说要"包罗万象"观念的一种现代传承。李欧梵在谈晚清小说的叙事模式时用了一个词叫"社会史诗"，说晚清小说"试图用一种叙述模式包罗万象，这种方式就使得晚清小说呈现出多样性"。同时也认为"有些现代小说包罗万象，比如《尤利西斯》，是 19 世纪的小说无法容纳的，不能用传统的小说概念来指称"。② 因此我们可以说，赵树理《盘龙峪》（第一章）中体现出来的这种"包罗万象"的特点使赵树理小说既旧又新。

---

① 赵树理：《生活·主题·人物·语言》，《赵树理文集》（第 4 卷），中国工人出版社 2000 年版，第 1975 页。

② 李欧梵：《晚清小说与中国现代性想像的确立》，见周桂发，周筱赟编《复旦大讲堂》（第 1 辑），复旦大学出版社 2004 年版，第 36 页。

再次，对民间传统文化中自在生命气息的表现。小说中兴旺和有法的对话，众小伙在邀神前的斗嘴、唱戏，内容全是琐碎的日常生活，再加上民间口语，小说中人物的自在情态，人物所处的自在、从容的民间文化生态也尽显出来，在这样的氛围中展现出的是生命个体的自由自在。大伙在邀神前的斗嘴取乐，由于年龄相仿，兴趣相投，互相之间没有任何隔阂，自是无拘无束，妙趣横生，尽显乡村小伙健康淳朴、生气勃勃的景象。大伙在关羽画像前结拜敬神，虽是一种迷信的仪式，但几乎没有迷信的内容，场面也不庄严，不但彼此谈笑，而且调侃关老爷。而就结拜来讲，他们要"有福同享，有难同当"，在显现"小字辈"肝胆相照的纯真友谊时，也是在显现这些农家子弟内心深处潜藏的一种属于民间文化中的强烈自由意念。邀神后的唱戏，更是这群无拘无束、自由自在的个体感受生命娱悦的重要方式。歃血盟誓后，有人等不及"邀神"的人来就急着要唱戏，安泰说"要不是图唱戏的话，我磕了头就走了"，大家要唱戏，饭吃得很快，不等大家吃完，小松早就把乐器安排好了，马上分配好角色，一出戏就铛铛锵锵打起来，唱起来了。唱了《精忠传》，又唱吕布戏貂蝉，一直唱到鸡叫才一哄而散，"出到院子里，看见已偏了西的月亮"。在一个农家小院中，一群"自乐会"的小伙，不是靠什么外在的约束，而是自发地聚在一起自弹自唱一整夜，这是一种多么热闹、快乐、自由的状态！他们不是为某种高远的理想，而只是感到了生命的愉悦，由于没有需要生命承载的别的过重的东西，他们在一起才更能本真地呈现出生命的快乐，在这样的氛围中他们的精神是自足的，其文化是自足的。赵树理后来在好多小说中都写到唱戏这一乡间文化活动形态，唱戏一面在满足着乡民们自娱自乐的需要，另一面也在给乡民们构建了一种类似于"公共空间"的乡村自由空间，在这个类似的公共空间中，演戏的人和看戏的人也在实现着自我身份的确认。在大家共同的唱戏、演戏、交流、编排、观看中，大家被联系到了一起，也寻找到了精神皈依和精神休憩的一方天地，获得自由自适的归依感。《盘龙峪》中体现出的这样一种自足的文化背景，会让人很容易想起沈从文《边城》、废名《桥》、汪曾祺《受戒》中那些充满生机的乡村自足世界，这样一种自由自在又自足的文化世界实际上也是他们这样知识分子的精神家园。在经历过各种时代风暴带给他的荣辱悲喜后，60岁的赵树理对《盘龙峪》当中那样的生活场景仍念念不忘，在

1966 年冬写的交代材料《回忆历史 认识自己》中他深情地回忆自己儿时在"八音会"的热闹生活,没头没尾的漫谈。与现实境遇相对比,他这样的回忆中一定饱含着比别人更多的生命感触。

虽然《盘龙峪》仅存一章,虽然它是赵树理小说艺术民族化的初步尝试,但它"叙述的从容大气,文字的干净简朴,老道的传神的白描,无微不至、生动丰富的乡土气息,纷纷跃然纸上"①,显示出了赵树理深厚的传统小说艺术素养,也印证了 1946 年周扬发现赵树理后对其的评价,赵树理"是一个新人,但是一个在创作、思想、生活各方面都有准备的作者"②。《盘龙峪》(第一章)呈现出了一个充满生机气象的乡村世界和文学世界,这样的乡村世界和文学世界在赵树理看到《讲话》之前创作的《小二黑结婚》、《李有才板话》中也有呈现,可以说在看到《讲话》之前,赵树理小说的创作风格前后是一致的。郭沫若在 1946 年第一次看到赵树理小说时盛赞说"这是一株在原野里成长起来的大树子,它根扎得很深,抽长得那么条畅,吐纳着大气和养料,那么不动声色地自然自在","他是处在自由的环境里,得到了自由的开展",③ 后来竹内好 50 年代也说赵树理小说是"以中世纪文学为媒介,但并未返回到现代之前,只是利用了中世纪从西欧的现代中超脱出来"的一种写作,"他的文学观本身是新颖的"④。从这个意义上说,赵树理在受到毛泽东《讲话》精神的影响之前就已经形成了自己成熟的小说艺术风格,而赵树理在 20 世纪 30 年代初《盘龙峪》中对五四以来小说西化偏颇的纠偏和对中国小说艺术民族化路向的初步尝试,提前开启了毛泽东文艺思想倡导的要创作"新鲜活泼的,为中国老百姓所喜闻乐见的中国作风和中国气派"艺术作品的创作路向,提前开启了有关毛泽东"民族形式"文艺的创作实践,开启了中国现代文学发展的自我调整路向。

---

① 李锐:《谁看秋月春风》,《读书》2002 年第 11 期。
② 周扬:《论赵树理的创作》,《长城》创刊号 1946 年 7 月。
③ 郭沫若:《读了〈李家庄的变迁〉》,《文萃》第 49 期,1946 年 9 月。
④ 参阅竹内好《新颖的赵树理文学》,见黄修己编《赵树理研究资料》,北岳文艺出版社 1985 年版,第 491—492 页。

二 自在民间：小说创作中的戏曲元素

赵树理一生喜欢民间戏曲，尤其是上党干梆戏，他对戏曲的导演、音乐设计、舞美设计都作过研究，同时还是个热情的剧作家、评论家。据《赵树理全集》，从1939年至1966年，赵树理创作改编的大小剧本有13个，写作的戏曲评论有25篇，这在中国现代小说作家中是很少见的。作为一位独树一帜的作家，地方戏曲给了赵树理小说创作的艺术营养，极大地影响了他的小说创作思想。在乡村，地方戏曲演唱的主要功能有三：一是敬神娱神，期望人身平安和风调雨顺等；二是道德教化，通过戏曲人物、故事来传承乡村传统伦理道德；三是自娱自乐，通过唱戏、看戏行为达到自己精神的愉悦，以此消解生活之苦。赵树理在小说创作中看重戏曲内容的道德教化功能，强调戏曲潜移默化的"劝人"功效，而戏曲创作、表演、观看过程中参与者自由自在活动的氛围又潜移默化地影响了赵树理小说创作思想，培植了赵树理小说创作中自由自在的审美情趣和审美创造能力。戏曲活动在赵树理小说中体现出乡民生命个体对自由存在的强烈需要，也给乡村世界构建了一个公共自由空间。本节欲探究戏曲活动怎样表现在赵树理小说中，戏曲活动中自由自在的精神怎样体现在赵树理的小说创作思想中，怎样深层影响了赵树理的小说创作。

演戏、唱戏是乡村乡民日常生活的重要一部分，赵树理在小说创作中对这一活动多有描写。在1934年写的《盘龙峪》（第一章）中有这样个场景，十二个二十岁左右的农家小伙歃血盟誓后，等不及"邀神"的人来就急着要唱戏，安泰说"要不是图唱戏的话，我磕了头就走了"，大家要唱戏，饭吃得很快，不等大家吃完，小松早就把乐器安排好了，接着就马上进入各自的角色，唱了《精忠传》，又唱吕布戏貂蝉，一直唱到鸡叫才一哄而散，"出到院子里，看见已偏了西的月亮"。在一个农家小院中，一群"自乐会"的小伙自弹自唱一整夜，多么热闹而又自由，这个乡村聚会体现了农家小伙对民间戏曲的强烈喜爱。在1943年创作的《李有才板话》中，李有才扮演焦光普的演唱吸引得邻村小伙正月里上门请教，五十多岁的"有才见他说起唱戏，劲上来了，就不客气地讲起来。他讲：'这焦光普，虽说是个丑，可是个大角色，唱就得唱出劲来！'说着就举起他的旱烟袋算马鞭子，下边虽然坐着，上边就轮打起来，一边轮着一边道：'一出场：当当当当当，令令当，令令当，令各拉打打当！'"五十多岁的人，坐在炕上，一说起唱戏就按耐不住，连打带唱加比划。一位是毛头小伙，另一位是年长老头，如果不是对戏曲的痴迷，这一老一少在一起怎会变得如此青春有活力。1947 年创作的《刘二和与王继圣》一开始就是对一群小孩唱戏场景的描写。村里给关老爷唱戏，别的孩子都去看戏了，只有七个给别人放牛的孩子还得放牛去，把牛赶到山坡上后，小囤提议说"兔子们都在家里等看戏啦。咱们看不上，咱们也会自己唱！"七个孩子立刻一致赞同，就开始唱打仗的戏了。"他们各人都去找自己的打扮和家伙，大家都找了些有蔓的草，这些草上面有的长着黄花花，有的长着红蛋蛋，盘起来戴在头上，连起来披在身上当盔甲；又在坡上削了些野桃条，在老刘地里也削了些被牛吃了穗的高粱秆当枪刀。二和管分拨人：自己算罗成，叫小囤算张飞，小胖、小管算罗成的兵，铁则、鱼则算张飞的兵。"在各自化好妆、找好兵器、分配各自扮演的角色后，满囤用两根放牛棍在地上乱打，嘴念着"冬仓冬仓"，这戏就在山坡上开始了。"六个人在一腿深的青草上打开了。他们起先还画个方圈子算戏台，后来乱打起来，就占了二三亩大一块，把脚底下的草踏得横三竖四满地乱倒。"这是多么自由自在而又快乐的游戏啊！举上面这三篇小说中的唱戏情景是想说明在赵树理笔下的农村中，几乎所有年龄阶段的人都痴迷于看戏、唱戏，赵树理也是如此，无论在童年生活中，还是在飘荡社会底层的青年时期，还是困居北京的中老年后，戏曲一直是赵树理内心世界最喜爱的自娱自乐的形式。那些不熟悉民间戏曲的人，是很难理解赵树理终身对民间戏曲的喜爱，究竟是什么东西能把这样一群人吸引得如此痴迷呢？

赵树理小说中乡民对戏曲的痴迷身姿体现出个体生命对自由存在的强烈需要。现实社会中的每个个体，都有生命自由的需要，但现实社会的各种规约限制使其没法去完全实现生命的自由冲动，我们只有在游戏模仿中才有可能实现生命短暂的自由状态。游戏产生于个体对事物外在形式的兴趣和爱好，并不关涉事物的内在性质或利害关系，在游戏中，个体将努力摆脱外在世界对自己的束缚，而对乡村世界来说，最适宜的游戏状态就是对戏曲的迷醉。赵树理小说《刘二和与王继圣》中孩子们在野地里唱戏的游戏最能体现出个体生命对自由存在的强烈需要。由于无法去看自己喜爱的戏，还被迫要去山坡放牛，孩子们的自由需要受到强烈压制，正是在这种极端不满意中，孩子们一致提议来玩唱戏的游戏，以此来满足自己的心愿。孩子们的唱戏游戏最先开始时也分配了各自喜好扮演的角色，"还画了个方圈子算戏台"，但是唱戏开始后他们很快就进入到了随心所欲的境界，进入到了忘我的境界，他们"乱打起来，就占了二三亩大一块，把脚底下的草踏得横三竖四满地乱倒"，"小胖打了鱼则一桃条，回头就跑，鱼则挺着一根高粱秆随后追赶，张飞和罗成两个主将也叫不住，他们一直跑往坪后的林里去了"。原来划定的戏台不管了，打的乐器也不管了，原先的角色早已不记得，剧情也顾不得，几个人只是自顾自的打玩起来，戏唱的完全没了戏的样子，但正是在这种状态下这群孩子们短暂地实现了自己生命的自在自由状态，在这一片刻中他们不受任何约束，没有现实中放牛的责任约束，也没有原本戏剧内容的束缚，他们完全属于他们自己了，孩子们的自然天性自然地呈现了出来。在这一情景中可以看到，在唱戏游戏中，孩子们唱演戏剧并不是他们的真正目标，而仅仅是开始游戏的一种形式，一旦唱戏游戏开始，这种形式也不再重要了，这场游戏的真正目标是孩子们对生命个体自由存在的无意识的强烈追求。孩子们在自由自在的游戏中才可摆脱、超越现实的各种束缚，而在对这种唱戏形式的游戏模仿中对生命自由自在状态的无意识追求，更能够体现出艺术创作最原初的审美意义。在赵树理的生命中，我们想小说中这一童年唱戏的游戏是他最自得其乐的一段回忆，如鲁迅对自己童年时与闰土生活的回忆，对夜看社戏划船晚归偷吃玉米豆的回忆，对百草园中捉蛐蛐的回忆一样，我们都能深感到这些大家对童年无拘无束、自由自在的生命个体存在状态的强烈怀念。而这种童年时生命的自由自在状态随着我们年龄的增长永远也不可再获得了，对这种生命悲哀的排遣方式之一就是艺术模仿，如同小孩的唱戏游戏一样，在虚拟的艺术世界中重温生命的自在状态。20 世纪 50 年代傅雷非常独特地提到赵树理对儿童形象的表现，说"赵树理同志还是一个描写儿童的能手。他的《刘二和与王继圣》，以及在《三里湾》中略一露面的大胜、十成和玲玲三个孩子，都是最优美最动人的儿童画像。"①傅雷并不熟悉赵树理，而且写赵树理创作的评论文章只有这一篇，这里毫不吝惜地给予"最优美最动人"的赞词，连用两个"最"字，可见赵树

---

① 傅雷：《评〈三里湾〉》，《文艺月报》1956 年第 7 期。

理小说中的儿童形象给傅雷留下了很深的印象和感触。"最优美最动人的儿童画像"在《刘二和与王继圣》中具体指什么呢？我想就是每个人对童年生活中自由自在生命状态的怀念，就是赵树理、鲁迅等体验到的个体生命状态。不同的人追求这种生命自由自在状态时所借用的方式是不一样的，赵树理和乡民们借用的是戏曲。在乡民们来说，他们便是用看戏唱戏的方式去追求短暂的生命自在状态，他们喜欢唱戏、听曲，主要并不是为戏曲"艺术"本身，而是为了在参与这种形式的活动中得到生命愉悦的宣泄，追求短暂的忘我状态，在集体的狂欢中让漫长时间煎熬的身心得到片刻的舒缓，在戏的氛围里，解除各种现实约束，自由地展开想象，获得了短暂的无羁和瞬间的自由自在。由此，我们才可理解《盘龙峪》中十二个青年通宵唱戏玩乐，才能理解五十多岁的李有才对唱戏的痴迷，也才能理解赵树理给别人"送戏上门"[1]，不顾别人的笑话一次次地给别人演唱"起霸"[2]的情景，理解他一生对上党梆子的痴迷。

看戏、唱戏在满足着乡民们自娱自乐的需要时，也给乡民们构建了一种所谓的类似于"公共空间"的乡村自由空间，在这个类似的公共空间中，表演者和观看者也在实现着自我身份的确认。如同旧中国城市的茶馆一样，在农村也有许多这样的大众活动空间，而参与人数最多的便要算在戏场了。一般大一些的村庄都有自己的戏班子，喜欢的人都可以参加，在大家共同的唱戏、演戏、交流、编排、观看中，大家被联系到了一起，进入这个公共空间，戏曲创作者、表演者、观看者、批评者都可以在这一空间中自由存在。他们在参与这个空间的活动中寻找到和自己有共同文化喜好的人，他们不再是单独存在者，而是寻找到了精神皈依和精神休憩的一方天地。在唱戏所营构的这个类似的"公共空间"里，戏曲带给人们一种置身于传统"家园"的感觉，让他们获得自由自适的皈依感。在此基础上，我们也才可理解村民们听、传李有才快板时产生的快乐效应，小说中的那些快板就如同戏剧中的念白唱词，村民在李有才窑洞中以说板话、唱戏等娱乐方式形成自己的公共空间，也在这个空间中用快板或唱戏的方

---

① 详见严文井《赵树理在北京胡同里》，《严文井》，人民文学出版社 1995 年版，第 363 页。

② 详见汪曾祺《赵树理同志二三事》，《汪曾祺全集》（5），北京师范大学出版社 1998 年版，第 27—28 页。

式表达了他们对村庄权威者的不满乃至抗争，当阎恒元垮台后，阎家山的村民们更是满村高唱"干梆戏"，以此种方式来宣泄他们内心的喜悦。

戏曲活动中的游戏性质体现出生命个体对自由存在状态的追求，对终生喜好戏曲的赵树理来说，他的小说创作就不能不深受戏曲活动中对生命自由存在追求的影响。戏曲活动极大地影响艺术创作者的自由意念，赵树理正是在这一自由自在的戏曲活动氛围中，在不知不觉中培植了自己小说创作中自由自在的审美情趣和审美创造能力。除过怡人性情的地方戏曲，还有游走四方的艺人说书，流行于田间炕头的板话，出现在人们调侃之间的"顺口溜"等创作，这些都给予了赵树理一种极自然的陶冶，在自由自在的接受氛围和审美创造中，赵树理逐渐把自己感觉到和要追求的这种自由愉悦渗进了自己的小说创作中，按照自己的意愿建构他眼中的乡村世界，摆脱了现代小说所规范的各种条条框框，最终在中国现代小说史上形成了与众不同的创作意念和小说风格。① 汪曾祺说："赵树理最可赞处，是他脱出了所有人给他规范的赵树理模式，而自得其乐地活出了一份好情趣。"② 同样也可以说，赵树理的小说创作最可赞处，也是"他脱出了所有人给他规范的赵树理模式"，而"自得其乐"地写出了一个自由自在的艺术世界。三四十年代的赵树理感觉到了自己写作的自由，这不光包括题材选择的自由，驾驭材料、结构小说的自由，更应包括创作精神的自由，这些让其在一定时期内实现了他自由自在创作的理想。也许这就是郭沫若最初读到赵树理小说时感到非常"新颖"的主要原因，赵树理的小说"是一株在原野里成长起来的大树子，它根扎得很深，抽长得那么条畅，吐纳着大气和养料，那么不动声色地自然自在"③。

三　"细节"、"小故事"：乡村世界的叙事构成

在赵树理小说中，我们常能看到大量乡村日常生活的细节和各种各样的乡村小故事，这些细节、小故事的存在大大扩充了小说的容量，真实展

---

① 参见席扬《面对现代的审察——赵树理创作的一个侧视》，《多维整合与雅俗同构——赵树理和"山药蛋派"新论》，中国社会科学出版社 2004 年版，第 47 页。

② 红药：《话说赵树理和沈从文——记汪曾祺先生一席谈》，《文学报》1990 年 10 月 18 日。

③ 郭沫若：《读了〈李家庄的变迁〉》，《文萃》第 49 期，1946 年 9 月 26 日。

现了乡村的自在状态，散溢出浓厚的"原野"气息。[①] 对那些不熟悉乡村生活的作家来说，由于他们无法在小说中呈现这么多乡村日常生活细节和乡村小故事，他们只能以一个外来的"他者"眼光观察、书写乡村世界，他们小说中的乡民、乡村也只能是"外人"眼中的乡民和乡村。赵树理对乡村生活和乡村文化了如指掌，充满感情，他小说中的故事如同村民们自己讲的故事，那些看似啰啰嗦嗦的乡村日常生活细节、那些乡村中发生的琐碎小事，在让小说显得亲切、随意、自由、活跃、营造出类似于乡村谈闲天的、率意而作的气氛时，又展现了乡村世界中最新鲜、最有活力的乡土气息。同时，赵树理小说中的革命思想在乡村读者面前不再威严、高远，而是有一种更明朗的诚意与亲近，使乡村读者在接受异质的革命政治文化时没有太大的压力。本节就赵树理的《小二黑结婚》、《李有才板话》、《李家庄的变迁》三篇小说来谈谈赵树理小说用"细节"、"小故事"构建乡村世界的叙事特点。

　　按照五四以来西化的现代小说理论，小说应在一定的环境中以某个中心人物展开故事情节，因此《小二黑结婚》应该主要讲小二黑和小芹的婚恋。仔细阅读《小二黑结婚》，小说虽然以二人的恋爱故事串联了整篇小说，但小说真正直接描写两人恋爱的情节却很少。小说共十二节，前五节是人物出场介绍，分别写"神仙的忌讳"、"三仙姑的来历"、"小芹"、"金旺兄弟"、"小二黑"，全是乡村趣事，几乎占小说一半，小二黑和小芹的恋爱到第五节才出现，也只有两句话，"小二黑跟小芹相好已经二三年了。那时候他才十六七，原不过在冬天夜长时候，跟着些闲人到三仙姑那里凑热闹，后来跟小芹混熟了，好像是一天不见面也不能行"。到第六节又荡开笔墨，写金旺等对二人婚恋的干涉，第七节详写三仙姑许亲和二人反抗，却被金旺等以捉奸的罪名抓到了区上。第九节是"二诸葛的神课"，写两家父母的着急和吵闹，第十节是二诸葛在区上的"恩典"，十一节写三仙姑在区上受嘲，最后一节是乡民变化，只在小说结尾说两人成了村里的第一对好夫妻。可以看出，小说是以小二黑和小芹的婚恋故事带出了各个故事的发展，但整篇小说的重心并不在小二黑和小芹的爱恋上，

―――――――――――

　　① 郭沫若在《读了〈李家庄的变迁〉》中说赵树理小说"是一株在原野里成长起来的大树子"。

而在各种各样的人对小二黑和小芹恋爱的态度以及自身的变化上，因此乡村中大大小小的有趣故事、事件、日常生活、风土人情便成了小说的重要内容。后来赵树理谈《邪不压正》的小说结构时说自己为了在"行文上讨一点巧"，"套进去个恋爱故事"，"小宝和软英这两个人，不论客观上起的什么作用，在主观上我是没有把他两个当作主人翁的……这个故事是套进去的，但并不是一种穿插，而是把它当作一条绳子来用——把我要说明的事情都挂在它身上，可又不把它当成主要部分"①。这样的话也同样适合于对《小二黑结婚》叙事的理解。当然，这并不是说小二黑和小芹的恋爱就不是小说的重要内容，而是说赵树理并不以他们的婚恋本身为目标来展开小说，并不以五四以来西化的——以某个人物为中心，通过曲折复杂的情节塑造性格丰满的人物形象——现代小说规范、标准进行小说叙事，而是通过无数的乡村小故事、无数的乡村日常生活细节去构建整个村民眼中的真实的乡村世界，这些看似若即若离的、甚至具有相对独立性的细节、小故事构成了赵树理小说的血肉，体现了乡村风土人情，显示了乡村生活中深层的"常"与"变"，散溢出浓厚的乡村"原野"气息。对这一区别，冯健男曾用"定点透视"与"散点透视"的比喻进行过说明。② 贝尔登也说："赵树理在谈到自己的写作技巧时说，他不喜欢在作品里只写一个中心人物，他喜欢描写整个村子、整个时代。"③ 因此，我们在《小二黑结婚》中看到的不光是青年男女对自由恋爱的追求、对传统婚姻观念的反抗，也看到了作者对老一代农民迷信思想的善意批判，对其懦弱性格的批判，对不合理婚姻导致人性变态的嘲讽，更有对"农村基层党组织的严重不纯"④ 的揭露，有对新政权给人们生活观念带来变化的表现，还有乡村世界的自在状态、乡村的"原野"气息，这些内容和气息把赵树理和其他的作家真正区别了开来。

　　同样，《李有才板话》中的中心人物应是"板人"李有才，这无论从

---

① 赵树理：《关于〈邪不压正〉》，《赵树理文集》（4），中国工人出版社 2000 年版，第 1650 页。

② 参阅冯健男《赵树理创作的民族风格》，《文艺报》1964（1）。

③ ［美］杰克·贝尔登：《赵树理》，见黄修己编《赵树理研究资料》，北岳文艺出版社 1985 年版，第 40 页。

④ 周扬：《〈赵树理文集〉序》，见《赵树理文集》（1），中国工人出版社 2000 年版，第 2 页。

小说的标题，还是从小说第一节"书名的来历"的交代中都可以看出来。但在小说中，李有才实际上是结构小说的一根绳子，并不是小说的主人公。① 小说十节内容中，真正集中笔墨写李有才的地方并不多，第一节用墨最多，介绍他的幽默风趣和洞察能力，第二节虽然介绍他的居处及对戏剧的喜好，但重心是通过给外村来的小福表兄介绍李有才的"板话"描绘出了阎家山的权力关系。第三节写村中重选村长的斗争，李有才只被提及。第四节写阎恒元丈地，把戏被李有才揭破，重心明显在揭露丈地中的问题。第五节写阎恒元对小元的报复，只是简单地提及李有才被赶出了阎家山。此后三节李有才没有出现，直到第九节老杨带领大家对阎恒元等进行了斗争后才提到了李有才的一首板话。第十节写对小元的批评，李有才只是做板话为小说结尾。从以上的分析看，整篇小说借李有才把阎家山的矛盾展开后，李有才就退到了小说背景中，新人不断出场，即又退入背景中。这样小说中除过李有才，我们还会记住一系列人物，如小元、章工作员、老杨同志、阎恒元、阎家祥、富喜、广聚等人物，这许许多多人的活动便产生了阎家山大大小小的许多故事。如果我们再注意小说叙事者眼光还会发现，叙事者一直就没有离开过阎家山，老杨同志在县里面的事、本村小元到县里受训的情况、李有才被赶出阎家山之后的生活状况叙事者一概不叙，而阎家山发生的各种各样事件叙事者尽收眼底，那一段接一段的乡村小事，那说不完、道不尽的张家长李家短的生活琐事，正构成了阎家山生活的本真面貌。赵树理选择这些鸡零狗碎的、适合做村民谈资的、够得上日常生活中飞短流长的小故事、生活小细节，通过目不旁视的叙事，让一个真实、自在、有生气的阎家山浮现在读者面前，如此说来，《李有才板话》的叙事一点也不显松散，反倒是十分严谨了。

　　《小二黑结婚》和《李有才板话》是赵树理在看到毛泽东《讲话》之前创作的作品，1946 年发表的《李家庄的变迁》明显受到《讲话》的影响。这种影响不光表现在小说内容由多表现乡村日常生活转变为表现阶级斗争，也表现在小说叙事由对乡村整体状况的表现转变为企图以某个人（铁锁）为中心来表现社会变迁。但在这种变化中我们仍能感觉到小说中

---

　　① 参见赵树理《关于〈邪不压正〉》，《赵树理文集》（4），中国工人出版社 2000 年版，第 1650 页。

大量的乡村故事、日常细节，不自觉溢出的"原野"气息以及乡村叙事的复杂性。

茅盾在《关于〈李有才板话〉》①和《谈〈李家庄的变迁〉》②中对赵树理小说的评价是不一样的，前文强调解放区生活的民主气息，"《李有才板话》让我们看见了解放区的农民生活改善的斗争过程和真相，使我们知道此所谓'斗争'实在温和得很"，而后文强调的是阶级斗争的残酷性，"赵树理先生是在血淋淋的斗争生活中经验过来的，而这经验的告白就是小说《李家庄的变迁》"。这种强烈的反差说明了赵树理小说前后的确有了变化。与《小二黑结婚》、《李有才板话》相比，《李家庄的变迁》的前半部第一到第七节完全是以中心人物铁锁的经历展开的，这种写法吻合于五四西化的现代小说范式。铁锁因一棵桑树的归属问题被春喜等逼得倾家荡产、背井离乡，漂泊到太原，真正明白了阶级斗争的道理，回村后团结穷苦的农民兄弟准备反抗。小说写到这儿已经是一个很完整的故事，这是一个讲革命意识如何起源、发生的故事，这种叙事正是后来五六十年代"红色经典"中固定的叙事模式，如《红旗谱》、《苦菜花》、《红色娘子军》等。但到小说第八节后，铁锁这位主人公就隐入到了小说背景中，小说中出现了大量新的人物和故事，小说阶级斗争的主题掺杂进民族抗日的主题，小说叙事者的价值判断标准由阶级斗争标准逐渐转向传统的、村民自身的伦理道德标准，五四以来西化的现代叙事范式遭到赵树理自身写作模式的解构，小说前后两部分有了一定裂隙。在后一部分中，小说的叙事方式又回到了赵树理创作《小二黑结婚》、《李有才板话》等小说的方式，小说仿佛是作者的信笔所至，乡村中经历的各种各样的困苦日子，由作者细细道来，密密麻麻织成一片，"长卷似的平铺展示群体的农民故事，逼真地写出日常生活细节的过程，仿佛是听一个民间说书人在乡场上讲村里的故事，讲得圆熟、琐碎，说到哪个人物，哪个人物就成为故事的中心，细细节节的过程很真实地被描述出来"③。在这样的叙事中，革命的、阶级的斗争观念隐退，而传统道德观念去伪存真，作为民族精神

---

① 原载于《群众》第 12 卷第 10 期，1946 年 9 月。
② 原载于《文萃》第 2 卷第 10 期，1946 年 12 月。
③ 陈思和主编：《中国当代文学史教程》，复旦大学出版社 1999 年版，第 42—43 页。

象征，构成了赵树理小说的底蕴。①

竹内好认为赵树理的写作是"以中世纪文学为媒介"、"自觉从现代文学中摆脱出来"的创作，"他的文学观本身是新颖的"。② 如果"我们暂且放弃一下'五四'以来政治与艺术逐渐结合而成的'深刻'、'史诗'、'阶级性'等一系列新文学批评标准"③，我们会发现赵树理小说用细节、小故事来构建小说世界的方式与中国传统小说——宋元话本、明清小说是一脉相连的。如果说五四以来中国西化的现代小说实现了中国小说现代转化的一条路向，赵树理努力实现中国小说本土性现代转化是企图实现中国小说现代转化的另一条路向。曾朴曾比喻《孽海花》的结构是用珠子穿一朵珠花，这种"珠花式结构类型"在中国传统小说史中历史久远，以致晚清小说家对西方来的单一情节、一人一事为主的叙事往往不以为然，"西人小说所言者举一人一事，而吾国小说所言者率数人数事，此吾国小说界之足以自豪者也"④。胡适认为《海上花列传》的"珠花"体例会让"看惯了西洋那种格局单一的小说的人，也许要嫌这种'折叠式'的格局有点牵强，有点不自然。反过来说，看惯了《官场现形记》和《九尾龟》那一类毫无格局的小说的人，也许能赏识《海上花》是一部很有组织的书"⑤。而张爱玲更为五四读者不能欣赏《海上花列传》的传统叙事而惋惜。⑥ 米列娜在《晚清小说情节结构的类型研究》中说："中国小说的情节远没有人们相信的那么飘忽不定，毫无规则；像在西方小说中一样，中国小说情节从属于某些使小说具有统一性的组织原则。"⑦ 李欧梵把这一组织原则概括为"社会史诗"，并把中国传统小说的叙事方式跟

---

① 董之林：《关于"十七年"文学研究的历史反思——以赵树理小说为例》，《中国社会科学》2006 年第 4 期。

② 竹内好：《新颖的赵树理文学》，见黄修己编《赵树理研究资料》，北岳文艺出版社 1985 年版，第 491—492 页。

③ 陈思和主编：《中国当代文学史教程》，复旦大学出版社 1999 年版，第 41 页。

④ 王钟麒：《中国历代小说史论》，《月月小说》第 1 卷第 11 期，1907 年。

⑤ 胡适：《〈海上花列传〉序》，见韩子云原著，张爱玲注译《海上花开》，上海古籍出版社 1995 年版，第 6 页。

⑥ 参阅张爱玲《国语本〈海上花〉译后记》，见韩子云原著，张爱玲注译《海上花落》，上海古籍出版社 1995 年版，第 648 页。

⑦ ［捷］米列娜编，伍晓明译：《从传统到现代——19 至 20 世纪转折时期的中国小说》，北京大学出版社 1991 年版，第 34 页。

西方现代小说相比，认为晚清小说如西方现代小说是试图用一种叙述模式包罗万象。① 而赵树理小说中对乡村日常生活细节的重视，对小故事的大量书写正是要对乡村世界做整体观照，这种企图中的小说叙事正是对中国传统小说叙事的现代承续。

第三节　谁的现代

一　社会革命责任的承载和社会实践启蒙的选择

（一）赵树理早期与五四新文化的关系

出生于三晋大地的赵树理首先不得不浸染三晋文化气息，山西省立第四师范学校的求学经历又使赵树理受到五四新文化的冲击。1925 年夏，赵树理去了山西省立第四师范学校，其目标不过是想谋一个微不足道的能够坐稳的小学教员的饭碗。但在新的环境中，新的生活群体中，赵树理这种自认是天经地义的价值判断受到冲击，逐渐转向对知识分子社会角色的确认。他于 1926 年冬先加入国民党，不久（1927 年 4 月）又加入共产党。在 1926 年驱赶校长姚中用的学生运动中，他不仅是一个积极的参加者，而且是真正的领袖人物之一。从赵树理发表于 1934 年的小说《到任的第一天》看，欧化的文字句法，细腻的心理刻画，清丽的风景描写，流露出一位出身乡土的知识分子对农村田园生活的留恋与羡慕，在想"把自己打入农民的生活里"的遐思中，赵树理已不自觉地把自己划在了农民这一阶层之外。五四时期的社会变化，使一部分知识分子从所依附的政治"体制"中疏离了出来，由单纯的庙堂知识分子，变成了广场知识分子、民间知识分子。② 作为从农民角色刚刚转变过来的赵树理，面对纷繁复杂的五四新文化，他还来不及进行理性思考，当他用这种未经整理的思想体系观察眼前的世界时，并不能深刻地理解当前社会现状，因此赵树理对"五四"新文化的接受仍是纷杂的。这种纷杂显现在赵树理 1936 年之前的文学创作和评论中。《金字》暴露镇长对村

---

① 李欧梵：《晚清小说与中国现代性想像的确立》，见周桂发，周筱赟编《复旦大讲堂》（第 1 辑），复旦大学出版社 2004 年版，第 36 页。

② 陈思和：《我往何处去——新文化传统与当代知识分子的文化认同》，《文艺理论研究》1996 年第 3 期。

人巧立名目的剥夺,《糊涂县长》讽刺中庸主义的失败,揭示民主选举
的虚假,《忧心的日子》中展示农民的绝望,《过差》揭露官差对百姓
的强取豪夺。这些创作注重对社会黑暗的揭示和灰色人生的诅咒,表现
新旧冲突,写法上倾向于现实主义,视角与立场皆与"文学研究会"
"为人生"的艺术主张一致。而《山西第四师范同学合影题诗》则是在
淡淡忧愁中对前途无法把握的浅唱,《给一个学生的题词》是自己人生
甘苦的曲折显露,《到任的第一天》展示出的是对学生时代和农村生活
安逸的向往和作者身处庸俗社会的忧郁,《耳畔》是对自己知识分子身
份的反省。这四篇作品都是赵树理内心世界的自我表现,带有浓重的抒
情色彩,直抒胸臆,又与早期"创造社"的艺术风格相近。不过赵树
理离开学校后的生存困境——近十年的"草萍生涯",使他不得不将眼
光投向现实世界,相对少有五四青年式的,如鲁迅、郁达夫等人思想上
的深刻苦闷。在面对五四新文化的纷杂中,赵树理逐渐承载的是一种强
烈地干预社会现实生活的知识分子主体意识,是知识分子对社会的责任
意识,是五四的社会启蒙意识,他的"知识分子性"不是自觉走向对
个体精神的探索,而是走向知识分子对社会革命责任的承载,不是强调
"人的解放",而是强调社会实践的启蒙价值。

(二)从历史预设的精神启蒙到现实关涉的"实"利守护

在文学研究中,涉及赵树理与鲁迅,以往的研究者多认为赵树理小说的
大众化取向是解放区文艺的取向,强调它与以鲁迅为代表的五四新文化价值
取向的区别,忽视 20 世纪 30 年代历史氛围中赵树理对鲁迅思想的继承。鲁迅
在 30 年代前后开始提倡文艺大众化,赵树理大约也是在此时开始反思大众化
的方向。

鲁迅是"五四"一代启蒙主义者的杰出代表,他将目光与情怀投向
乡村时,是带着极为强烈的理想主义色彩的。抱着"启蒙主义"的理想
要"改良这人生",要"揭出病苦,引起疗救的注意",于是就有闰土、
祥林嫂、单四嫂子、七斤、爱姑、阿Q等一系列"麻木"、"迷信"又
"愚昧"的农民角色。鲁迅发现知识分子的启蒙与这些农民形象两不相
干,置身大众,无论启蒙者怎样呐喊,都失去与大众沟通的可能性。这种
发现使鲁迅感到现代知识分子与乡村农民之间的隔膜,他感叹说"我之
得以偷生者,因为他们大多数不识字,不知道,并且我的话也无效力,如

一支箭入大海"①，民众的启蒙只有"俟将来再谈"② 了。面对乡村沉默的大多数，他逃离乡村，只能对其作远距离的精神守望。

然而1927年的政局变动，1928年无产阶级革命文学作为一种规模浩大的文学运动突然崛起，后期创造社和太阳社对鲁迅进行围攻，鲁迅在1928年底及1929年开始翻译研究马克思主义文艺理论，这使他有了一种新的理论基础，开始将工农视为中国革命的希望，开始言说无产阶级革命文学，"惟新兴的无产者才有将来"③，"大众存在一日，壮大一日，无产阶级革命文学也就滋长一日……（无产阶级革命文学）是革命的劳苦大众的文学"④。在20世纪30年代左翼关于大众语的讨论中，鲁迅进一步提倡大众文学，"现今的急务"，是"应该多有为大众设想的作家，竭力来作浅显易解的作品，使大家能懂，爱看，以挤掉一些陈腐的劳什子"⑤。但鲁迅又痛苦地感觉到，文艺要大众化，大众"首先是识字，其次是有普通的大体的知识，而思想和情感，也须大抵达到相当的水平线"，"否则，和文艺即不能发生关系"，大众创作者的起码条件是必须能"用文章""发表自己的思想"⑥，而现实状况却是大众既不能读也不能写。而"别阶级的文艺作品，大抵和正在战斗的无产者不相干……与无产者并无补助"。⑦ 因此他认为当时还只是"使大众能鉴赏文艺的时代的准备"，要彻底实现大众化，"必须政治之力的帮助"，彻底的大众化在当下实现不了，那知识分子在当下具体能做什么呢？鲁迅说"在现在的教育不平等的社会里，仍当有种种难易不同的文艺，以应各种程度的读者之需"⑧，因此他强调要给文化低的大众提倡电影、讲演、戏剧等大众能接受的文艺样

---

① 鲁迅：《而已集·答有恒先生》，见《鲁迅全集》（3），人民文学出版社2005年版，第477页。

② 鲁迅：《华盖集·通讯》，见《鲁迅全集》（3），人民文学出版社2005年版，第26页。

③ 鲁迅：《二心集·序言》，见《鲁迅全集》（4），人民文学出版社2005年版，第194页。

④ 鲁迅：《二心集·中国无产阶级革命文学和前驱的血》，见《鲁迅全集》（4），人民文学出版社2005年版，第290页。

⑤ 鲁迅：《集外集拾遗·文艺的大众化》，见《鲁迅全集》（7），人民文学出版社2005年版，第367页。

⑥ 同上。

⑦ 鲁迅：《二心集·关于小说题材的通信》，见《鲁迅全集》（4），人民文学出版社2005年版，第377页。

⑧ 鲁迅：《集外集拾遗·文艺的大众化》，见《鲁迅全集》（7），人民文学出版社2005年版，第367—368页。

式，而他尤对木刻的提倡做了许多力量。

那知识分子和大众之间应是一种什么样的关系呢？1934 年在《门外文谈》中鲁迅说：

> 由历史所指示，凡有改革，最初，总是觉悟的知识者的任务。但这些知识者，却必须有研究，能思索，有决断，而且有毅力。他也用权，却不是骗人，他利导，却并非迎合。他不看轻自己，以为是大家的戏子，也不看轻别人，当作自己的喽罗。他只是大众中的一个人，我想，这才可以做大众的事业。①

所谓"看轻自己"是鲁迅初到上海时的看法，当时鲁迅感到面对大众，自己作为知识分子是无足轻重的，他对自己的存在价值产生了怀疑。而"看轻别人"则是他到广州之前的看法，在此之前鲁迅至少在内心深处是把自己比作孤立战斗的、精神界"这样的战士"的，这种启蒙意识使他更多地看到的是大众身上的落后性。② 这两种"看轻"虽不同，但却都将知识分子看成是大众之外的特殊人物。而现在，鲁迅把这两种看法都否定了，径直将新的知识分子归入大众之中了，新的知识分子将会是"别一种作者"——"不看轻自己""也不看轻别人"的"大众中的一个人"，对文学将会有"别一种看法"。

而这样的"别一种作家"和"别一种看法"应是在赵树理的身上及文艺创作中被实践着。赵树理欣喜地看到了鲁迅的《门外文谈》，1934 年 8 月在《山西党讯》上连续发表了五篇有关文艺大众化的文章，并大约就在这时立志要为 90% 的群众（农民）写作，宣称自己"不想做文坛文学家"而要做"一个文摊文学家"。那赵树理大众化文艺实践在哪些方面继承了鲁迅的大众化思想？

首先，赵树理是"大众中的一个人"。他出身农村，有十年社会底层的飘荡生活，这使他在 1936 年投奔"山西抗日牺盟会"开始关注无产阶

---

① 鲁迅：《且介亭杂文·门外文谈》，见《鲁迅全集》（6），人民文学出版社 2005 年版，第 104—105 页。

② 王晓明：《无法直面的人生——鲁迅传》，上海文艺出版社 2001 年版，第 181 页。

级革命时，他本身就是鲁迅所说的无产阶级的革命者。与许多左翼作家和后来知名的延安文人不同，他并不是一个中上层家庭出身的知识分子，因此对农村的了解他是有着切身的生命体验的，而不是通过间接的渠道或想象的方式得出的，这种出身和经历使他真正了解农民的生存处境，而且赵树理终生都在努力保持这种"大众中的一个人"的存在状态。

其次，赵树理"不看轻别人"。一些本来出身农村的知识分子在接受新文化的过程中逐渐被新文化同化，他们不再站在农民现实的价值立场上言说农村，而是在自觉或不自觉中站在了主流价值立场上言说乡村，虽然他们写的是乡村世界，宣称自己是乡下人，言说的是农民，但他们的价值观已经不再代表乡村世界。因而当鲁迅、蒋光慈、茅盾等这些大家在关注乡村世界时他们的价值观并不是真正属于乡村现实关涉的价值立场，而是一种未来时的、历史预设的价值立场，这种立场使他们笔下的农民成了被同情和被怜悯的对象。而赵树理对自己所坚守的农民价值立场时刻警觉，他不能容忍左翼知识分子对农民的鄙夷态度——鄙夷农民吃的南瓜汤、臭酸菜、长年累月不洗脸、不剃头，他把这种鄙夷态度称为"平凡的残忍"，指出"贫穷和愚昧的深窟中，沉陷着的正是我们亲爱的同伴，要不是为了拯救这些同伴出苦海，那还要革什么命？把金针海带当作山珍海味，并非万古不变的土包子，吃南瓜喝酸汤，也不是娘胎里带来的贱骨头"[①]。正是这种坚守，赵树理时刻要使自己成为鲁迅所说的"大众中的一个人"。

而更重要的是，赵树理"他不看轻自己"。在长治师范他受到五四新文化的影响，这确立了赵树理对乡村的启蒙之路。但五四新文化并未完全俘虏赵树理，他的农村出身，"萍草漂泊"的底层生活，使他在实践五四新文化对乡村的启蒙时，反而发现了五四新文化的高蹈及与乡村世界的隔膜。而 20 世纪 30 年代提倡大众化的左翼文学的审美标准和价值标准仍然是掌握在知识分子阶层中，他们注意到了农民对象，但仍远离农民，他们虚构出了农民的审美标准和价值标准，"往往衣服是'民众'的，'品貌'

---

①　赵树理：《平凡的残忍》，见《赵树理文集》（4），中国工人出版社 2000 年版，第 1548 页。

仍是知识分子的"①。这种化大众与大众化的冲突使赵树理意识到，五四新文艺和左翼文艺的价值立场是一种历史预设的价值立场，而农民对物质"实"利的看重和对生存现状改变的渴求的价值立场是农民现实关涉的。这种发现，使赵树理自觉地要把自己对乡村关注的视角放在后者的价值立场上，而不是单纯的五四新文艺和左翼文艺的价值立场上，也不单纯是后来的延安文艺的价值立场。赵树理的这种选择自是呈现出了一种与新文学中知识分子言说立场很不相同的新视野——坚守农民"实"利的大众化。但这种大众化文艺主张并不为三四十年代多数左翼倾向的知识分子赞同，新中国成立初期仍有"东西总部胡同"事件。同样，这种价值观在20世纪40年代后期的解放区文学中就开始受到批判，在新中国成立之后就有更多更大的批判了。但赵树理，在这些"亭子间"的文化人之前，他决心走自己的路，"我自己宁可不在文艺界立案，也不改变我的写法。只要群众看得懂、爱看，这就达到我的目的了"②。从这种区别中可看出，赵树理对自己的存在价值有着非常清醒与自觉的认识，这种独立的价值坚守恰体现出了鲁迅对新知识分子"别一种作家"的最核心的要求。

从上文分析中可看出，在知识分子存在价值的确认上，赵树理体现出了鲁迅所说的在大众化文艺创作中知识分子自我改造的必要性和先导作用。但在具体的大众化的实践过程中，在大众化关涉的内容上赵树理又与鲁迅体现出了迥然的差异。

鲁迅认可大众化文艺的方向，但他并不认可左翼作家的文学作品就是大众化的作品。多数左翼作家以无产阶级文学家自居，自以为代表着新时代大众价值的方向，强调作家一定要在思想感情上与大众取得一致，甚至不惜俯就，鲁迅却从他们身上看到了新商标下的旧货色。他主张"应该多有为大众设想的作家，竭力来作浅显易解的作品，使大家能懂，爱看"，而目的却是要"挤掉一些陈腐的劳什子"。因此鲁迅在认可大众化时始终坚守着精神启蒙的立场，他坚守大众文化的艺术形式可以通俗，使大众易于接受，但精神立场和价值观念却不容妥协，大众文化决不能为获

---

① 钱理群、温儒敏、吴福辉：《中国现代文学三十年》，北京大学出版社1999年版，第476页。

② 戴光中：《赵树理传》，北京十月文艺出版社1987年版，第95、157页。

得读者而放弃精神启蒙的原则。而当大众化和精神启蒙的矛盾难以解决时，鲁迅首先考虑的是精神启蒙的基本价值立场。限于当时客观社会环境，鲁迅的这种大众化方向只能是历史预设的，在当时的历史语境中是无法实现的。

而农民出身的赵树理，在经历了十年"萍草漂泊"的底层生活后，对底层农民的生存状况有着切身的生命体验，在大众化中他强调对农民物质"实"利的守护，强调对农民价值观的关涉，强调对农民现实生存处境的关涉，强调对农民物质"实"利的关涉。他曾归结自己创作的中心问题为"中国农民在中国共产党领导的社会变革中，是否得到真实的利益"，也即"中国共产党的政策是否实际的给中国农民带来好处"①，这种为农民"实"利的价值标准使他主动与党的政治意识形态亲和，也使他具有了知识分子独立思考和判断的基点。"人本主义心理学的理论认为，人的生存需求是一个多层次需求所构成的组合体，高层次需求的出现是以低层次需求获得满足后，才能逐步走向尊严、爱情等高层次的需求提升，最终成为一个自我完善的人。"② 在近现代的中国社会中，农民首先要解决的是生存的物质问题，他们只有在使自身摆脱物质贫困的拘束和羁绊后才能真正走向新生，而这种追求便成为了革命得以发生的原始土壤。由此可见，赵树理的大众化，在内容上是在反省鲁迅精神启蒙的、历史预设的大众化的道路基础上，走向了对农民物质"实"利坚守的、现实关涉的大众化价值立场。赵树理的这种取向，并不是否定鲁迅大众化的价值取向，恰是对鲁迅价值取向的当下的具体化，是一种新的开拓。

无论是延安整风前左翼文学对民众精神的"启蒙"之化还是延安整风后对民众的"新人"之化，这两者的大众化与民众所关注的革命仍是背靠背的、两不相干的。民众，尤其是农民，真正关心的仍然是他们切身的生活现状的改变，是能改变现实生存现状的"革命"。因此赵树理这种现实关涉农民物质"实"利的大众化言说，在一定程度上体现出了大众的声音。

---

① 钱理群：《1948：天地玄黄》，山东教育出版社1998年版，第236页。
② 宋剑华：《百年文学与主流意识形态》，湖南人民出版社2002年版，第232页。

二 对沉默者"实"利的坚守

在中国现当代文学诸多的杰出作家中，赵树理土生土长，有着地道的农民身份，这种特殊性使赵树理在关注农村时与二三十年代的乡土作家有不同的视角，农村在他笔下呈现出另一种光景。"我们暂且放弃一下'五四'以来政治与艺术逐渐结合而成的'深刻'、'史诗'、'阶级性'等一系列新文学批评标准"，[①] 而是自觉地站在农民的立场，从三晋文化的浸染与底层农民的体认来重新审视赵树理的乡村世界，我们可体味出别样的意味。

三晋即现在的山西省地区，赵树理出生的沁水县尉迟村是三晋大地一个小山村，为人的诚恳、质朴、厚"实"，为事的务"实"，"实"是三晋民性的核心。在这种封闭与保守的社会中，农村与外界接触少，商贾交流也少，人与人之间的关系相对单纯，而生存的困境迫使农民不得不注重实际利益，对他们来讲，吃饭始终是一个严重的问题，实实在在的生存温饱问题是最重要的，因此三晋乡人对一切问题的思考都聚集在能摸的着看得见的东西上，聚集在能解决实际问题的见解上，这使得他们无法把眼光放得远些，只能趋向于眼前的"实"利上。出生于如此环境中的赵树理，首先不得不受到这种三晋文化中"实"的气息的浸染，他一生大部分时间都在山西度过，以至于形成了他固执的难以更改的求"实"的乡土习性。

辛亥革命后，阎锡山的专制独裁，近代中国社会的破败，进一步加重了三晋农民本来贫困的生活。赵树理家早已被贫困所困扰、挤压、驱使，又加他求学、祖父母延医治病、病故厚葬，赵家是四处告贷。在如此困顿中长大的赵树理首先要解决现实生存的实际问题，对"实"利的追求成了他潜意识中不可抹去的追求。为了能找一个可以混饭吃的出路，不必再为失业发愁，在父亲再次借贷下，赵树理去了山西省立第四师范学校，其出发点不过是想谋一个微不足道的能够端稳的小学教员的饭碗。在长治师范学校，赵树理受到了"五四"新文化的影响，但学潮风波的结果使他再一次流落到社会底层，生存的困境长达十年之久。赵树理先化身郎中聊

---

① 陈思和：《中国新文学整体观》，上海文艺出版社2001年版，第127页。

以糊口，后遭两次逮捕，一度进国民党开设的山西反省院，又先后当过几个小学的教员、一位国民党杂牌军"上校参谋"的勤务员、国民党省政府的小录事、河南开封一书铺的学徒，还曾在太原成立的"西北影业公司"里当过培训演员，直到 1936 年夏落脚到长治乡村师范学校，他糊口的职业是走马灯似的换来换去。家庭生活中，这期间又经历了女儿夭折，前妻病故，第二次娶亲，父亲为他"被捕"的疏通，赵家是雪上加霜，债台高筑。这种生存的困境一直到 1937 年赵树理重新加入中国共产党，开始自己的职业政治生涯，他个人的物质生存困境才有所缓解，但这种经历使这位来自底层、农民出身的文艺工作者对"实"利有更加深刻的体认。

当赵树理在 20 世纪 30 年代辗转到省城太原时，面临现实生存境遇的无情逼迫，他最初所从事的文艺创作便更多的是为"稻粱谋"，是为了求生，求"实"利的现实需要便是其文艺创作的主要目的，所以赵树理在从事文艺创作的相当长时间里并没有将文学当作自己安身立命的职业和依托，而是直到他参加抗日宣传工作并在这一领域显示出了才华与能力，被党组织的高级领导人发现并赏识，赵树理才开始了他自觉的文学创作。赵树理也曾夫子自道："有些同志问我是怎样做起小说来的？其实，我原先并不是干这一行的。在旧社会，我做过小学教员，同时又是农民家庭出身，干过农活，对于种地的活路也还熟悉，那时家境不好，常常受高利贷的盘剥，因此我跟贫苦农民的感情上有些沟通，在他们中间有些根子；参加革命后，虽也做过编辑的工作，在这种岗位上，有时候就需要写点什么零星文章；自从写了《小二黑结婚》后，领导说，你会写，就写吧！以后我就脱离别的工作干起这一行来了。"[①]

三晋文化中"实"的浸染，底层人生阅历中对"实"的体认，最初文艺创作中为生计的实践，这三者逐渐形成了赵树理重"实"利的价值观，以致他无论是此后的文艺创作，还是参加社会革命实践活动，都把这种"实"利的追寻当成了自己最高的价值取向。无论是赵树理自觉的"为农民"的文艺大众化努力，用小说对农村中存在的各种问题的反映，

---

① 赵树理：《做生活的主人》，见《赵树理文集》（4），中国工人出版社 2000 年版，第 1985 页。

用小说对"党"的方针政策的宣传，对很少有人问津的地方戏剧的改造，还是为农民现实的生存处境而奋不顾身地对权势说真话等等，都展示出的是一位农民式知识分子对农民"实"利倔强的歌与悲。

正是这种文艺价值取向，赵树理把自己的目光投向乡村生活时，很自然地把农民"实"利问题作为他文学关注的核心。也正由此，在赵树理笔下我们看到的农民就是现实生活中求"实"利的农民，无论是深受封建思想毒害还未觉醒、背负着沉重历史传统的老一代农民，还是发生蜕变的年轻一代农民，还是农村新人形象。《小二黑结婚》中刘修德老汉阻碍小二黑与小芹的婚事，很重要的一个原因是刘老汉给小二黑收养的童养媳是难民老李带来的一个"便宜"；在《李有才板话》中，老秦给老杨"咕咚咕咚"磕头，行中国人认为的最大礼节，称其是自己的救命恩人，是因老杨为他重新划回了他赖以生存的土地；《富贵》中的富贵为了吃饱肚子维持生命延续不得不去偷窃；在《锻炼锻炼》中的"小腿疼"和"吃不饱"是在天灾人祸的生活困境中才会无赖式地"撒泼"。对他们而言，物质问题是他们存在最核心的问题，他们为物质而生，为物质而死，物质代表着他们心中最神圣的部分，物质是他们存在的本体而不是达到另外什么目标的跳板。① 而诱发农民发生蜕变的直接因素，也恰是这种物质的"实"利。《李有才板话》中的小元当上干部不久就改换了穿戴，割柴、担水、锄地都派民兵，自己架起胳膊当起主任来了；《邪不压正》中的小昌，刚当上农会主席就分了地主刘锡元的房子、土地，和原来地主的狗腿子小旦混在一起，强逼着刚从地主强迫婚姻下挣脱出来的软英嫁给他儿子。而农村中的新人形象，他们并没有什么"崇高"的政治觉悟与"远大"的革命理想，在现实贫困的生活境遇中，他们的人生目标也十分简单、也非常务实。小二黑和小芹只是因个人的婚姻自由受到金旺兄弟的现实压迫后才与新政府发生了联系。《传家宝》、《孟祥英翻身记》的新媳妇是在占据了家庭经济收入的主要地位后才在婆婆跟前挺起了腰板。《三里湾》中的灵芝在权衡有翼与玉生后，最终选择了"没文化"但却"创造了好多别人做不出来的成绩"的玉生。就连地主人物，固然具有许多革命语义所规定的许多反革命特征，但赵树理更注意揭示他们身上对"实"

---

① 参见蓝爱国《民间性叙事：赵树理和他的乡村革命》，《人文杂志》2000 年第 6 期。

利的追逐性，即他们的反革命选择与其说是反革命立场的选择，不如说是对物质"实"利占有、屯积的一种心理性行为的表现。赵树理这种一开始写农民就已经把农民对"实"利的体验倾注到他笔墨下的价值取向，使赵树理与农民之间没有太大距离，正是这种状态使赵树理真正能了解乡村世界的价值取向，这是生活在都市的知识分子所无法体验的。

人本主义心理学的理论认为，人的生存需求是一个多层次需求所构成的组合体，高层次需求的出现是以低层次需求获得满足后，才能逐步走向尊严、爱情等高层次的需求提升，最终成为一个自我完善的人。在近现代的中国社会中，农民首先要解决的是生存的物质问题。在恶劣的生存困境中，他们的生存质量不会很高，精神需求更不会高，他们只有在掌握物质财富、使自身摆脱物质贫困的拘束和羁绊后才能真正走向新生，而这种追求便成为了革命得以发生的原始土壤。这种土壤孕育了现代历史中丰富的启蒙和革命话语欲望，"但来源于物质贫困的启蒙和革命话语并未在物质的意义上关注民间的启蒙和革命，民间的启蒙和革命内容在精神和意识形态之外被悬搁了"[①]。

鲁迅是"五四"一代启蒙主义者的杰出代表，深受晚清一代启蒙大师思想的直接浸润与影响，他投向乡村的目光与情怀带着极为强烈的理想主义色彩。当他弃医从文投身新文学运动，将自己的视线与笔墨投向乡村时，他把自己对乡村的目光放在乡人思想世界的变化与否上，他抱着"启蒙主义"的理想要"改良这人生"，要"揭出病苦，引起疗救的注意"，于是就有闰土、祥林嫂、单四嫂子、七斤、爱姑、阿Q等一系列"麻木"、"迷信"又"愚昧"的农民角色，但这些农民形象与知识分子的启蒙两不相干。在《故乡》中"我"震惊于闰土一声"老爷"的麻木，但结尾却又感悟到"我所谓的希望"与闰土的"偶像崇拜"具有同构性，"只是他的愿望切近，我的愿望茫远罢了"；在《祝福》中，即使"我"真诚地抱着为祥林嫂着想的心情想对其有所帮助时，"我"仍无法做出符合祥林嫂需要的回答，甚至是带去适得其反的结果。面对启蒙的对象，启蒙的结果不是"我"——启蒙者对乡人启蒙的胜利，而是"我"不得不逃离乡村的失败。"我"渐渐对那知识分子高高在上的对乡人"麻

---

① 参见蓝爱国《民间性叙事：赵树理和他的乡村革命》，《人文杂志》2000年第6期。

木、愚昧"的历史性预设的批判意识产生深深的不安和怀疑，当瞥见"我"并不能真正进入乡村世界的黑洞时，除了像作品外的鲁迅那样"逃异地，走异路"，举家逃往知识分子汇集的都市以外别无选择，否则魏连殳和范爱农的命运就会悄然惠顾到自己的头上。鲁迅的这种发现使他感受到现代文化与乡土社会、现代知识分子与乡村农民以及现代中国与乡土中国之间的无关和隔膜。这种发现带来的是历史的悲凉感，"别阶级的文艺作品，大抵和正在战斗的无产者不相干……倘写下层人物罢，所谓客观其实是楼上的冷眼，所谓同情也不过空虚的布施，与无产者并无补助"①，民众的启蒙只有"以俟将来"。因此，鲁迅虽是开了中国文学史上乡土小说的先河，以他独特的艺术方式对乡土中国倾注了极大的情感，但也不得不承认，对乡村沉默的大多数，作为一位逃离乡村的知识分子，他自己只能是一种远距离的精神守望。

正因为农民身份出身的赵树理对底层农民的物质生活有着切身的体验，他才放弃了鲁迅为代表的"五四"知识分子对农民的思想启蒙，而是强调对农民"实"利的重视。赵树理在新中国成立前夕归结自己创作中的中心问题为"中国农民在中国共产党领导的社会变革中，是否得到真实的利益"，也即"中国共产党的政策是否实际的给中国农民带来好处"，② 这种为农民"实"利的价值标准使他主动与党的政治意识形态亲和，也使他具有了知识分子独立思考和判断的基点。由此可见，赵树理虽继承了鲁迅开创的对农村、农民生活的现代文学表现，但同时呈现出与鲁迅异样的特色。在关注农村的视角上，赵树理对农民"实"利的坚守是现实关注的，而鲁迅对"病态社会"中"农民的精神病苦"的关注则是历史预设的。鲁迅认识到自己无法启蒙闰土、祥林嫂等人后"逃异地，走异路"，逃往知识分子聚集的都市。而赵树理没有这样的自觉，求"实"的价值取向孕育出他对"实"坚守的同时，也使他染上了固执与倔强，不去"逃亡"的赵树理，坚守着农民的"实"利，这种"为农民实利"的价值坚守使赵树理在风吹浪打的政治生涯中始终能坚持自己的独

---

① 鲁迅：《二心集·关于小说题材的通信》，见《鲁迅全集》（4），人民文学出版社 2005 年版，第 377 页。

② 钱理群：《1948：天地玄黄》，山东教育出版社 1998 年版，第 236 页。

立思考精神，1962年大连会议上赵树理对农村中实际情况的反映，变成了在"文化大革命"前夜中国文坛上知识分子最凄美的"天鹅绝唱"。赵树理虽然明白，对"实"利的追求是农民自身摆脱物质贫困的拘束和羁绊、走向新生的核心问题，这种追求带来的斗争将成为革命得以发生的原始土壤，但他却没明白，革命斗争在另一方面又同时在不断地强调非"实"利的思想、意识，在不断地突出心灵的伟大性、道义性、合法性，并一再压抑对物质的欲望，物质"实"利又成了革命须小心面对的禁忌之物。因此新中国成立后，当赵树理仍在"为农民的实利"上下奔波时，迎接他的是一系列厄运，是由《说说唱唱》上发表《金锁》带来的检讨、降职，是1959年的大批判，最终于1964年被调出了首都北京。

三 《李有才板话》中的农村政权"问题"及其文化规训

在长达三十余年的创作生涯中，赵树理始终关注着农民问题以及革命对于农村和农民的影响，为我们留下了一系列农村题材的小说，《李有才板话》是其代表作之一。在这篇小说中，赵树理用农民的视角对抗日战争时期党领导下的革命根据地农村基层政权的现实状况作了审视，揭露了农村基层政权中存在的许多严重的、亟待解决的问题，而这些问题的存在又有着深层的社会文化原因。

中国农民忍受了几千年的封建压迫，时至小说描绘的时代，阎家山的农民依旧处于受剥削受压迫的境地。以老槐树底两辈人为代表的广大农民希望翻身当家做主，希望建立民主政权，革命也给他们带来了建立民主政权与当家做主的希望，但是抗日民主政权的仓促建立使民主政权被封建地主恶霸偷梁换柱，政权组织严重不纯，村政权的民主选举在阎恒元一伙操纵下变成了假选，变成了暗箱操作，革命成了一个匆匆过客，而阎家山还是革命前的阎家山。在《李有才板话》中，赵树理正是用农民的视角观察和表现了这一农村基层政权存在的问题，揭露了基层政权选举、政权性质、政权运作、政权监督等的基本状况和存在问题。

第一，在选举前，阎恒元等大搞舆论攻势，企图操控选举。张得贵首当其先锋宣传员，在李有才的窑洞中他"把嗓子放得低低的：'老村长的意思叫选广聚！谁不在这里，你们碰上告诉给他们一声！'""他们"是指老槐树底的"老"字辈和"小"字辈，这样阎恒元的意图就传达到了老槐树底下。这样的政治攻势是有成效的，当小元说不用管"老村长的意思"要"明天偏给他放个冷炮"时，老秦就阻挡道："不妥不妥，指望咱老槐树底人谁得罪起老恒元？他说选广聚就选广聚，瞎惹那些气有什么好处？"对于像老秦这样的广大农民来说，他们在选举前迫于阎恒元的淫威就已经放弃了自己的民主权利。

第二，在具体的选举过程中，阎恒元等使用了卑劣诡计操纵选举。选举时，尽管上有党代表章工作员的领导，下有人民群众的监督，但阎家祥还是使用了卑劣手段，欺骗了章工作员和广大农民。章工作员虽然提出了新的选举办法，在碗中投豆子，这一方式虽然避免了阎家祥利用替村民写选票的机会做手脚的问题，但阎家祥仍在这碗上想出了诡计。他究竟是运用了怎样的手段呢？赵树理在此并未明确点出来，但在第五节《好怕的"模范村"》一节中投豆子把戏的再一次上演为我们揭开了谜团。广聚领阎恒元的命要选住陈小元去县里受训，于是家祥、得贵两人"每人暗暗抓了一把豆子都投在小元的碗里，结果就把小元选住了"。代表民主权力的豆子，老槐树底的两辈人每人只有一颗，而村东头的阎家祥、张得贵等却有一把，民主权利就这样在欺骗与诡计中被窃取和剥夺，农村基层政权也就被他们所把持，党的民主选举和民主思想只是化作了一种形式化、道德化的理想而存在着。

第三，选举后产生的民主政权领导者都是阎恒元的"自己人"。阎家祥的分析揭出了他们这伙人的老底：

> 村长广聚是自己人，民事委员教育委员是咱父子俩，工会主席老范是咱的领工，咱一家就出三个人。农会主席得贵还不是跟着咱转？财政委员启昌，平常打的是不利不害主义，只要不叫他吃亏，他也不说什么。他的孩子小林虽然是个青救干部，啥也不懂。只有马凤鸣不好对付，他最精明，又是个外来户，跟咱都不一心，遇事又敢说话，他老婆桂英又是个妇救干部，一家也出着两个人……

阎家祥的分析实是精辟，新选村长广聚替代喜富，对于阎恒元来说只是"侄儿下了干儿上"的问题，其政权权力仍是阎恒元的。从阶级属性来看，阎恒元有土地三百多亩而且"通年雇着三个长工，山上还有六七家窝铺”，是个十足的地主阶级的代表，阶级属性决定了他所代表的阶级利益。这种选举的实质只是封建地主阶级权力的沿袭，基层政权并未由于党的领导而发生本质的变化，区别只是这种沿袭是在党领导的"民主"的掩盖下进行的，因而更具有隐蔽性和欺骗性了。

第四，选举后的基层政权的运作肆意地侵害了农民的利益。赵树理特意写了两个事件，第一个事件是"说事"的工作程序。首先是在李有才窑里，小顺向小福的表兄介绍得贵时提到"这村跟别处不同：谁有个事到公所说说，先得十几斤面五斤猪肉，在场的每人一斤面烙饼，一大碗菜，吃了才说理。""这都是老恒元的古规。"其次在《打虎》一节中，马凤鸣揭发喜富时也提到自己说事时"杀了一口猪""又出了二百斤面叫所有的阎家人大吃一顿"。解决邻里纠纷的"说事"无非是权力掌握者大占便宜的手段，无非是翻手为云，覆手为雨了。第二个事件是丈地。在阎家山清丈土地过程中，阎恒元利用农民的弱点玩弄花招巧做手脚把自己三百多亩土地丈成了一百一十多亩。李有才唱到：

> 丈地的，真奇怪，七个人，不一块；小林去割柴，桂英去拔菜，老范得贵去垒堰，家祥一旁乱指派，只有恒元与广聚，核桃树底趁凉快，芭蕉扇，水烟袋，说说笑笑真不坏。坐到小晌午，叫过家祥来，三人一捏弄，家祥就写牌，前后共算十亩半，木头牌子插两块。这些鬼把戏，只能哄小孩；从沟里到沟外，平地坡地都不坏，一共算成三十亩，管保恒元他不卖！

党的土地政策就这样被阎恒元地主阶级在执行过程中篡改和破坏，而更可怕的是这样的阎家山还因此被评上了"模范村"。

第五，阎家山的政权从产生到运作始终没有任何有效的监督。从党的领导到群众，都未能做到对基层政权的监督。党的代表章工作员主观主义、官僚主义严重，就像小宝说的那样："章工作员倒是个好人，可惜没经过事，一来就叫人家团弄住了。"下层老槐树底的老、小两辈人更谈不上对政权的监督了，一个敢说真话的李有才的下场竟是被驱逐出了阎家山，其他人更是敢怒不敢言。

面对农村基层政权存在的如此严重问题，赵树理也陷入了困境，当时的政治环境以及赵树理自身的政治处境以及对新生活的期望，他不得不创造出一个一身正气的清官形象——老杨同志，依靠这一理想化甚至道德化的农村领导干部形象实现了对"问题"的处理。但这个"问题"真的单靠老杨这样的一个清官就能解决吗？

在阎家山，党的革命、民主思想并未深入农村内部，植根于农民心中。面对这些"问题"，赵树理并没有简单地将原因归结为有恒元、广聚、家祥等一批所谓的坏人的存在。在小说中，赵树理有意无意地为我们提到了隐藏在这些表象之后的更深层的因素，"他却时常自觉或不自觉地挣破'问题'有限的涵盖范畴，去进行纵横交叉式的思索，以便把'问题'扩展为一种普遍存在的人生形态及其人类的特殊生存方式——即文化属性，通过对其现实行为与心理构成的艺术表现，赋予作品长久的文化价值"①。赵树理虽然是用农民的视角来观察和表现"问题"，但受"五四"新文化影响的赵树理，更深刻地认识到农村基层政权存在的问题有着更深层的社会文化因素，正是这种深层的、又相对独立的农村文化因素影响和制约着农村秩序、农民的生存状态及精神世界。

首先是"庙堂"、"村公所"与"老槐树"承载的文化规训。在《李有才板话》中有一个颇有含义的意象——"庙堂"，小说中首次提到"庙堂"是得贵在替恒元作宣传时出现的，"明天到庙里选村长啦，十八岁以上的人都得去……"选村长是村政权举办的，而它的地点是在庙里，这样阎家山的村民就有意无意地在潜意识里把村政权同庙堂紧密结合在了一起，这突出了"庙堂"的广泛认同性和强大规范力量。其次是小说在描绘选举时提到"庙里还跟平常开会一样，章工作员、各干部坐在拜厅上，群众站在院里……"这样的选举场面展现了阎家山一直以来的权力运行场面，揭示出了环境的庄严，而在这样的环境下产生的规范应该是神圣的而且具有广泛认同性和约束力的。这样"庙堂"的意象就很有象征性的味道了。在乡村，宗教文化、传统文化共同制约着农民思想，而庙堂则是这种文化的民间物质载体，它承载着最高权威，是高高在上的封建权力的象征。在经历了几千年的封建文明之后，宗教观念和庙堂权威意识已经深

---

① 席扬：《多维整合与雅俗同构——赵树理和"山药蛋派"新论》，中国社会科学出版社2004年版，第116页。

入广大农民的大脑，农民对于庙堂文化具有普遍的认同感，甚至是顶礼膜拜的。

而与"庙堂"紧密相连的是"村公所"。在《李有才板话》中，阎家山农村基层政权的代表"村公所"就置于庙堂之上，"东社房上三间是村公所，下三间是学校，西社房上三间是武委会主任室，下三间留作集体训练民兵之用"。这种重置使"村公所"就和庙堂一样取得了神圣地位，"村公所"做出的仲裁就同"庙堂"一样具有了封建权威性和认同感。阎恒元等正是洞察了这种权力—文化关系，利用庙堂与公所的权威性以世俗性、礼仪性的形式去钳制人们的思维，控制人们的行动。在小说中，"说事"的地方既是"庙堂"又是"村公所"，在面对合二为一的权威代表时，如善男信女到庙里祈祷时需要准备香火来表示对神灵的虔诚一样，说事者在说事前必须依照故有的程序准备"说事"所必需的费用（小说中提到的"吃烙饼"）。因为这是在对权威的敬仰之下的行为或礼仪，所以吃之者心安理得，俸之者心悦诚服，毫无异议。执事者照规矩办事，应事者按程序行事，一切正常而有序，广大农民对这种文化只有默认与遵从。

相对于"庙堂"、"村公所"上层文化形态，阎家山还存在一种处于弱势的、具有广泛基础和顽强生命力的民间大众文化形态——"老槐树"文化。在阎家山，村民纳凉、聊天、甚至吃饭都要到老槐树下去，这种空间和氛围决定了这个群体文化属性的平民化、自由化和开放化。詹姆逊认为，文化"缘自至少两个群体以上的关系"，"任何一个群体都不可能独自拥有一种文化：文化是一个群体接触并观察另一群体时所发现的氛围，它是那个群体陌生奇异之处的外化"①。这样，"老槐树"文化就成了弱势群体观察"庙堂"、"村公所"文化的民间聚会，树下村民的攀谈变成了对乡村权力关系的发现过程。可发现之后的无奈使他们只能在戏谑调侃的语言狂欢中对其进行嘲讽，实现对神圣权利的颠覆，从而获得消解神圣权威的精神愉悦。李有才的板话正是这种文化的典型代表，如他表达的对恒元把持政权的不满，对家祥的丑化，对广聚的讥讽等。

这种农村文化深植于民众的心理深处，规定和框囿着广大农民的思维

---

① 詹姆逊著，王逢振等译：《快感：文化与政治》，中国社会科学出版社1998年版，第420—421页。

和行为，经过历史的积淀形成了相当稳固的农村秩序。在《李有才板话》中，赵树理开篇就指出"阎家山这地方有点古怪：村西头是砖楼房，中间是平房，东头的老槐树下是一排二三十孔土窑。地势看来也还平，可是从房顶上看起来，从西到东却是一道斜坡"。"这里'西高东低'、'楼房土窑'的地貌特征，并不是简单的情景书写，而是隐喻着文化地理上的权力关系。"① 在这种权力关系作用下的阎家山井井有条的文化秩序和生活秩序也被固定下来，被一代代的阎家山人所继承和延续。这种文化支配下产生的农村社会固有运作体制，具有一定的固定性和排外性，并且依照自己内在的规律在运行。在抗日战争时期，党虽然给阎家山带来了民主制度和民主思想并希望以此来改变阎家山的旧貌，然而结果却是民主选举被破坏，民主政权被窃取，阎家山的权力仍掌握在阎恒元一派手中，最重要的是民主的思想观念并未冲破阎家山的这种文化系统，并未真正深入广大农民的心中，阎家山的这种固有文化秩序造成了"老槐树"文化始终的弱势性。在这种秩序下，老槐树底的人始终处于权力的统治之下而无法摆脱。陈小元改名"陈万昌"本是属于自己人身权利的事，况且还"请闾长在闾账上改过了"，可是阎恒元还是使用自己的权力"提起笔来给他改成了陈小元"。

其次是在"庙堂"、"村公所"和"老槐树"之间徘徊的人物承载的象征意义。阎恒元运用权力、文化维护着这种农村秩序，阎家山的人在面对这种体制时无能为力，在无奈中这种秩序被广大民众所接受和遵从。当党带来的民主思想和党建立农村政权要打破这种固有秩序时，阎恒元一派就使用权力、文化手段对抗和吞噬党的民主思想和民主政权。在这样的秩序斗争中，赵树理成功地塑造了一批在两极徘徊穿梭的农民形象，如张得贵、老秦、小元，使小说有了更深厚的文化底蕴。

《李有才板话》中张得贵是一个完全被奴化掉了的人物，他的儿子给吴启昌做长工，自己又是本村地地道道的穷人，本属于老槐树下的群体，但他向往着"庙堂"和"村公所"的好处，"跟着恒元的舌头转"。在阎家山领导集体中，他当上了农会主席，却成了有名的"吃烙饼干部"。依

---

① 参见惠雁冰《论赵树理小说中的权力——文化关系》，《延安大学学报》（社会科学版）2006 年第 2 期。

靠于阎恒元，他只不过是"有时候从阎恒元那里拿一根葱、几头蒜"，"跟着恒元吃了多年残剩茶饭"罢了，为了得上点小便宜，他死心塌地地为恒元做奴才，为讨好阎恒元不惜在老槐树下去偷听大伙的议论再到阎恒元跟前去邀赏。

　　老秦是"老"字辈的典型代表，传统文化与封建文化在老秦身上打下了深深的烙印。他处于被剥削与被压迫者的地位，但鄙视劳动人民，崇拜权力，以个人利益为中心，同样奴性十足。选举前老秦便埋怨小元"放冷炮"，人们议论丈地不公时，他却道："我看人家丈得也公道，要宽都宽，像我那地明明是三亩，只算了二亩！"这些细节便把老秦怯懦、怕事、逆来顺受、好占便宜的心理表露无遗。最令人惊奇的是老杨同志来了之后，他听说老杨是长工出身便打心里看不起他，后来听说老杨跟村长说话很"硬气"，"自然又恭敬起来"。最后当老杨把他押给阎恒元的地夺回来后，他又拦住老杨"跪在地下咕咚咕咚磕了几个头道：'你们老先生们真是救命恩人呀！'"这种"唯上"的奴性和"唯权""唯利"的价值观、等级意识和报恩思想早已在民众的头脑中根深蒂固，并以文化的形式被广大农民所接受和认同，因而他们的翻身不独需要战胜自己的敌对阶级（以恒元等为代表），异己势力（以刘广聚、张得贵等为代表），而且要战胜自身的异己心理。从老秦最后又是口呼恩人又是磕头的举动看，"老秦们"能否战胜令人担忧。因为这种恩重如山的知遇之恩是他们发自心灵深处的，是虔诚的甚至是神圣的。这就是席扬先生所说的"农民令人震惊的悲剧文化性格"①，而他们人生悲剧的原因也在于此。

　　更深层的是这种文化性格的农民一旦拥有了所有农民都梦想的一定财富和权力后，这种农村权力文化秩序又会怎么样呢？赵树理在小说中更进一步写出了小元式的人物，来表现他的深层思考。小元最初也是老槐树底"小"字辈的代表人物，小元的"家中只有一个老娘，没有吃的，全仗小元养活"，在阎家山是很穷的农户，受阎恒元的欺压，因此在与阎恒元的最初斗争中小元非常积极，阎恒元为了报复他故意把他选为武委会主任。可受训回来的小元在掌有一定的实权后，就非常容易地被阎恒元拉进了

────────────

　　①　席扬：《多维整合与雅俗同构——赵树理和"山药蛋派"新论》，中国社会科学出版社2004年版，第114页。

"庙堂"、"村公所"的阵营了。他经受不住一套制服、一支钢笔的诱惑，很快的"穿衣吃饭跟人家恒元学样"，"不生产，不劳动，把劳动当成了丢人的事，忘了自己的本分"，"架起胳膊当主任"，"逼着邻居当奴才"，而终与恒元们同流合污了。其实更重要的是小元始终也逃脱不出封建传统文化造成的农民文化心理和性格的藩篱。制服和钢笔只是一种表象，小元放不下的是主任的身份和权力。在小元的思想深处认为当主任就不用割柴，不用锄地，因此他才会"觉着不好意思"会"脸红"。无论是小元还是其他"小"字辈的人，他们都无法摆脱这种命运。

得贵、老秦、小元这样的人在阎家山还有很多，在处于弱势时，更多的是观望、推诿、寄希望于别人，而一旦在权力秩序上翻了身，他们也不会成为群众的代言人，相反只会是效仿原来统治者谋求私利，奴役乡亲，老槐树底的人就是在这样的文化背景下一代一代地重复着他们的悲剧，这种文化心理更令人深思。在此，可看到赵树理小说对国民劣根性的思考，这使他的小说有了与鲁迅相同的思考角度。阎家山的农民无论是在革命前还是在革命后始终都是按照原有的处事方式办事的，阎家山的权力文化秩序还是没发生变化，在他们的思想中不同的只是"衙门"改"公所"而已。

《李有才板话》为我们提供了一种抗日战争时期农村真实状况的原生态叙述，并且传达出这些"问题"背后深层的社会文化因素。这种对农村社会的政治、文化多层次多角度的展示和关注，使这篇小说具有了重要的当代意义。

第四节　乡村伦理秩序重建

一　乡村流氓性

赵树理说自己是颇懂点鲁迅笔法的，在小说创作中他也关注他笔下人物精神面貌的本真状态。在他小说的显性叙事中，农村世界有反面人物（地主恶霸），有中间人物（"老"字辈式的农民），有蜕变人物（年轻一代思想变质的农民），有正面人物（"小"字辈式的农民），赵树理用非常明确的笔调写出了这些人物最终的不同结局。但在这种显性的主流话语的叙事框架中，赵树理小说隐溢出这些农村人物对封建文化的相同承载。延此思路，本文将分析在赵树理笔下出现的显性流氓形象及农民身上发散出的与其相通的隐性流氓性。

本文说的流氓是指游民中的一类群体，虽属少数，但他是游民的群体性格、思想、行为的阴暗一面的最集中、最突出的体现者。① 在赵树理的小说创作中，出现了大量的显性流氓形象，这种流氓形象都是反面人物，即村中的地主恶霸。《小二黑结婚》中的金旺和兴旺二人，抗日战争初"为一支溃兵做了内线工作，引路绑票，讲价赎人，又做巫婆又做鬼"，八路军打垮溃兵土匪，这二人在选村干部时掌了实权，因看上小芹又没占得便宜，便找茬捆小二黑和小芹开斗争会。《李有才板话》中，阎喜富"吃吃喝喝有来路；当过兵卖过土，又偷牲口又放赌，当牙行，卖寡妇……什么事情都敢做"，"抗战以后，这东西乘着兵荒马乱抢了个村长"。《李家庄的变迁》中，小喜"中学毕业，后来吸上了金丹，就常和邻近的光棍们来往，当人贩、卖寡妇、贩金丹、挑诉讼……无所不为"，他竟混成个所谓的"上尉副官"，后又当参谋长，不仅混迹于地方军阀势力，也混迹于地方土匪势力，日本人打过来又和日本人混在一起，真是混得如鱼得水。《邪不压正》中刘锡元得势时，小旦作为刘家的走狗强逼王聚财把女儿答应嫁给刘锡元的儿子，八路军一来他又领着人把刘氏父子给捉了回来，自己成了"积极分子"，并分得胜利果实；"后来看见元孩、小昌当了干部，他就往他们家里去献好"，在小昌的授意下，又去强逼王聚财把女儿软英嫁给小昌的儿子小贵，而一旦小昌在党内受到处分时，小旦为把自己洗干净，对小昌又倒打一耙。

这些流氓者在赵树理的显性叙事中，最终都被新政权镇压了，由他们引起的"问题"被新政权解决了。"问题"的解决，体现出赵树理"问题小说"显性的修辞效果，即对主流意识形态和新政权的认同。但透过这种"问题小说"的显性叙事，细究这些人物身上的流氓性，会发现这些人的出现，在农村有着很广阔的背景，许多农民身上也可以找到与这些人物精神相似、相通的流氓性，对普通村民身上流氓性的显现造成了对前一显性修辞的反讽、消解，导致赵树理小说不再单纯、明朗。

---

① 王骏骥：《主张的变化无线索可寻，都可以称之流氓——鲁迅对流氓性与流氓意识的批判》，《鲁迅研究月刊》2001 年第 9 期。

《小二黑结婚》的显性叙事，要传达的是金旺和兴旺作为封建恶霸势力代表，最终被正法，反封建斗争在新政权领导下获得了胜利。金旺和兴旺，在没当村干部之前，由于压迫弱势群体，他们的流氓性很容易被看清楚。但一旦成了代表新政权的村干部，他们的面目就变得有些模糊。他们要霸占小芹，要治小二黑的罪，但他们却是通过"反封建"的方式使自己的行为合法化的，由于他们是以新政权代表者的身份出现，群众较难分辨出这其中的是非曲直。尽管如此，他们仍是混入基层干部中的恶霸地主坏分子，因此在赵树理笔下这种流氓最终被新政权给清理掉了，"问题"被解决，也让读者形成一种认识，流氓就是恶霸地主坏分子。

但在《邪不压正》中，却出现了个小旦这样的穷人流氓者，问题就变得有点复杂了。小旦是穷人，为了生存他给刘锡元做狗腿子，欺压弱势群体，而在革命到来时他变成了革命积极分子，捉来了刘锡元父子，并积极地进行批判斗争，因此他比别人多分得了胜利果实。但是，在成了革命积极分子后，小旦却正大光明地要求要多分"浮财"，要求斗争由开荒起家的王聚财，他的流氓本性才完全彰显出来。安发说他"是个八面玲珑的脑袋，几时也跌不倒"。赵树理说，"土改之前，封建势力占统治地位，流氓甘做地主之爪牙，狐假虎威欺压群众"，在"发生土改之初期，流氓钻空子发了点横财，但在政治上则两面拉关系"。① 因此，对这样的流氓，土改之前广大群众是很容易辨认清楚的，但土改初期就难以辨认他们的真实面目了。为什么此时期的流氓就难以辨认？因为像小旦这样的"流氓是穷人，其身份很容易和贫农相混"②，他摇身一变，便成了革命积极分子，又比一般的贫农更革命，这时他的阶级身份就变得暧昧起来了。他是"穷人"，这种身份决定了他应是最有资格用革命的手段对封建地主阶级进行斗争的人，他应该占有革命的话语权，革命的最高目标就是让这样的全体穷人获得翻身解放。在革命话语体系中，革命积极分子与封建地主分子，穷人与富人之间的革命斗争就应是前一个权力体系对后一个权力体系

---

① 赵树理：《关于〈邪不压正〉》，见《赵树理文集》（4），中国工人出版社 2000 年版，第 1648 页。

② 同上。

的专政，这两者是水火不相容的。但是事实却是，像小旦这样的穷人却可以自由地来回穿梭于这两个权力体系，寻找自己要找的东西——物质与权利，为了达到这种目的，他不择手段，无所不为，但又如鱼得水。在上文，我们说流氓是恶霸地主坏分子，现在我们看到流氓也可能是穷人。由此，流氓性就不光体现在地主阶级身上，也可能体现在无产阶级穷人身上，体现在反封建革命斗争的农民身上。这样我们不光难以辨认金旺、兴旺这样摇身一变的新政权的革命干部身上的流氓性，我们更难辨认一系列穷人身份的农民身上的这种流氓性，赵树理小说中如三仙姑、张得贵、老秦这些穷人身上是否也有流氓性的东西？至此需要重新分析上文这些流氓者身上的流氓性。

赵树理小说中的这些流氓者，金旺、兴旺、喜富、小喜、小旦，首先，这些人物身上体现出的是一种游民式的生存状态。他们虽然出生于农村，但他们已经基本上脱离了以农业生产为本的生存方式，不再靠务农为生，不再依靠勤苦的劳动来维系和改变现存的生存状态，因此他们已经不再是传统的"农民"。离开在土地上的辛勤劳作，处于游民的存在状态，他们放弃了辛勤劳作的价值观而开始追逐以不择手段的方式去更容易地获得物质和权力的价值观，因此无论是为非作歹，放刁，撒赖，施展下流手段，只要能够谋到利益，他们便无所不为。他们要么依靠社会权势，通过给这些权势做爪牙或走狗来获取自己的物质权益，要么已经混有了某些特权，又通过这些特权来为自己谋取更大的物质权益。

其次，这些人物身上体现出一种奴性人格。这些流氓者在等级社会中，在地位低时便竭力地给地位高者做最顺从的奴才、爪牙和走狗，而一旦具有高位和权势，就开始转过身来欺压弱势的群体，因此他不可能有独立人格和平等意识，只有奴才主子二元对立的价值观。他们或做奴才，或转身当主子。小喜、小毛，一方面找自己可靠的主子，另一方面依仗主子的权势去欺压别人。而金旺、兴旺、喜富等已经是通过钻营在新政权里获得了合法权势，自是要去欺压他者了。

流氓性在这些人身上最重要的体现就是他们都没有固定的信仰和操守，没有固定的价值观念。鲁迅在批判中国文人的流氓性时说"无论古今，凡是没有一定的理论，或主张的变化并无线索可寻，而随时拿了各种各派的理论来作武器的人，都可称之为流氓"①，这种"无信仰"、"无持操"现象在赵树理的流氓世界中也是他们身上最显著的特点，无论社会发生怎样的变化，这些流氓都能够变出合适的态度来，这种无操守的品行只指向一种意向，即为自己谋取利益和权势，只问目的而不择手段。

鲁迅说"阿Q的像，在我的心目中流氓气还要少一点"②，反过来说阿Q身上散发出了我们民族性中流氓性的一面。同样在赵树理的农村世界中，在普通的下层人物身上也出现了这种隐性的流氓性。

《小二黑结婚》中的三仙姑十五岁嫁给于福，为了自己的私欲，便用撒赖的方式突然变成了仙姑，"下神"足三十年。这一则可避免农村劳动，二则可吸引一大帮年轻人给自己作伴。而她更不可见人的是为了能把"看来像个鲜果"的小二黑笼络在自己身边，她竟强逼小芹去给一个富官做续弦。三仙姑离开生产劳动，丧失了最基本的伦理道德，她没有真正意义上的丈夫和女儿，没有亲情，有的只是不择手段实现自己私欲的价值观，这就和上文提到的流氓形象在精神上有了相通之处。

《李有才板话》中张得贵的儿子给吴启昌当长工，自己又是本村地地道道的穷人，但他却"跟着恒元的舌头转"，当上农会主席却成了有名的"吃烙饼干部"，为了得上点小便宜，死心塌地地为恒元做奴才，为讨好阎恒元不惜在老槐树下去偷听大伙的议论再到阎恒元跟前去邀赏。那老秦又如何呢？他处在农村社会最底层，是阎家村最穷的农户，"吃亏、受怕，受了一辈子穷，可瞧不起穷人"，对老杨前恭后倨，而一旦老杨真给他讨来了土地，前后态度又发生了一百八十度的大转弯。他瞧不起穷人，那他瞧得起的是什么呢？他看上的是老杨手中的权势，是阎恒元手中的财富，而这不光是老秦的价值观，这几乎是所有农民都梦想的东西。假设给老秦这样的穷人一定的权势和财富，他是否不会有欺压弱势他者的可能性呢？赵树理小说中写出的小元、小昌式人物，否定了这种猜想。

小元的"家中只有一个老娘，没有吃的，全仗小元养活"，在阎家山是很穷的农户，受阎恒元欺压，因此最初与阎恒元斗争他非常积极，阎恒

---

① 鲁迅：《二心集·上海文艺之一瞥》，见《鲁迅全集》(4)，人民文学出版社2005年版，第304页。

② 鲁迅：《致刘岘》，见《鲁迅全集》(14)，人民文学出版社2005年版，第406页。

元为了报复他故意把他选为武委会主任。可受训回来的小元在掌有一定的实权后，就非常容易地被阎恒元拉进了自己的阵营。小元很快地"穿衣吃饭跟人家恒元学样"，"不生产，不劳动，把劳动当成了丢人的事，忘了自己的本分"，"架起胳膊当主任"，"逼着邻居当奴才"。至此，小元当初所有斗争阎恒元的积极意义全被消解掉，与被斗争对象沆瀣一气。物质的欲望滋生出对权力的欲望，权力再滋生出更大的物质欲望，这种对权力和物质的欲望不正是老秦、张得贵这些人可望而不可即的吗？小元的这种转变再一次让我们感觉到这样穷人和那些恶霸身上有着相同的流氓性。如小元一样，小昌翻身后并不满足，反想着如何能更多地占有别人财物。他借区上"帮助没有翻透身的人继续翻身"，把已经批斗过的刘忠再次当成封建尾巴，更把以开荒起家的王聚财当成斗争对象。同时和小旦勾结在一起，打击异己力量贫农小宝，让小旦去利诱威胁王聚财，要王聚财把刚从地主刘锡元强迫婚约中逃出来的女儿软英嫁给自己的儿子小贵。至此，小昌已经走到了"和刘锡元差不多"的地位，和流氓者金旺、兴旺已没有本质上的区别了。小元、小昌受压迫的穷人社会地位虽然使他们在社会斗争开始时认准斗争对象，但他们的价值观仍是建立在传统旧思想基础上，因此他们掌权、斗地主的目的并不是为了解放全体受剥削受压迫的人民，而是为了谋求私利，从这一点上看他们的所谓革命与阿Q的革命是十分类似的，其结果不过是建立一个由他们统治的农村世界，而这种农村世界与以前流氓金旺和兴旺统治的农村世界并没有任何区别，仍旧是一个由流氓恶霸统治的世界。

虽然在赵树理的显性叙事中，这些穷人身上具有的流氓性"问题"由显性的恶霸地主问题被解决了，三仙姑撤去了香案，张得贵被去掉了农会主任职务，老秦不敢再看不起老杨这样的干部，小元受到了批评，小昌也受到党内处分，但这些人的思想价值观的变化，却还需要一个漫长的过程，因为产生这些人这种价值观的文化背景依然存在，赵树理小说中那些没姓名、仍一心为自己私利而不择手段的人物还有好多。在历史发展变迁中，流氓者往往得利最多，虽然他们被许多农村人物所鄙视、厌恶甚至痛恨，但村民又在自觉不自觉地模仿这些流氓群像。可以说，赵树理对乡村流氓性的表现是对鲁迅提出的国民劣根性问题的进一步思考。

二 婆媳关系的民间叙事

赵树理兼有知识分子和农民的两种身份。作为具有自觉农民身份的知识分子，赵树理执著地要守在文摊不愿被拉上文坛，刻意以农民视角写农民，这种文化选择使他笔下的农村生活展示出自身的丰满性，其中婆媳关系是他关注乡村日常生活的一个重要窗口。本节试从《变了》、《孟祥英翻身记》和《传家宝》三篇小说来论述赵树理小说中婆媳关系的民间叙事。

作为解放区作家，从小说表层来看，赵树理是在用革命叙事话语来呈现婆媳之间这种无休止的矛盾纠葛。《变了》、《孟祥英翻身记》和《传家宝》三篇小说，都有四种角色，婆婆、媳妇、问题的解决者（新政权的代表），婆媳关系的旁涉者（公公、丈夫、小姑子），小说都有相同、简单的结构框架——代表传统观念的婆婆跟代表新观念的媳妇发生冲突，婆媳关系的旁涉者加剧着这种冲突，问题最终被代表新政权的工作员解决，媳妇的新观念最终取代了婆婆的旧观念。小说中恶婆婆无理地挑起矛盾，造成年轻女性的不幸，婆婆成了媳妇获得解放而必须越过去的一个障碍，年轻媳妇们在新政权支持下挣脱了婆婆的束缚而获得了解放。这种大团圆叙事确认了新政权的合法性，也让赵树理小说叙事具有合法性。

但对读者来说，这种合法的、重复的叙事使得新政权的正"名"显得无关紧要，因为在这种革命话语规范中，读者看到的婆媳冲突中所传达的政治观念与她们女性自身意识并没有太多关联，吸引读者的是民间话语叙事体系中婆媳冲突所无意显示的女性真实存在关系。

首先，看新政权的代表人物对婆媳关系冲突问题的解决过程和结果。婆媳冲突的解决者，李同志、工作员、小娥的丈夫，三者都是新政权话语的代表。在《变了》中，问题的解决是李同志来家中拉了一次家常，她并没能对别人讲清楚新的婆媳关系的合法性，而是以自己是新政权代表的权威性来确认新的婆媳关系的合法性；在《孟祥英翻身记》中，工作员是让婆婆去干妇救会工作相威胁，来屈其同意孟祥英参加妇救会工作的；在《传家宝》中小娥的丈夫也是以金桂的婆婆不会管账相胁迫，使婆婆不得不撒手。由此可见，本应以新的思想观念去做说服工作的新政权代表人物并没能给婆媳双方确立一种新的价值观念，而是用一种强制性权力话语取代了原来的权力话语，因而这种新的政治权威的合法性也就不能证明了。小说叙事在此溢出了不和谐的民间声音。

其次，看新环境中的新媳妇形象。在新环境的影响下，有新政权话语的支撑，新媳妇热衷于参加社会活动，如打柴、担水、打野菜、识字、参加妇救会等工作。媳妇的这种举动带来了农村生活方式的巨大变化，不过这种变化并不是自觉的，与婆婆把自我价值确认依附在传统道德上一样，她们把自我价值的确认依附在新成立的政权上。这种依附性使女性角色失去个体意识觉醒的可能性，以及从这种自我意识中伸展出个体平等意识的可能性。没有这种个体的平等意识也就无法确立个体的现实存在意义，更无法建立一种与传统意识本质不同的现代婆媳关系。这样我们如何保证翻身后的孟祥英、金桂一代妇女不会重蹈婆婆的覆辙呢？新媳妇孟祥英参加社会活动就完全是这种依附心态。婆婆和丈夫的"怪眉怪眼，孟祥英看了也觉着有点可怕，也拿不定主意……问工作员'不去行不行'，工作员说：'这又不强迫，不过群众还去啦，干部为什么不去？'孟祥英说不出道理来，她想：去就去吧，咱不会不说话？"这是种典型的随大流心态，是一种相当模糊的意识。问题出在工作员的话里，前句说不强迫她，后句又要求她去。这儿存在一种循环推理。群众去的理由或是他们自己的觉悟高了，或是干部去了群众随他们而去，孟祥英是干部，她的认识应建立在她自己认识的基础上，可事实是，工作员的指引是要她把去的理由建立在随大流的群众身上，而随大流的群众正是把去的理由建立在孟祥英这样的干部身上，究竟谁是谁的基础说不清楚了。就在这种说不清楚中她丧失了真正去的理由，丧失了她理性探索的可能性，更失去了对个体意识确立的可能性。这样，新媳妇在处理婆媳关系时自然是不知道自己与婆婆发生冲突的深层原因，只是按新的权威话语去建立婆媳关系，婆媳矛盾的冲突并没有真正解决，这种权威对新媳妇存在意义的确认反使她失去了自身个体意识探寻的可能性，从而呈现出解放区意识形态的复杂性。

在小说四种角色中，婆婆的角色是最值得令人回味的。婆婆在做媳妇时深受折磨之苦，作为最底层的角色只能把实现自我价值的希望放在"多年的媳妇熬成婆"上，只有在对媳妇高人一等的权威中她才有可能把握自己的现实价值。她与媳妇的冲突便不是谁有理谁无理的问题，而是捍卫自己对问题的支配权和解释权的问题，媳妇的稍稍不恭是对她这种权威

的藐视，是对她的存在意义的挑衅。这种挑衅对婆婆的精神世界来说有着
关系生死的重要意义，所以，婆婆才不惜使用一切可以使用的手段来确认
自己权威的存在，无论是直接对媳妇的管束与责罚还是无奈中的诬陷，能
用的手段都使用上了。婆婆的观念是传统等级思想观念积淀的产物，在旧
的权威话语中具有合法性，面对新政权权威，她的社会角色低人一等，这
低人一等恰使她丧失了自己的话语权威。这是她现实存在意义失落的过
程，是一个让她撕心裂肺却不得不接受的过程。这种存在意义的失落是可
能重新确认婆媳个体存在意义的基础，小说中人物却都忽略了这种问题的
未完成性，给她一个大团圆的意义认可——去享清福。

婆婆的这种失落、无奈、孤寂、绝望的心态，在大团圆的结局中有了
反讽的意味。《变了》中她斗不过媳妇、老伴，想在儿子跟前倾诉心中的
郁闷，而儿子她这最亲的人甚至没有耐心听完她的话。《传家宝》中，婆
婆精神上的困境显得更加明显与深刻。婆婆在最后才说明她是恨"金桂
不该替她做了当家人，弄得她失掉了领导权"。"这是我的家！她是我娶
来的媳妇！是先有我来还是先有她来！"女人由媳妇熬成婆，唯一可支配
的人便是这个家庭中最底层的媳妇。现在连这唯一可支配的人也要反过来
支配她，她怎么能够接受这种现实呢？因此她认为媳妇是她最大的威胁，
这成了她自身局限的悲剧。同时，周围的人对婆婆存在意义的疏离造成对
她心理更大的伤害。在年轻人看来她应是被嘲笑、被批判的对象，是无法
理解的、令人可笑的恶婆婆。这在金桂对炕上那口破木箱的搬移中得到了
最好的展现。婆婆如那口破木箱一样在过去为李家老小的生活做出了巨大
的贡献，如今不再需要而要被抛弃掉，她那些当年的辛劳与牺牲也就如这
口破木箱一样不再被年轻的一代认可，她的存在价值也将失去意义。正是
在这意义上婆婆说"谁还把娘当个人啦？""人家一手遮天了，里里外外
都由人家管，遇了大事人家会跑到区上去找人家的汉。人家两商量成什么
是什么，大小事不跟咱通个风，人家办成什么都对！咱还没有问一句，人
家就说'你摸不着'，外边来人，谁也是光找人家的！谁还记得有个咱？
唉，小娥，你看娘都活成什么样子啦？"说着老人落了泪。这是一种强烈
的疏离感，是一种渴望被周围认可的焦虑感。老人在精神上为自己的存在
意义作生与死的挣扎，偏偏是最亲的人全都眼睁睁的什么也看不见，看到
的只是她的古怪和可笑。更残酷的是他们解决问题的方式，也如新政权话

语的工作员一样采取的是一种强迫的方式，让她彻底缴械，"过几年清静日子算了"。这是最致命的一击，让她在现实的生活中彻底失去存在意义，让一个本已苍老的心孤独地去面临死亡一天天地逼近！在儿媳们得意于她的转变与她们对老人的爱时，却不知道自己用最残酷的方式戕害她们最亲近的人。小说正是在这民间叙事的层面上，在这亲情融融的大团圆结局中，不经意地流溢出一种令人透不过气的窒息感。

这种婆媳间的冲突也显现了农村原有传统思想的细微变动，农村传统的女性关系在这儿出现了松动。《传家宝》中，婆媳各坚持自己的认识而彼此不相妥协，都在竭力证明自己的存在价值，而这种女性存在价值的评判标准却在有意与无意中发生了置换。婆婆的价值评判标准是传统的道德标准，而金桂是以对家庭实际创造的经济价值的贡献作为标准的。因而在精神层面，婆媳关系的问题并没有解决，代之而起的是物质层面对问题的评价标准。赵树理觉察到了农村中这种物质价值判断标准的出现以及它的胜利，而这种物质的评价标准是革命话语体系所禁忌的。赵树理不得不用含混的叙事来呈现他的态度，不得不用大团圆的草草结局来证明新政权的合法性，这种缝合使他的小说再次溢出民间的叙事。

从以上的分析来看，为什么赵树理自觉地对新政权的正"名"反溢出了如此多的民间东西呢？这与赵树理小说的民间叙事话语有关。抗日战争爆发，解放区政治意识形态要让民间话语承担起严肃而重大的政治宣传使命。赵树理自觉地选择了新文学传统以外的民间话语作为自己小说的叙述话语，承担国家意识形态的普及使命使他的小说具有了合法性，而民间叙事使他的小说整体精神上又有了远远超出为新政权正"名"的文化内涵。赵树理有意识地用民间眼光来看待带有强烈自在原始形态的生活现实，用相对自由活泼的民间文学形式比较真实地表达出民间社会生活的面貌和下层民众的情绪世界。政治意识形态对赵树理民间文学创作改造的结果，仅仅是在外形上获得了胜利（即故事内容），但在"隐形结构"中实际上服从了民间叙事惯性。这种民间叙事使赵树理小说在有关"民族化"讨论中具有了代表性，但这民间叙事毕竟与新文艺方向有一定距离，20世纪50年代之后赵树理因未能创作出"新的世界，新的人物"就不再是"方向性"作家了。

三　革命意识的起源和乡村道德的重建

茅盾 1946 年 12 月发表的《谈〈李家庄的变迁〉》一文，劈头一句是"赵树理先生是在血淋淋的斗争生活中经验过来的，而这经验的告白就是小说《李家庄的变迁》"。与在《关于〈李有才板话〉》中强调解放区革命"斗争"的"温和"、民主不同，① 茅盾在此文中是在强调解放区阶级斗争的残酷性。《李家庄的变迁》是赵树理小说中描写血雨腥风最多的、最宜于用阶级斗争理论加以诠释的作品，但这又是一个复杂的、充满裂隙的作品，小说后半部分对乡村传统道德伦理的重建在一定程度上解构了小说前半部分的阶级斗争理论，小说裂隙在一定程度上让小说内容显得丰满、厚重。

《李家庄的变迁》前半部第一到第七节，完全是以中心人物铁锁的经历展开的。第一到第二节中，村中有权势的春喜以一棵桑树的归属为由挑起诉讼，利用自己在村中的家族关系最后逼得铁锁倾家荡产。由于铁锁是一个外来户，在村中没有依靠，最后不得不背井离乡。第三到第六节写铁锁一路漂泊到太原，眼界一下子扩大，明白小喜、春喜这些坏人能在社会上横行霸道是因为他们背靠着阎锡山政权，更重要的是铁锁在这儿遇到共产党员小常，小常燃起了他对未来新生活的希望，真正明白了阶级斗争的道理。第七节，铁锁回村后，把自己理解的斗争意识带给了穷苦的农民兄弟，团结穷苦的农民兄弟准备起来反抗。小说写到这儿已经是一个很完整的故事，这是一个讲革命意识如何起源、革命如何发生的故事，这种叙事正是后来五六十年代"红色经典"中固定的叙事模式，如《红旗谱》、《苦菜花》、《红色娘子军》等小说中，农民被豪绅地主压迫剥削，被逼无奈，由自发的反抗最终走上了由先进的共产党领导的革命斗争。与《小二黑结婚》、《李有才板话》相比，《李家庄的变迁》明显受到毛泽东《讲话》的影响。第一到第七节的叙写正是解放区小说叙事范式的翻版，然而赵树理在此并没有把小说打住，而是继续往下写，这使小说从第八节

---

① 茅盾在此文中说"《李有才板话》让我们看见了解放区的农民生活改善的斗争过程和真相，使我们知道此所谓'斗争'实在温和得很"，明显是在强调解放区生活的民主气息，此文发表于《群众》第 12 卷第 10 期，1946 年 9 月。

开始，逐渐脱离了"红色经典"的叙事模式和阶级斗争的主题，小说的时代背景转到"七七事变"后，小说的中心人物铁锁隐入到了小说背景中，小说阶级斗争的主题由于掺杂进民族抗日的主题受到极大消解，小说叙事的价值判断标准由异质的、外来于乡村的阶级斗争标准逐渐转向传统的、乡民自身的传统道德伦理标准，在大量出现的新人物和新故事中，小说前后两部分的叙事有了明显裂隙。

小说从第八节开始一直到小说结束，都是在讲李家庄的村民怎样同汉奸李如珍等人斗争的故事。如果说在此之前，以铁锁为代表的村民和李如珍为代表的豪绅之间的矛盾冲突是阶级斗争的话，在抗日战争全面爆发后，由于李如珍等人的身份、地位的变化，随着抗日时期社会关系的不断变化，村民和李如珍等的矛盾冲突变得复杂起来，我们难以把这种矛盾冲突严丝合缝地完全框进阶级斗争理论中。先是抗战初，日本人打过来，溃败的散兵在村子里乱抢东西，李如珍等人也不可避免，甚至李如珍都被孙殿英的部队绑了票，李如珍等人和李家庄的其他村民一样遭遇到战争带来的灾难。但后来在小喜的撺掇下，李如珍等为了自保不惜当了汉奸，招引日本人残杀村民，开始了对乡民的血腥迫害，李家庄你死我活的斗争才真正开始，此时的斗争已和此前的斗争有了本质的区别。在当汉奸前，在村民们的眼中李如珍是一个在村子中多占土地、用各种手段侵占别人财产、欺压民众而又有权势的豪绅恶霸，干了许多坏事，人们对他也是恨之入骨，但他并没有造成流血的后果，乡民和他的矛盾冲突还没到你死我活的地步。然而抗战爆发他变成汉奸后，由于他的指使导致大量村民被日本人杀害，在村民们的眼中，他完全成了一个杀人恶魔，村民们把"杀人者偿命"的朴素道德伦理观念和叛国的汉奸观念联系起来，家仇国恨合在一起，要他血债血偿，李如珍变成了村民们眼中不共戴天的仇敌。因此小说最后，李如珍被抓住后的下场是让村民活活地撕成了几大块，就文字描写来看这是赵树理小说中最血腥的一个场面，当县长认为太残忍时，白狗说："这还算血淋淋的？人家杀我们那时候，庙里的血都跟水道流出去了！"如果我们仔细辨析村民和李如珍等矛盾的前后变化，可以看出村民们这种滔天仇恨产生的最主要根源并不是阶级原因，而是根深蒂固的乡村传统道德伦理。

同样在小说中，人们最最仇恨的是小喜，人们想把他碎尸万段不光是因为他的手上沾着好多乡亲们的鲜血，还因为这是一个没有任何人性与道德操守的野兽，是他先带着散兵游勇抢劫李家庄，烧了王安福老人的家，是他最先当了汉奸，带领日本鬼子扫荡李家庄，是他强逼村里的巧巧陪他睡觉，这是一个恶贯满盈的流氓无赖，他欠着李家庄的更多的血债。但就是这样一个人，在抗战前，在没干这些村民不能容忍的事之前，铁锁漂泊到太原给他当勤务兵时都有跟他化解仇怨的心理，在一路给他当挑夫逃回来的路上，在铁锁的眼中，小喜也只是一个普通的道德败坏的"坏人"，并没有后来这样不共戴天的血仇。这样小说从前部分发展到后半部分，铁锁等人和李如珍等之间的矛盾冲突就由叙事者所认为的阶级冲突变成了后来的双重冲突——阶级的和民族的冲突，但在深层来讲，对小说中的普通村民来讲，村民们对小喜等的仇恨是因为小喜这样的人完全践踏掉了传统的评价是非的道德伦理秩序，完全破坏了村民们赖以生存的社会生活秩序和物质权利。

《李家庄的变迁》中还有两个人物不好放进阶级斗争理论的叙事规范中，一个是富顺昌杂货铺掌柜王安福老汉，一个是社首小毛。老掌柜王安福在村里来讲，是一个生意人，他靠着在村中做生意、放债来盈利谋生，在村中有较强的经济实力，在和小常谈减租减息动员群众抗日时说自己放债"总共以现洋算不过放有四五千元"，这在当时农村来讲是一个很大的数目了。从阶级属性上讲，王安福老人占有大额财产，通过做生意、放债盈利，我们应该把他归入到剥削者、压迫者李如珍的阵营中去，他应是村民斗争的对象。但实际上，王安福老人却处处替大伙着想，在春喜等人欺压霸占铁锁家产时，王安福尽力主持公道并给予铁锁以经济帮扶，但他人单势弱，孤掌难鸣，最终无可奈何。在与李如珍阵营的斗争中，王安福老人立场坚定，态度明朗，抗日战争爆发后，为牺盟会抗日捐款，他更是体现出强烈的家—国意识，说自己"虽说不是个十分有钱的户"，"会里真有用钱的地方，尽我老汉的力量能捐多少捐多少！就破上我小铺交捐款！日本鬼子眼看就快来抄家来了，哪还说这点东西？眼睛珠子都快丢了，哪还说这几根眼睫毛？"他后来把自己所有的家产全捐给抗日队伍。在小说第九节和第十一节中，赵树理把主要的笔墨给了王安福。特别值得注意的是，赵树理在写王安福老汉时，又把他和李如珍对照起来，在整篇小说中，王安福和李如珍二人形成了鲜明的对照：一者在村内各种事务中完全站在普通村民一边，抗日战争中成了人们尊敬的开明老者；而另一者在村内斗争中完全站在压迫普通村民的一面，抗日战争中更是做了汉奸，因此王安福和李如珍之间的关系也逐渐由最初的乡亲变成了仇敌。在这样的实际表现中，王安福老人的身份按阶级斗争理论来区分就显得有些暧昧，但在普通村民的道德评价体系中却是一清二楚，村民们正是在王安福老人的身上看到了乡村中存有的传统道德伦理标准，也正是王安福老人这样的人维护着村民们心目中的道德伦理秩序，他是村民心目中的"好人"，是小说叙事者眼中的道德楷模。这样，李家庄的村民们用最朴素的传统道德伦理标准把村中的人们按照他们的日常表现区分成了"好人"和"坏人"，无论是在抗日战争前还是抗日战争后，李如珍等就是村子里的恶霸，就是欺压普通百姓的"坏人"，而王安福老汉无论在抗战前后，都是人们心目中一位令人尊敬的长者，整篇小说的价值评判标准不是统一在阶级斗争理论或是民族抗日大义的基础上，而是统一在了村民们心目中善恶分明的乡村传统道德伦理的基础上。

在阶级斗争评价标准中，小毛也是一个不好安放的人物，他在村子中没有任何地位，只是跟着李如珍占些小便宜，如在处理村务时吃上一份烙饼，吃上一口好饭，在伺候李如珍后吸上李如珍吸剩的几口烟灰，常常是"既做巫婆又做鬼"，成了李如珍的狗腿子。按说这样处于社会最底层的人应是属于无产阶级队伍的，是属于村民这一阵营的，但实际上他却是李如珍等欺压村民的帮凶。更复杂的是这样的人又不断来回穿梭于压迫者和被压迫者之间，当村民力量壮大时，他也悔过求饶，一旦李如珍等卷土重来时，他又固态萌生，成了狗腿子，为了攫取物质与权利更是不择手段、无所不为，但又如鱼得水。对这样的人，村民们同样充满了仇恨，但因其并没有杀过村民，村民们最后只是让其赔了大家的损失，容许其悔过新生。村民们对他的态度，也不是从阶级角度出发的，而是从所干坏事程度的轻重及其悔过的表现来对待的。

无论是阶级斗争还是民族战争，只要是战争都会造成生灵涂炭，对普通村民来说，战争更大的罪恶在于战争中的侵略者会摧毁人们生活赖以维系的整套道德伦理法则，黑白颠倒，是非不分，老实、善良的普通民众要是落入到那些无视传统道德伦理的豪绅恶霸或无产流氓者的手里，后果不堪设想。而普通民众最终的奋起抗争就是要重建他们心目中的讲传统道德伦理的社会秩序，这样一个社会秩序并不是一种全新的、外部植入的生活秩序，而是一个大家都有说话资格、可以生存的、村民们自己建构的乡村传统社会秩序。小说结尾总结这个乡村社会秩序：是一个农村权利属于村民自己的、物质生活有保障的、坏人都发生转变的、村风又变得淳朴的、村民思想也进步了的世界，"打总说一句：这里的世界不是他们的世界了！这里的世界完全成了我们的了"。当这样的世界要再次被内战夺去时，村民们自发地参加革命队伍，走上了保卫自己生活的斗争道路。因此，在《李家庄的变迁》中，赵树理是站在重建乡村传统道德伦理、重建乡村社会秩序的文化基础上揭示了中国乡村革命意识的起源，揭示了中国农民投身乡村革命、投身抗战、投身内战的深层文化原因。在这里，革命的、阶级的斗争观念在隐退，而传统道德观念去伪存真，作为民族精神象征，构成了赵树理小说的底蕴。①

当然，这并不是说赵树理小说与社会政治脱节，《李家庄的变迁》紧密联系着抗日战争，联系着中国共产党在农村开展的减租减息运动，联系着根据地基层政权建设，但作品中的人物、情节，相对于解放区的社会阶级斗争理论分析标准来讲，就显得分散，甚至有点文不对题，从而游离了解放区要求小说承载时代赋予的宏阔而高深的理论建构的目标。但如果我们放下解放区这种单一的评价标准，而是用普通村民所依据的乡村传统道德伦理标准来阅读李家庄的历史变迁时，小说中这种前后的所谓裂隙、那些分散、游离于阶级斗争理论的农村故事情节反使小说容纳了更广阔的社会生活空间，在看似散漫的叙事中，李家庄的乡村空间逐渐立体性地呈现在读者面前，当乡村社会的复杂性逐渐被揭开，赵树理小说更多了历史的厚重感。

---

① 参见董之林《关于"十七年"文学研究的历史反思——以赵树理小说为例》，《中国社会科学》2006 年第 4 期。

第三章

土改叙述中的乡村/革命

第一节　《太阳照在桑干河上》：
个人体验与革命意识

1942 年 5 月毛泽东在《在延安文艺座谈会上的讲话》中提出文艺"首先是为工农兵的，为工农兵而创作，为工农兵所利用"。经历过延安对王实味的批判斗争，丁玲有惊无险后，开始在悔罪心态中开始了文学创作上的脱胎换骨。在沉寂五年之久后，丁玲终于拿出新作《太阳照在桑干河上》，抛弃之前的性别立场和思想批判，运用阶级话语书写中国共产党领导的土地革命，尝试想象一个全新的历史起点和一个崭新的社会秩序，努力建构一种全新的文化秩序。

一　个人体验的乡村叙述

20 世纪中国现代化进程中，国家权力及意识不断向乡村社会渗透，中国共产党在革命过程中发动的土地革命是要用新的国家意识来改变传统千年的乡村社会秩序，阶级意识作为一种全新的社会价值进入乡村。此时期有关土地革命的文学叙述也分担了这一重要任务，在记录、反映着中国乡村发生的历史巨变时，也在用文学方式参与对这段历史的建构。如何在文本世界中用阶级话语颠覆乡村宗法社会秩序的不合理性，揭示宗法伦理社会秩序背后的不平等，并在此基础上想象新的社会文化秩序，成为党的文艺工作者的使命。

在《太阳照在桑干河上》中，用阶级话语发掘暖水屯掩盖在温情面纱下宗法社会的不合理性，是小说叙述的基本立场。小说中，土改前的暖水屯村民生活在以宗法关系为主要特征的社会秩序中，"大家都是一个村子长大的，不是亲戚，就是邻居"，"村上就这么二百多户人，不是大伯子就是小叔子"，和中国成千上万的村庄一样，暖水屯以地缘血缘交织的经济关系、人际关系、亲属关系、依从关系、政治关系等等组成了一个社会关系网络。以钱文贵为例，他的亲哥哥钱文富是村子里种二亩菜园地的地道穷人，儿子钱义是八路军战士，媳妇是富裕中农顾涌的女儿，女婿张正典是村治安员，侄女黑妮是村农会主任程仁的情人。富裕中农顾涌，一个儿子当兵，一个儿子是青联会副主任，大女儿嫁给八里桥的富户胡家，二女儿成了钱文贵的儿媳妇。乡村社会就是在这样的相互联系中建立了一个宗法社会，在这样社会中如何把人物按照阶级意识区别开来，土改斗争考验着人物的阶级属性，土改斗争要让人们明确认识到地主的阶级属性。在《太阳照在桑干河上》中，丁玲依托自己对传统乡村社会的体验和自己所理解的阶级意识两种话语来塑造不同的地主形象，来建构其身上所体现的阶级意识，不过丁玲并没有简单地用政策和阶级话语去图解地主属性，而是在多位地主的塑造中探寻地主阶级的本质属性。小说中塑造的多位地主形象，如江世荣、侯殿魁、李子俊及其老婆，都是为最终揪出要斗争的地主钱文贵而做的一种铺垫，不过在塑造前面这些地主时，丁玲个人对传统乡村社会的体验占据了上风，阶级意识是淡化的。

小说中首先揪出来并斗争的地主是江世荣，这是一个完全被斗倒、没了危害的人。江世荣原是村里出名的"八大尖"之一，靠当甲长白手起家，借日本人压榨村民，又打着八路军旗号去勒索民众，"挣到了一份不错的家私"，这是一个带有恶霸性质的地主，因此在清算中人们很容易就揪出了他，斗争得他不敢动弹。由于有家底，在为农会跑路办事中能够误得起工，因此他在农会中不再是被斗争对象。第二位地主是侯殿魁，他的罪恶并不在对佃户的剥削上，而在于他父辈霸占过同族佃户侯忠全土地，欺辱其妻、气死其父，造成侯忠全对其父的仇恨。不过这些都是父辈积攒的罪恶，侯殿魁与侯忠全仍讲叔伯叔侄关系。为了让侯忠全能养活母子俩，他让侯忠全继续种原来的土地，不论租子多少；侯殿魁看在同姓同族的情分，让侯忠全搬到自家两间屋子去，平日里也总让他欠着点租子，还给他们几件破烂衣服。从这种关系看，侯殿魁的罪恶不在他自己，而在其父辈。在村子上，除过多占有土地，他吃斋念佛劝人为善，并没有太多恶行。清算后，他还主动表示自己"只有四五十亩地了，要是村上地不够均，他还可以献点地"。斗争钱文贵后的第二天，他主动去找侯忠全，再次忏悔，磕头请他宽大，哭着求他收下地契。他到佃户家一家一家地走，一家一家地求，以"求得平安地渡过这个难关"。这是一个没有作恶的人，土改斗争前他还"坐在墙角落里像个老乞丐"出来晒太阳，斗争了钱文贵后他"就像土拨鼠"一样，再也不敢坐在墙根前去晒太阳了。江世荣、侯殿魁这样的地主已经在土改中被斗争威慑得失去了普通人的尊严和权力，能够苟活下去就是他们最大的期望了，丁玲对这类人物的如此设计和描写，让人感觉到"在丁玲的无意识深处流露出对他这样一个悲剧人物的一丝怜悯之意"①。

暖水屯占有土地最多的要算李子俊了，他可算一位名副其实的地主，但小说并没从阶级属性上来写他对佃户的剥削，他对村民的欺压，在乡村内人们的偶然言语中可以感觉到，村民对他是宽容接纳的。这是一位懦弱无能的人，虽读过书，却又不谙人情世故和生存之道，更不是一个会算计的人，受钱文贵撺掇当甲长，两头受气，村民出不起粮款就骂他，不给村上大头送，人家又拿住他要向大乡里告。"一伙伙的人拉着他要钱，大家串通了赢他"，为了奉承乡里下来的警察、流氓，他"把钱赔光了，又卖房子又卖地"，只能当"大头"。李子俊没有阶级话语中的恶行，反而在村里有些人缘，区工会主任老董觉得如果要斗争他"会使人觉得对他太过了"，合作社主任任天华担忧"要把李子俊的地拿了，他准得讨饭"，乡村工作人员李昌也认为老百姓不恨李子俊，斗争难以斗起来。这位胆小怕事的人听到土改风声，在果园中担惊受怕地躲了些日子后最终逃跑了。把李子俊作为清算对象，不是因为他平日有什么恶行，也不是民愤，而是因为他地多。秦林芳认为在李子俊和李子俊老婆的身上有丁玲父母的影子在晃动，因此在对人物的塑造上丁玲明显寄予了恻隐怜悯之情。②

小说对李子俊老婆的描绘上就流露了作者更多的同情。在突如其来的土改大潮中，感到大厦将倾的危机，男人懦弱地出逃，她惊惶不安。她对

---

① 秦林芳：《在"传达意识形态的说教"之外——〈太阳照在桑干河上〉中的人文精神》，《文学评论》2010 年第 1 期。

② 同上。

内不雇长工、亲自下厨，还常常下地帮着干活，对外则笑脸迎人，向"受苦的傻子献殷勤"，给他们"一些小恩小惠"，以改善跟村人的关系。最动人心魄的是面对来势汹汹、索要地契的佃户群，柔弱无助的李子俊老婆一场哭诉使九位佃户落荒而走，这位柔弱女性的可怜激起了人们朴素善良的恻隐之心。侯忠全、郭柏仁等种李子俊的地，交了十几年的租子，工作组发动斗争，土改要把谁种的地给谁，他们也老早等着干部给他们分地。但从价值观念上来说，他们认为自己生活过得不好的原因是自己没能力买到地，自己租种人家的地，给人家交租子是应该的。虽然农会鼓动大家去李子俊家索要地契，但作为李子俊的佃户，种人家的地，现在要直接占为己有，这在乡村道德伦理中怎么也说不过去。因此，虽然李子俊害怕被清算逃跑了，家里就一个李子俊老婆，一个妇道人家，大家仍感觉自己没有说话的理。上了年纪的人，更感觉自己没有脸面去要地，是年轻孩子们的簇拥和农会的要求让他们硬着头皮来到了李子俊家，在老人们看来这纯粹是仗着人多势众来强抢人家的地，而李子俊女人的哀求哭诉让这些善良的人感到无地自容。当李子俊女人跪在地上，泪流满面，一声声地叫着"大爷们"、说着"乡里乡亲"、哀求着放过她们娘儿时，有谁不会动了恻隐之心，当李子俊女人高举着装着那些地契的匣子时，谁也没有脸去接那些地契。深厚的乡村伦理道德感让他们不知怎样开口，不敢去接装有地契的红匣子，他们在女人的哭诉中一句话也没说就都悄悄地退了出来。这不是害怕，而是感觉自己没有脸再站在哪里，是自己的良心让自己感觉羞愧，他们最后都悄悄逃到地里干活去了。这一场景感人心魄，无助者哀告的可怜，贫穷者内心的善良，在这样场景中散射出来。对这一次失败的斗争，张裕民认为是大家害怕这位女人，对这样一位女人害怕什么呢？侯忠魁是一个已经没了势力的地主，大家也分了他的地，大家该不怕他了，可分了人家地的人连侯家大门外都不敢走。是乡村道德伦理让他们感觉到自己心里有愧，是这种朴素的愧疚感让他们再无法理直气壮。

在对个人乡村经验的书写中，这些所谓的地主身上并没有表现出地主所应有的阶级属性，在以宗法伦理为根基的乡村秩序中，如何启发出村民的阶级斗争意识，小说深入发掘建构的是钱文贵这样一个村人都害怕又仇恨的阶级形象。丁玲在小说中并不是一开始就采用阶级话语来指出钱文贵的阶级属性，而是在对不同地主的区别中，一直到小说最后人们的诉苦中才确定了他的阶级属性。如何发现地主钱文贵的地主身份，便也是对地主阶级属性建构的过程。

二　"发现"地主钱文贵

暖水屯斗争清算了地主许有武、侯殿魁、江世荣、李子俊等后，剩下将要斗争的人物中，有地多的顾涌和地少的钱文贵。顾涌家的地是兄弟俩受苦48年辛苦积攒来的，对他们的斗争不合人们的价值伦理，而钱文贵地并不多，最初人们也难把他和地主联系起来，但他是暖水屯的富户，人人都害怕这位钱二叔。丁玲认为这才是一个隐藏的、狡猾阴险的地主，钱文贵身上才具有地主阶级属性。

钱文贵具体是一个怎样的人呢？要比占有的土地、家产，钱文贵还不如李子俊，在村子中，他并不掌握权力，不像许有武当过乡长干过许多坏事，他连甲长都没有当过，原本也是庄户出身，他大哥钱文富还是村中贫农。然而近些年村子上的人都似乎不大明白钱文贵出身了，村子里的人不仅贫农、中农而且连其他地主都怕他、恨他，"钱文贵好像是个天外飞来的富户，他不像庄稼人"。钱文贵读过两年私塾，说话办事有心眼，跑过码头，去过张家口，上过北京，同保长们有来往，认识县里的人，日本人来了又跟其有关系，"不知怎么搞的，后来连暖水屯的人谁该做甲长，谁该出钱，出伕，都得听他的话"。钱文贵的家族势力本身并不大，钱文贵为什么就有这么大的权力呢？钱文贵为什么就给村民心理上产生了一种威慑呢？钱文贵这种威势"根植于传统乡村社会关系的土壤中，属于传统社会里联系官方和基层民众之间的一种权力形态，即乡绅或精英权力"[①]。传统农业社会中，国家权力系统到县一级为止，乡村作为自治的区域其秩序的维持依赖于乡村中德高望重并有一定财产的乡绅，但在近现代社会变迁中，原来维系乡村社会秩序的传统乡绅逐渐演变为劣绅，他们出入公门，鱼肉乡里，"终朝不脱鞋袜，身披长发，逍遥乡井，以期博得一般无知农民新的推重"[②]，其在农村之最大工作是挑拨是非，包揽诉讼，欺凌

---

① 袁红涛：《"一部关于中国变化的小说"——重读〈太阳照在桑干河上〉》，《中国现代文学研究丛刊》2008年第2期。

② 周谷成：《农村社会之新观察》，《周谷成史学论文集》，人民出版社1983年版，第403页。

农民，四处敲诈。因此，钱文贵拥有权势所依靠的最重要资源是他与外界尤其是当权者建立的联系。作为与乡村外在世界联系的中介，他无形之中就是乡村内部权力的象征，因此"他不做官，也不做乡长、甲长，也不做买卖，可是人人都得恭维他，给他送东西，送钱。大家都说他是一个摇鹅毛扇的，是一个唱傀儡戏的提线线的人。他就有这么一份势力"。中国共产党领导的革命斗争逐渐斩断了这些劣绅与旧政权的联系，但钱文贵又在新政权中建立了自己的权利网络。日本鬼子跑了八路军来，暖水屯成了共产党的世界，钱文贵让儿子钱义参军当八路，又找村治安员张正典做女婿，迫于这种威势，村干部中也有人向着他，土改初钱文贵在村子中的权力地位和影响力并没有受到任何削弱。

丁玲曾说：

> 《桑干河上》是一本写土改的书，其中就要有地主。但是要写个什么样的地主呢？最初，我想写一个恶霸官僚地主，这样在书里还会更突出，更热闹些。但后来一考虑，就又作罢了，认为还是写一个虽然不声不响的，但仍是一个最坏的地主吧。因为我的家庭就是一个地主，我接触的地主也很多，在我的经验中，知道最普遍存在的地主，是在政治上统治一个村。看看我们土改的几个村，和华北这一带的地主，也多是这类的情况。①

因此，单纯从占有土地的多少来区分地主，仅仅从地主那里通过暴力拿回土地，并不能认清地主权势产生的根源，不能认清地主的阶级属性，也难以深入发掘土改的革命意义。钱文贵的地并不多，土地剥削的罪恶也不大，然而斗争他、打倒他是对地主权势的斗争，让土改的革命意识在村民心中生根，因此《太阳照在桑干河上》的高潮是以钱文贵最终被揪出来，人们敢于斗争他，并真正斗争他。清除压在人们心头上对权势的惧怕感，彻底击垮钱文贵所依赖的传统社会关系网，让传统社会秩序在这样斗争中发生转变，这才是土改中阶级斗争的深刻内涵。中国共产党领导的乡村土

---

① 见丁玲的《关于〈太阳照在桑干河上〉的写作》，本文写于 1952 年 4 月 24 日，首次发表于《人民日报》2004 年 10 月 9 日。

改革命，不光让穷苦人民翻身获得土地，更要依靠共产党新政权，改变依靠地方乡绅地方精英的乡村村治秩序、依靠血缘关系和地缘关系的宗法社会秩序，粉碎控制着农民权利的乡村原有权利网络体系，建构一个以大众利益为主的社会秩序。

因此，发掘钱文贵所代表地主阶级属性的不合理性，发掘宗法社会的权力关系，就成了丁玲小说叙述重点，而这一发掘在小说中是通过表现钱文贵对土改工作的反动和启发农民自己的诉苦的方式来进行的。

社会阶级分层源于物质生产中占有财产的不平等以及由此产生的社会地位的不平等，但在乡村社会中，社会成员的阶层意识又在地缘、血缘关系基础上杂糅了儒教伦理，并非依据单一的经济标准。乡土社会中，阶级意识在村乡成员的观念中非常淡薄，"不同于法国和俄国的农民（农奴），中国农村不具备诸如法国的农民领地和俄国的农庄这类可以作为农民集体阶级行动固定单位的公共组织。在中国乡村，跨阶级的社区单位如相互合作的血缘亲族团体、宗教派别组织、社区自卫机构和有债务关系的邻居以及地域组织非常普遍。这些单位把地主和农民置于纵向依附关系当中"[①]。在这种依附关系中，农民渴望有一个强有力的首领来庇护自己，因此首领和农民之间又充满温情。依附于土地，依附于强权者，在乡土文化网络中，农民自己无法产生阶级意识。在这样的文化经济环境中启发民众的阶级意识，建构钱文贵的地主阶级属性，小说首先叙述的是钱文贵在村中的恶行和政治上的反动。钱文贵在村上为非作歹，欺压村人，自己的一棵柳树被风吹倒压折了顾涌家的半棵梨树，还强要顾涌家赔偿，迫于钱文贵权势，顾涌家二姑娘嫁给了钱文贵二儿子钱义，生活不幸福。黑妮无依无靠被钱文贵收养成一个丫鬟，成年后钱文贵想借她施美人计来拉拢干部。在政治上，钱文贵撺掇任国忠散布"共产党不一定能站长"的谣言、编造国民党军队打胜仗的消息引起人们的恐慌，反对中国共产党在村中的土改工作。不过在这样的叙述中，钱文贵只是一个在道德伦理上为乡村所不容的恶霸，并不能揭示其地主身份的阶级属性。

---

① Odoric Y. K. Wou（1994），*Mobilizing the Mass：Building Revolution in Henan*. Stanford and California：Stanford University Press，p. 379. 转引自王先明《变动时代的乡绅——乡绅与乡村社会结构变迁（1901—1945）》，人民出版社 2009 年版，第 317 页。

钱文贵隐藏的阶级属性是通过村民诉苦的方式建构出来的，回忆性诉苦在宣泄村民的仇恨感中建构了钱文贵狠毒的阶级属性。小说中，农会把地契送到农民手中，农民还是会把地契送回给地主，直到把钱文贵抓起来，农会发动农民诉苦，农民才敢于面对钱文贵并控诉他的罪恶，才真正有了翻身意识。在《太阳照在桑干河上》中，诉苦具有深刻的社会历史变革内涵：诉苦"不仅仅是为了发动群众重分土地，更重要的是为了在传统乡村社会内部造成阶级分化，从而根本上颠覆既有乡村秩序，将广大农民从'乡里共同体'中解放出来，组织到现代国家这个更高级的'共同体'中"①。

小说动员起的诉苦首先是对地主江世荣阶级属性的建构，不过这一最初的建构并不成功。由于土改初期，农民要地契的斗争性整体上不够坚决，于是工作队发动农民"诉说了许多种地人的苦痛，给了许多诺言"，之后农民才向地主要来了地契。而工作队并不是让他们直接把地分了，而是再次发动大家"诉苦"，九个佃户一时不知道从哪里说起，一个年纪大的说：

> 唉，前天农会叫咱说说咱这一生的苦处，咱想，几十年过来了，有过一件痛快的事么？别人高兴的事，临到咱头上都成了不高兴的事。那年孩子他娘坐月子，人家看见咱，说恭喜你做了上人呵！咱心里想，唉，有什么说场，他娘躺在炕上，等咱借点小米回去熬米汤呢。咱跑了一整天也没借着，第二天才拿了一床被子去押了三升米回来……又一年，咱欠江世荣一石八斗租，江世荣逼着要。咱家连糠也没有了，可是咱怕他，他要恼了，就派你出伕。咱没法，把咱那大闺女卖了。唉，管她呢，她总有了一条活路吧。咱没哭，心里倒替她喜欢呢。——横竖咱没有说的，咱已经不是人啦，咱的心同别人的心不一样了。咱就什么也没说。农会叫咱一块儿去拿红契，咱不敢去，人也老了，还给下辈人闯些祸害做啥呢。可是咱也不敢说不去，咱就跟着走一趟吧。唉！谁知今天世界真的变了样，好，他江世荣一百二十

---

① 袁红涛：《"一部关于中国变化的小说"——重读〈太阳照在桑干河上〉》，《中国现代文学研究丛刊》2008年第2期。

七亩地在咱们手里啦！印把子换了主啦！穷人也坐了江山，咱真没想到！唉，这回总该高兴了，说来也怪，咱倒伤心起来啦！一桩一桩的事儿都想起来哪！

这段话中首先透露出的是，诉苦是工作队启发的。每个人的一生中或多或少都有各样的痛苦，为了启发农民的斗争意识，工作队让这些老人只回忆自己生命中痛苦的经历，当无数的痛苦汇聚在一起，这种回忆自然导向的是对自己生活的否定，而在这种否定中寻找建构造成自己苦痛的原因，农民的仇恨意识就会被激发，斗争的愤怒就会被点燃。不过这位老人虽然回忆的主要内容是自己生活的不幸，回忆中只是偶尔提到了地主江世荣对自己的欺压，并未能明确指出自己生活不幸的根源是地主造成的，也没有指出地主江世荣的罪恶，这样的诉苦并不能达到确认地主阶级属性的作用。不过，这样的诉苦勾起了他人的人生痛苦，并逐渐把痛苦的根源指向了地主江世荣。第二位老人诉苦，内容就发生了这种变化：

以前咱总以为咱欠江世荣的，前生欠了他的债，今世也欠他的债，老还不清。可是昨天大家那么一算，可不是，咱给他种了六年地，一年八石租，他一动也没动，光拨拉算盘。六八四十八石，再加上利滚利，莫说十五亩地，五十亩地咱也置下了！咱们穷，穷得一辈子翻不了身，子子孙孙都得做牛马，就是因为他们吃了咱们的租子。咱们越养活他们，他们就越骑到咱脖子上不下来。咱们又不真是牲口，到底还是人呀！咱们做啥像一只上了笼头的马，哼也不哼的做到头发白！如今咱总算明白了，唉，咱子孙总不像咱这辈子受治了啦！

这位老人并没有诉说自己生活中具体的苦处，而是直接指认江世荣剥削大家才是大家受苦的根源，需要注意的是他的算账方式，他并没有采用算具体账的方式，而是用一辈一辈算总账的方式来说明江世荣收地租的剥削性、不合理性。实际上，农民并不具备这样算总账来和地主斗争的意识，在乡村把自己的土地租给他人收地租是很正常的现象，不光是地主把自己

的地租给别人种，村庄内也有贫困的农民把自己的地租给别人种。① 这里
的阶级话语实际上是工作队的，或是丁玲理解的，这样在诉苦的方式中阶
级意识被嵌入了进去。第三个老头说：

> 江世荣的地，咱们是拿到手了。只是他还是村长，还有人怕他，
> 得听他话，咱们这回还得把他村长闹掉！再说有钱人，压迫咱们的也
> 不光他一个，不把他们统统斗倒也是不成。咱说，这事还没完啦！

这位老人把阶级斗争的对象由江世荣一人扩大到了其他地主身上，斗争真
正变成了一个阶级对另一个阶级的斗争，这样这里的诉苦会就成了后文斗
争地主钱文贵的铺垫。从这三位老人的诉苦方式中可以看出诉苦过程，首
先是回忆个人不幸的生活经历，其次把个人的遭遇跟某个恶霸地主相联
系，再寻找到恶霸地主的非道德性、非法性，最后归结出这一类人作为阶
级斗争对象的属性。在这样的诉苦过程中，农民逐渐明确阶级意识，彼此
之间也逐渐建立起坚固的认同体，"人们越想自己的苦处，就越恨那些坏
人，自己就越团结"，农民开始将地主归类，乡村社会的宗法关系开始改
变成阶级划分的社会关系，人们终于把斗争的矛头指向了地主钱文贵。王
新田的诉苦直接点起了人们对钱文贵的阶级仇恨：

> 咱明天就要告同志们去，把你们的话全告给他们，咱们要不起来

---

① 河南北部"出租土地者绝大部分是贫穷的农户，如'鳏寡孤独'，这些户主由于缺乏劳
动力被迫将他们的土地出租。缺乏劳动的原因是由于佣工都流向附近能提供更诱人的佣工机会的
城市，所以这个县的出租土地者是贫穷或少地者，而不是中农或富裕的农民。剥削者是穷人，被
剥削者是富人。"Odoric. K. Wou（1994），*Mobilizing the Mass：Building Revolution in Henan*. Stan-
ford and California：Stanford University Press，p. 302. 类似的现象也出现在华东、华中的农村，
"毋庸置疑，乡村社会存在剥削的事实是农民困苦的根源之一，但作为一个佃户也有一定优势，
一些佃户的生活要高于乡村平均生活水平。部分占有土地的农民由于拥有耕畜、农具，可以不必
将资金用在雇用牲畜和工具以及购买土地、偿付土地税上，而可以用来另外租用土地，增加收
入。租佃和高利贷对于穷人来说可能是他们求生存和致富的手段。乡村中由于缺乏劳力而经常迫
使鳏、寡、孤、独将其土地出租，他们这些人还是乡村中非常节俭与勤劳的穷人，也总是将其微
薄的资金积攒起来放贷。"Yuang－faChen（1986），*Making Revolution：The Communist Movement in
Eastern and Central China*，1937－1945. Stanford and California：Stanford University Press，p. 175.
以上资料转引自王先明《变动时代的乡绅：乡绅与乡村社会结构变迁（1901—1945）》，人民出
版社 2009 年版，第 318—319 页。

闹斗争，不好好把钱文贵斗一斗，咱可不心甘。那年咱才十四岁，把咱派到广安据点去修工事，说咱偷懒，要把咱送到涿鹿城里当青年团员去。咱爹急得要死，当青年团员就是当兵当伪军嘛！咱爹就找刘乾，那会儿是刘乾当甲长。咱爹也是火性子，把刘乾骂了一顿，骂他没良心；刘乾没响，第二天同两个甲丁来绑咱，甲丁还打了咱爹，咱爹就要同刘乾拼命。刘乾倒给咱爹跪了下来，说："你打死咱，咱也是个没办法。你不找阎王找小鬼，生死簿上就能勾掉你儿子的名字了？"后来还是别人叫咱爹找钱文贵，钱文贵推三阻四，后来还是咱们卖了房子，典了六石粮食，送到甲公所才算完事。咱爹还怨刘乾霸了咱们六石粮食；直到刘乾卖地还账，后来他又疯了，咱爹才明白是谁吃了冤枉啦！爹不敢再说什么了，惹不起人家呀！哼！要是斗他呀，只要大伙干，咱爹就能同他算账，要咱那房子！

在王新田诉苦中，钱文贵变成了一个只为个人利益不顾人伦的乡村恶霸，人们对其的仇恨不光在经济层面，开始有了血仇。而后来刘满的诉苦完全揭开了钱文贵凶残杀人的阶级面目，阶级斗争你死我活。刘满与钱文贵有着不共戴天之仇，钱文贵使得他家破人亡，欠下累累血债。第一桩，钱文贵引诱刘满爹开磨坊，又让一伙计卷走了骡子麦子，后拉着刘满爹到县里打官司赔钱，最终气死了刘满爹；第二桩，钱文贵暗中使诡计把刘满大哥绑去当兵，让大哥家妻离子散；第三桩，欺骗威逼刘满二哥当甲长，在日本人手下应付不了人乡里派的款、粮，刘满二哥被折磨成了疯子。有研究者说这三桩事都是刘满的一面之词，因为钱文贵都不在场，因此无法看出钱文贵对刘家的蓄意谋害。[①] 但作为暖水屯不事农业生产、也无生意经营、原来也是庄户人家、祖上并无家产的钱文贵，他凭什么成了暖水屯"天外飞来的富户"？正如学者周谷成研究指出，这些终朝逍遥乡井的"劣绅""其在农村中之最大工作，厥为（一）挑拨是非；（二）包揽词讼；（三）为地主保镖；（四）欺凌无知农民；（五）四处敲诈。"[②] 钱文

<hr>

① 张海英：《思想中来的人物——〈太阳照在桑干河上〉的钱文贵形象分析》，《中南大学学报》2007 年第 2 期。

② 周谷成：《农村社会之新观察》，《周谷成史学论文集》，人民出版社 1983 年版，第 403 页。

贵借诉讼、征兵、赋税等巧立名目，鱼肉百姓，欺压百姓，成了乡村中人人惧怕的人，而这些手段又不为一般普通农民所知晓。因此在所有的诉苦讨伐中，刘满的控诉最具有斗争力，是他揭开了钱文贵伪装的真面目，这是乡村社会中一个十足的恶霸地主。有了这样认识后，在众人心里恨极钱文贵却不敢当面斗争时，昔日钱文贵的佃户、喜欢钱文贵侄女黑妮的程仁，在斗争会上跳上台怒骂钱文贵，"你这个害人贼！你把咱村子糟践的不成。你谋财害命不见血，今天是咱们同你算总账的日子，算个你死我活，你听见没有，你怎么着啦！你还想吓唬人！不行！这台上没有你站的份！你跪下！给全村父老跪下！"当钱文贵这个全村人的仇敌，给全村父老跪下时，暖水屯社会秩序才开始真正发生变化。

三 乡村革命意识的建构

《讲话》确定解放区文艺首先"为工农兵"服务，改造知识分子思想丁玲首当其冲，她的文学空间放弃了自己熟悉的城市世界而选择了乡村世界，带着与农民亲近、在实际生活中改造自己的思想情感，丁玲来到"元茂屯"。在创作《太阳照在桑干河上》过程中，她仍有着城与乡、知识分子与农民思想的碰撞。在塑造知识分子形象时，丁玲有着极高的警惕性，可是，土改革命的发生又需要外来革命知识分子传播现代革命思想，因此作者的情感态度又显得有些游移。

《太阳照在桑干河上》中具有知识分子属性的人物可分为两类，一类是乡村中原有的读过书的人，另一类是外来工作组中的知识分子。前者有任国忠，乡村师范毕业，暖水屯小学教员，跟钱文贵站在一起，听信其挑唆，编造共产党站不久、中央军要来的假消息，写反动黑板报，告密李子俊，挑拨是非，招摇撞骗，是丁玲所否定的对象。再者有李子俊，师范毕业，是一个懦弱无能的地主。还有张正典，读过几年书，成了维护岳父钱文贵破坏土改的反面人物。除去这一类在阶级立场上就属于反动阶级的知识分子，小说中主要塑造的知识分子是外来的土改工作组组长文采。土改工作组是县上派来的，其中组员杨亮虽是国家干部，但他是一个地道的工农干部，来自农村，另一工作员胡立功出身不清楚。在对文采与杨亮的对比描写中，作者褒贬态度明显：文采爱慕虚荣、夸夸其谈、多空头理论而少实际调查工作，瞧不起暖水屯的基层干部，而杨亮作为农民出身的干部，多走访农户做实际调查，了解村民实际想法。然而，中国共产党领导的土改是要史无前例地改变乡村传统价值观念，极具现代革命意识，这种意识在乡村内部并不能自己产生，因此要靠外来输入，小说中对这种革命思想最有解释话语权的就是工作组长文采，而不是执行土改工作的杨亮。从小说开始，张裕民这些乡村干部也想按照上级的要求开展自己村的土改运动，然而作为基层干部，他们对土改的认识无法达到应有水平，定谁为地主，又怎样开展工作，更重要的如何让群众在思想上认同土改的革命意义并发动他们，张裕民等并不清楚，他们在土改开始前就盼望着县里能够赶紧派工作组来开展工作。在暖水屯土改工作开展过程中，是工作组给了暖水屯斗争地主发掘地主属性的思想武器，文采起了关键作用。但在小说叙述中，由于文采知识分子的身份，作者又尽量将这种外来的力量化解为乡村内自发的斗争，有意淡化外来思想价值，淡化知识分子在思想启蒙方面的作用，这样的价值取向让小说有了显性和隐性的两种叙述话语。

在显性叙述中，丁玲首先突出的是文采的偏见。工作组三人初到暖水屯，与村干部初次见面，知识分子文采对乡村干部张裕民没有留下好印象，文采感觉张裕民有点鬼鬼祟祟，他厌恶张裕明，"文采看见他敞开的胸口和胸口上的毛，一股汗气扑过来，好像还混合的有酒味。他记起区委书记说过的，暖水屯的支部书记，在过去曾有一个短时期染有流氓习气，这话又在他脑子中轻轻漾起，但他似乎有意地忽略了区委书记的另外一句更肯定的话：这是一个雇工出身诚实可靠而能干的干部"。文采不放心张裕民的工作，不顾张裕民先了解村情的建议而先召开村干部会议。会议中，话语权完全掌握在外来工作组手中，乡村干部"八个人都没有什么准备，心里很欢喜，一时却不知怎么说，加上这几个人都还陌生，也怕说错话"，会议成了乡村干部思想学习会。会上爱说话过瘾的老董传达起土地改革的意义，文采把自己背得非常熟练的条文给大家作了解释，而基层干部们听得稀里糊涂。会场上没有说话权的乡村干部在会后齐聚合作社，热火朝天地谈论土改问题，但谈论的内容并不是刚从会议听来的东西，而是具体先斗争地主谁的问题。由于牵扯人际关系，大家意见并不统一，争吵非常厉害，两处会议气氛和内容完全不同。初次见面和会议的召开，丁玲明显在批评文采的偏见和知识分子的虚谈习气。

其后，小说又通过杨亮在村里的实际调查工作来反衬文采工作的务虚。文采批评副村长赵德禄让地主江世荣做村长的做法，认为这是机会主义的表现，这让张德禄心里很不服气，因为自己还要照顾家里生产，不能耽误太多功夫，江世荣有家底能耽误得起，多叫他跑跑腿有利于实际工作开展。对赵德禄这样问题的理解，杨亮是在实际走访中了解到的。在村中走访时他就亲见到过这位干部老婆和孩子的生活模样，"有一个妇女正站在一家门口，赤着上身，前后两个全裸的孩子牵着她，孩子满脸都是眼屎鼻涕，又沾了好些苍蝇"，"她头发蓬乱，膀子上有一条一条的黑泥，孩子们更像是打泥塘里钻出来的"。杨亮看到这样的情景，"从心里涌出一层抱歉的感情，好似自己有什么对不起他们母子似的"。赵德禄忙于村里土改工作而无暇顾及家庭，而文采还批评张德禄的工作。把文采和杨亮相对比，小说叙述认为文采虚有外表，是一个很像学者、有修养、地位高的党员干部，实际上是一个扯虎皮拉大旗、用皮毛理论吓唬群众、没有专业的机会主义者，他蒙蔽区委，被委派为土改组长负责暖水屯土地改革，在工作中充满偏见，自以为是，根本不配领导土地革命工作。

在工作组入乡的第二次会议上，对于文采的发言方式和发言内容小说叙述特给以微讽：

> 开始的时候，文采同志的确是很注意自己的词汇，这些曾经花过功夫去学习的现代名词，一些在修辞学上被赞赏过的美丽的描写，在这个场合全无用了。因为没有人懂得。文采同志努力去找老百姓常用的话，却懂得这样的少。

当讲到土地改革中的有些条款时，

> 他自己也就忘记注意他的语言，甚至还自我陶醉在自己的"详尽透辟"的讲演中了。底下的人都吃力地听着，他们都希望听几个比较简短的问题，喜欢一两句话，就可以解决他们的某些疑问。他们喜欢听肯定的话。他们对粮食，负担，向地主算账，都是很会计算，可是对这些什么历史，什么阶段，就不愿意去了解了，也没有兴趣听下去。他们还不能明了那与自己生活有什么联系。他们大半听不懂，有些人却只好说："人家有才学，讲得多好呀！"不过，慢慢地也感

觉得无力支持他们疲乏的身体了。

由于不愿意听下去，顾长生的娘要出去，别人又不准她出去，会场中有了争吵，干部们又维护会场，民兵队长张正国干脆到街上查哨去了，借哨兵的话"庄稼户都瞌睡得不行了，谁也听不懂，主任们讲的太长，太文……太文化了。队长！你记下他讲的是些啥么？"会议结束，这些干部们都听得迷迷糊糊，甚至有人说怪话，作者借这一会议再次说明文采工作的脱离实际。

　　不过再读这一细节，会发现作者对会议过程具有的革命意义的认识并不充足，相比于周立波《暴风骤雨》中对这类场景的表现，丁玲在强调小说对土改真实性的表现时，忽略了土改过程本身所带有的思想价值。土改一方面是要重新分配土地，同时土改过程也是现代意识进入乡村的过程，而这些新的思想价值是要靠土改工作者带进乡村，要文采这样的新人带进乡村，由于丁玲把价值立场首先放在了农民身份出身的张裕民等身上，在突出农民价值立场时，遮蔽了土改过程在乡村土改中的革命意义。如文采所说，在革命思想面前，农民还是落后的，他们除了一点眼前的利益，不会对别的东西感兴趣，他们理解的共产党领导的"清算"和"土地革命"，就是要分有钱人家的财产，将其据为己有，因此不断分别人财产是他们最关心的也是唯一关心的事件，他们并不理解这一运动过程具有的革命意义。小说后来的叙述正好证明这一点，大家关心的只是分他人的土地，或者在斗争钱文贵过程中宣泄自己的仇恨，为了自己利益在分地过程中还闹矛盾，斗争钱文贵怕其报复就想直接打死钱文贵。这样的土地改革，只是重新分配了土地，根本无法把这场运动理解为改变农村宗法社会秩序，建构新社会的起点。因此有许多当初分过人家财产的穷人，在新中国成立后要走社会主义道路时，并不能理解合作化、人民公社的革命意义，这些干部和农民后来成了柳青《创业史》中的郭振山，分享了革命胜利果实却最终走向个人发家致富道路。如果中国革命仅限于这一步，过不了多久，社会财富重新再分配，社会贫富差距重新拉大和社会不公再次显现，社会暴动将循环出现。从这一角度看，中国共产党领导的革命必须在思想价值上创造一个全新的、避免这种暴力循环出现的社会秩序，这种新质的思想价值在乡村社会不可能自己产生，必须依靠现代知识分子来对未来社会进行构想。因此我们在《种谷记》、《暴风骤雨》、《创业史》、《艳阳天》等小说中看到作者努力对未来新社会的构想，想象一种新的价值思想，而不单纯反映现实生活，或单纯依靠传统伦理道德塑造新人形象。即使《种谷记》、《暴风骤雨》、《创业史》、《艳阳天》中的王加扶、郭全海、梁生宝、萧长春等被有些人批评为形象不够鲜活生动，但他们却是走向新生活的，是新人。从这样角度看，文采重视的并不是农民们如何分谁的财产的问题，而关心的是在这一清算土改中的农民思想如何现代化的意义。这一点并不为农民理解，不为乡村中干部理解，甚至连作家丁玲都没有完全认识，她并没有意识到这一过程对参与革命的农民思想具有启蒙意义。①

文采在会议中，到底讲了什么？有几个关键点：一、八路军和老百姓是一家人；二、土地改革要种地的有土地；三、为什么要土改，是劳动者创造了历史。第一点，两者利益的一致性与否是时刻检验一个政党革命纯洁性、合法性的标准，每个政党或当权者都会讲这一点，但落到实处并不一样，或是一个幌子，或是后来走了样，只有坚持住这一点才能算是一个现代合法政党。第二点，土改具体要实现"耕者有其田"，保证这一点才能让政权利益与老百姓利益相一致。第三句才是最具革命思想意义的，土改要建立一个现代社会，这个社会确认劳动者的主体性地位。只有认识了第三条，才能区分土改革命与以往政权暴力更迭时分土地的区别，每个参与土改的成员应该认识到自己是这个社会中当家做主的成员。遗憾的是，作家迫于对知识分子的有意改造批评，用书写权利有意去掉了文采自认为重要的会议内容。当文采被描绘成一个不务实的知识分子时，文采成了村民的一个笑料，文采工作的启蒙意义被消解，文采成为了没有直接斗争钱文贵的被蒙蔽的干部。

土改工作组长文采，在讲土改革命意义时怎么不明白钱文贵才是村子中最应该被斗争的劣绅恶霸呢？他为什么不直接斗争钱文贵，而让斗争钱文贵的工作一再拖延呢？张裕民等村干部和村民对钱文贵有着惧怕心理，但并不明白土改深层的革命意义就是要革掉旧的宗法社会秩序中的权利关

---

① 有关土改过程、会议过程本身具有的现代意义，在后文分析《暴风骤雨》时我们还将谈到。

系网和文化霸权，建立新型乡村社会秩序。乡村不可能自己产生阶级意识，必须依靠外来革命知识分子的启蒙建构，因此在小说的隐性书写中，丁玲又不自觉地流露出了对文采对土改革命深刻认识的认同。

　　首先，文采看重对群众的思想启蒙。文采认为顾涌是自己下力的人，就是富有也不能分他的地。这种看法与乡村一般人不一样，普通农民只看谁家地多财多，不管怎么来的只想分了了事。而文采强调剥削，因此即使钱文贵等地主地不多，但他们不是自己生产创造价值，而是通过剥削占有他人劳动果实，这是阶级斗争中的核心问题。大家提斗争对象，好多被提的人感觉都不够条件，难成典型，难以燃烧起群众的怒火，文采因此先让大家到老百姓里面再打听，暂不做决定，并认为"假如真的没有，也就不一定要斗争"。丁玲认为这是文采经验不够、阶级意识不强的表现，而文采看重的是对农民的思想教育，因此他认真准备在群众会议的发言，因为"农民什么也不知道，你不讲给他听，他不明白，他如何肯起来呀！胡立功只希望有一个热热闹闹的斗争大会，这不是小资产阶级架空的想法吗？"文采也"承认他们（按：村干部）比他会接近群众，一天到晚他们都不在家，可是这并不就等于承认他们正确。指导一个运动，是要善于引导群众思想，掌握群众情绪，满足群众要求，而并非成天同几个老百姓一道就可以了事的"。这里文采就要比村内干部站得高看得远，乡村斗争后更重要的是建设，没有意识的转变就无法建设新社会秩序。

　　其次，文采自觉警惕土改中的极"左"暴力。在九个佃户斗争江世荣交出自己全部土地一百二十多亩地后，别的村民也想找江世荣算账，他们要求没收其全部家产，要分了他的房子、粮食、衣物。这种农民斗争要把他人所有财产占为己有才算满意，这实际上是仗着多数人的名义强抢他人财产，比地主暗中剥削农民更加残酷。就算江世荣是该清算的地主，但如果没有人命案件，江世荣也应该在把多占有的家产分给他人之后保留有和普通村民一样的权利，在新生活中他也应该成为农民中的一员，而不应该不顾他的死活。正是如此认识，文采担心群众分地主家产的做法很容易"左"倾，因此他让大家罢手，不同意村民完全占有江世荣所有财产的提法。但这样的提法不为村民满意，也不为村干部同意，结果江世荣家连日用的油盐罐都被贴上封条成了公有财产。小说的显性叙述认为这是文采的软弱，阶级立场不坚定的表现，然而这些细节体现了文采对土改、阶级斗争较准确的认识与把握。对江世荣家产的瓜分显出土改运动的复杂性，土改的革命意义、阶级意义逐渐被对地主的仇恨、对物质利益的占有欲所掩盖。而对这一问题，只有文采隐隐感觉到，文采担心"当一个运动来的时候，必然会走到左的方面去。因此他觉得在这种时候，领导者就更要善于掌握，更要审慎地听从群众那里来的，各式各样的声音，这时最怕是自己也跳到浪潮里去，让水沫模糊了自己的眼睛，认不出方向"。虽然在当时的历史语境中，土改话语主要强调的是如何发动农民进行土改斗争，但也是斗争中这种极"左"做法没有明确认识，才导致了后来运动中越来越"左"的简单斗争，新中国成立后屡次阶级斗争中凭空增加的地主、富农、甚至部分中农都成为斗争对象时，土改的革命性逐渐被单纯的仇富意识和占有他人财产的物质欲望所代替，土改革命逐渐走向革命反面，造成社会大动荡。由后来的社会历史重新反观 20 世纪 40 年代土改过程中的文采的认识，不能不说知识分子意识让其保持了一定的历史清醒。小说中后来斗争钱文贵还是发生殴打事件，虽然钱文贵没有被打死，但作家认为只有如此才能宣泄村人怒火。然而在理想的现代社会中绝不应出现在情绪激动下对罪人采取如此暴行。在《李家庄的变迁》、《暴风骤雨》等小说中地主李如珍、韩老六被当场打死，除过宣泄暴力，我们看不到对这些恶人犯罪者现代法理意义上的审判，赵树理和周立波将这种情绪解释为阶级仇恨，而令人非常惊讶的是丁玲在小说中指出，在斗争中如此你死我活，是因为这些村民惧怕这些地主不死的话将来会来找自己寻仇，干脆一不做二不休直接将其打死并斩草除根以绝后患，革命历史呈现出另一种幽暗性，革命理性在革命暴力面前显得非常软弱，但却昭示后者革命思想的启蒙是多么重要。

再次，文采注意到了"革命的第二天"问题。应该说用暴力将地主斗倒，农民们在获得物质实利时，相应在政治权利和社会经济地位也可以得到提高，思想认识也应提高，不过小说中村民们的主要快乐不在这里，而在分地主财产。作者用快乐、轻松、明快的笔调叙述村民们的快乐，却没有继续思考土改革命、阶级斗争对未来生活意义的提升，地主斗倒了，"人们都不到地里去了，一伙两伙的闲串"，人们眼中只剩下地主家的财产。"翻身乐"一章中有如此描写：

人们像蚂蚁搬家一样，把很多家具，从好几条路，搬运到好几家院子里，分类集中。他们扛着，抬着，吆喝着，笑骂着，他们像孩子们那样互相打闹，有的嘴里还嚼着从别人院子里拿的果干，女人们站在街头看热闹，小孩们跟着跑。东西集中好了，就让人去参观。一家一家的都走去看。女人跟在男人后边，媳妇跟在婆婆后边，女儿跟着娘，娘抱着孩子。他们指点着，娘儿们都指点着那崭新的立柜，那红漆箱子，那对高大瓷花瓶，这要给闺女作陪送多好。她们见了桌子想桌子，见了椅子想椅子，啊！那座钟多好！放一座在家里，一天响他几十回。她们又想衣服，那些红红绿绿一辈子也没穿过，买一件给媳妇，买一件给闺女，公公平平多好。媳妇们果然也爱这个，要是给分一件多好，今年过年就不发愁了。有的老婆就只想有个大瓮，有个罐，再有个坛子，筛子箩子，怎么得有个全套。男人们对这些全没兴致，他们就去看大犁，木犁，合子，穗顿，耙。这些人走了这个院子看了这一类，又走那个院子去看那一类。中等人家也来看热闹。民兵们四周监视着，不让他们动手。

这里"革命的第二天"的故事才真正开始。新成立的评地委员虽然由大家公选出来的、德行最高的人担任，但在面对村干部们时他们马上就显出宗法社会的旧态，迫于情面不由自主地想挑一些好地给干部们。在这一点上，无论是干部张裕民还是别的村干部，都碍丁乡邻情面难以秉公办事。斗争完地主，面对土地和别的胜利果实，掌权的村干部极有可能利用自己的权力之便为自己谋私利而变为新的权贵者，如果革命结果如此，这场土地革命就没有实质性的革命意义。小说中部分村干部变成了《三里湾》中"翻得高"的范登高和《创业史》中的郭振山，革命胜利后成了村里富户，不再关心社会群体的共同富裕。是文采首先注意到了这个问题，他提请评地委员别做人情，别因为给干部多点，影响了分地的政治意义，甚至坐在分地委员会，但"斗争大会的胜利使每个干部的腰都挺直了，俨然全村之主，因此也不大注意文采的劝告"，新的权贵重新出现了。后来甚至发生了支部组织赵全功为了多占好地要与村工会主任钱文虎打架的事件，斗争钱文贵的统一阶级阵线在钱文贵被斗倒后立即就要瓦解，干部们的阶级意识不见了，只剩下对财产的占有欲。文采召集所有干部和评地委员开会，批评了他们，并提议分地结果要在农会上重新通过，才刹住了这股歪风。

丁玲想在《太阳照在桑干河上》塑造钱文贵来发掘地主的阶级属性，而阶级属性作为一种现代意识是要靠知识者、革命者带入乡村，在显性叙述中丁玲批评了知识分子身份的工作组长文采，而在隐性叙述中又认同了文采对乡村的思想启蒙和对新社会意识的想象，这也是时代的需要，也是政党的需要。丁玲在关于《太阳照在桑干河上》写作的自述中说："我想写一部关于中国变化的小说。要写中国的变化，写农民的变化与农村的变化，是很重要的一面。在当时我就有这样一个明确的思想。"① 在这样的创作意图中作家要叙述出一个新的社会秩序，一个新的国家，一个新的"想象共同体"，究其核心来说就是用中国共产党所认同的阶级意识来建立一个现代国家。是工作组进驻暖水屯才让村干部和村民熟悉了"地主"、"富农"、"中农"、"贫农"这些名词，让现代阶级话语进入了宗法社会，"诉苦"、"斗争"诱导、培育了暖水屯个人们的阶级意识，并让小说人物把乡村秩序分为传统乡村社会和现代阶级社会，从而让暖水屯发生现代转变。作为作家的丁玲，本身也是外来知识分子、革命者，创作《太阳照在桑干河上》也就是将现代意识和话语带入乡村书写，建构乡村叙述的转变。"土地改革是一个伟大的事件，叙述这一事件也是一项重大的使命，小说不但具有'记录''历史'的性质，本身也参与了对于'历史'的建构：在文本世界里阶级话语颠覆了宗法秩序，展示了阶级性才是乡村社会的'本质'关系，基于宗法秩序上的旧社会就此被打倒，新的国家形态呼之欲出。"② 这个中国共产党革命要建立的"新社会和新国家"是中国历史上从未出现过的，是要被想象、被创造的，对它的想象从丁玲们这里才刚刚开始。

---

① 丁玲：《生活、思想和人物》，《人民文学》1952 年第 3 期。
② 袁红涛：《"一部关于中国变化的小说"——重读〈太阳照在桑干河上〉》，《中国现代文学研究丛刊》2008 年第 2 期。

第二节 《暴风骤雨》：阶级意识与乡村现代

　　《暴风骤雨》和《太阳照在桑干河上》都是从一挂大车进村开始小说叙述的，进村景象带有强烈象征色彩，不过两者叙述视角不同，象征色彩也大有区别。《太阳照在桑干河上》的开头是乡村内的顾涌驾着亲家的大车回到村里，带来了外部变动的信息，给村庄带来了不安、惶恐的气氛，小说叙述视角在村庄内部，这样的不安喻示了后来乡村内的变革；而《暴风骤雨》的开头是工作队十五人全带着枪、坐着马车浩浩荡荡地进入元茂屯，他们带着改变乡村历史的坚定决心、带着强烈的使命感，姿态强硬、毫不迟疑，这种乡村外来的小说叙述视角昭示乡村的土改将带有强烈的革命意识和阶级斗争意识。小说叙述一开始，工作队就和地主韩老六拉开斗争架势，阶级阵线分明，韩老六阶级属性不像钱文贵那样再需发掘建构。在韩世才报告了工作队的进村后，韩老六立马拉拢李振江，威胁田万顺，与土地大户杜善发、唐田密谋，制造各种谣言，夜间转移财产，元茂屯气氛紧张，小说一开始直奔土地革命和阶级斗争主题。中国共产党领导的土地革命，使乡村经济形势和社会关系发生了巨大变化，"不仅颠覆了传统的农村权力结构，而且颠覆了农村的传统，古老的乡土文化从形式到内容都发生了根本的变化"[①]。但要实现乡村社会权力结构和价值秩序的重构，使历史脱出"杀富济贫"的历史暴力循环，让土改革命成为现代政党建设现代民族国家的重要手段，是革命文艺工作者周立波等人共同的文学叙述理想。按照毛泽东《讲话》精神创作的《暴风骤雨》，"之所以获得'轰动'效应，并不在于艺术性方面，而在于小说体现出来的思想价值和示范性意义，实现了参与建构中共主流意识形态和现代民族国家叙事话语的重要职责"[②]。废除封建土地所有制的土改运动，从经济上来说是要让农民拥有自己的土地，从政治上来说是要打碎他们身上的精神枷锁，移入新的政治认同和打造新社会秩序的文化认同，而农村自己不会发

---

　　① 张鸣：《乡村社会权力和文化结构的变迁 1903—1953》，广西人民出版社 2001 年版，第 254 页。

　　② 黄科安：《重构新的社会秩序与意识形态的修辞立场——关于周立波〈暴风骤雨〉的一种解读》，《福建师范大学学报》2008 年第 6 期。

生土改革命，更不会自己产生这种现代价值，因此要借助外来力量来输入现代思想。在《暴风骤雨》的叙述中为乡村输入了怎样的现代思想，这种思想在乡村又是如何被转化，是本部分主要探讨的内容。

一 复仇除恶与阶级意识

工作队进入元茂屯首先展开斗争韩老六的工作，这种斗争的合法性源于共产党的阶级理论，阶级话语不光是瓦解建立在宗法关系基础上的乡村社会秩序和文化的重要武器，同时也是建设新社会秩序的话语基础，但这种阶级理论必须为乡村接受认同后才能成为建设乡村新秩序的话语，若不为乡村接受，土改革命会随着这种外来力量的强势进入而发生强制性的暴力斗争，而在这种外来强制力量退出后乡村又会恢复原貌。《暴风骤雨》第二部中，萧祥工作队离开乡村，农会政权就被张富英为首的地主所攫取，元茂屯又恢复为权势者统治下的秩序中。在刚进入元茂屯斗争韩老六时，萧祥就说过"不放过他是容易的，赏他一颗匣枪子弹，也不犯难。问题是群众没起来，由我们包办，是不是合适？如果我们不耐心地好好把群众发动起来，由群众来把封建堡垒干净全部彻底地摧毁，封建势力决不会垮的，杀掉这个韩老六，还有别的韩老六"。这是萧祥对土改工作的清醒认识，因此如何把这种阶级斗争话语及意识融入农民的认识中，才是保障土改中经济斗争和政治斗争取得彻底胜利的根基，这才发生了小说中三斗韩老六，后来又斗杜善人等的叙述，[1] 以显示乡村现代思想意识的萌芽。不过，《暴风骤雨》中现代革命意识的起源又是嫁接在乡村传统的复仇伦理上的，这两者的关系如何是下文探讨的重要问题。

在小说叙述中，元茂屯普通民众物质贫乏、生活窘迫，受到恶霸地主韩老六的欺压，人们怀恨在心敢怒不敢言。赵玉林母亲、老田头闺女裙子、白玉山孩子扣子、郭全海父亲等人的死都跟韩老六有直接的关系，经整理韩老六罪行中直接牵涉人命二十七条，被他和儿子霸占、强奸、卖掉的女性有四十三人。韩老六是乡村中一个恶贯满盈的恶霸，元茂屯村民与其有不共戴天之仇。正是这样的仇恨，乡村中只要有一强大的力量带领他

---

① 有些批评家认为这样的书写让小说显得拖沓、沉闷，本文认为现代意识的建构就在这样的日常生活中。

们去复仇，他们的仇恨就被点燃，就会自然跟上去，最后仇人韩老六被正法，正义得到伸张。因此斗争韩老六首先是一个复仇的旧故事，这种以复仇为小说叙述力量的叙述方式在传统小说中并不鲜见，如果《暴风骤雨》叙述仅仅如此，其不过是一部通俗小说而已，乏善可陈，但周立波要在小说叙述中体现乡村现代思想的产生，单纯叙述一个乡村复仇故事并不能起到思想启蒙的作用，韩老六被枪毙，还会有新的恶霸地主出现，第二部中就出现了更加隐蔽的地主李桂荣、张富英等，他们能掌握村政，就是因为第一部斗争中群众的阶级意识并没有真正建构起来，工作队离开，元茂屯还原为原来模样，新权贵代替韩老六，从这种角度看，小说第二部中萧祥重回元茂屯，恶霸已除，但真正从阶级属性上与地主阶级的斗争才开始，土改阶级斗争才正式开始。因此周立波在小说叙述中是叙述了斗争韩老六的故事，但重心在这一斗争过程中现代意识的进入乡村，元茂屯要革命的不是某一个地主，而是要革掉地主所代表的阶级权势，要让村民真正具备阶级斗争的革命意识，以此为基础去建设新社会秩序。

但村民的仇恨意识并不能自动转变成阶级意识，《暴风骤雨》第一部激发起来的仇恨意识和农民的阶级意识关系如何呢？《暴风骤雨》第一部中把仇恨意识渲染为革命的原动力，仇恨意识是通过集体忆苦与集体诉苦的方式建构的。整个小说第一部就是对仇恨的回忆与对罪恶的控诉，工作组最先发动的斗争韩老六的三个积极分子都与韩老六有血海深仇，在走访中工作组让他们回忆并诉说了自己的仇和苦：赵玉林女儿被饿死，郭全海爹被冻死，白玉山儿子被摔，都与韩老六有关，工作队通过忆苦方式唤起他们对现存权力体制的反抗和对新的意识形态的拥护。韩老六毒打小猪倌事件终于把群众复仇大火点燃，作者也忍不住评论"报仇的火焰燃烧起来了，烧得冲天似的高，烧毁几千年来阻碍中国进步的封建，新的社会将从这火里产生，农民们成年溜辈的冤屈，是这场大火的柴火"，这里看似人民的阶级意识自然而然地觉醒了，但是，纵观《暴风骤雨》，农民对外来的阶级意识并不是多么清楚，他们清楚的是中国共产党打倒了地主豪绅，分了他们的土地财产，他们怀着感恩的心情感谢中国共产党和党的领袖毛泽东，而对阶级意识他们并不自觉。阶级意识是一种非常现代的对现存社会秩序重新认同的话语，产生于大规模现代工业生产社会中，是一种政治意识，在小说中农民所具有的仇恨意识不过是一种道德伦理意识，其本身并不具备现代性，作者在把农民对地主豪绅的仇恨意识转变为阶级意识过程中，并未深究这种阶级意识内涵，因此小说结尾在人们感谢中国共产党、感谢领袖毛泽东时，乡村世界新的思想意识还未自觉成长起来，我们只是在看似新颖的叙述话语中走向了新社会，而新社会的新质并不明晰，叙述话语中对新社会认同的仍是传统民间社会中的道德伦理。

小说中的赵玉林是工作队首先发现的积极分子，在小王与赵玉林的唠嗑中，小王用自己的身世来说明自己所代表的工作队是与赵玉林这样的穷人是一家的。不过，他们叙述身世时提到的仇恨是有差别的，小王的父亲是被日本人所害，小王母亲病死，母亲临死的遗言是要小王别忘爹是怎么死的，这里小王的仇恨对象是入侵的日本人，这是小王革命的动力，在这种叙述中小王的革命具有在国家民族层面上的意义。而赵玉林仇恨的对象却是本村的地主韩老六，虽然在小说叙述中地主韩老六和日本人勾结残害了老百姓，赵玉林给韩老六当长工被抓成劳工才致家破人亡，但赵玉林仇恨的仍只是韩老六，他的仇恨让其具有斗争韩老六的原始动力，这种斗争动力和小王的并不一样，不在民族层面，也还不具备阶级意识。在赵树理小说《李家庄的变迁》中，铁锁受地主李汝珍欺压，在太原看到社会黑暗后才主动接触中国共产党党员，逐渐有了模糊的阶级意识，铁锁没有变成一个中国共产党党员，但其意识有了转变。与其不同，周立波先发掘了赵玉林等的仇恨意识，但在开始斗争后就让这些积极分子变成了中国共产党员，直接就具有了阶级意识，这一转变过程是空白的。在赵玉林参加斗争中，有两个细节说明最初参加斗争的赵玉林并没有掌握阶级斗争的话语，一是斗争初小王勾起赵玉林要向韩老六报仇的意识后赵玉林有一句表态的话，"叫我把命搭上，也要跟他干到底"，小王马上纠正他的话为"革命到底"，这两种说法蕴涵完全不同的意思。在赵玉林这里，他的仇恨是他个人和韩老六之间的事，而在小王这里认为这是农民群体对地主阶级的仇恨，因此他要将赵玉林的个人斗争及其话语拉入到有组织的阶级斗争中。另一个细节是唠嗑会上萧祥直接把斗争对象指向韩老六，被激发起来的赵玉林去抓韩老六，两人碰面的场面中的话语。赵玉林有失女之仇，有妻辱之恨，他拿着枪和绳子，但面对韩老六的质问，赵玉林并不能用阶级话语斗争韩老六，当赵玉林依旧用乡村伦理话语与韩老六论争时自然就败下阵来：

　　赵玉林旁边，光剩几个年轻人。韩老六往前迈一步，对赵玉林说道："你咋不说话呢？你背后的绳子是干啥的？来捕我的？你是谁封的官？我犯了啥事？要抓人，也得说个理呀，我姓韩的，守着祖先传下的几垄地，几间房，一没劫人家，二没偷人家，我犯了你姓赵的哪一条律条，要启动你拿捕绳来捕我？走，走，咱们一起去，去找工作队同志说说。"

赵玉林说不出充足的理由，更隐蔽的是韩老六把他和大伙的矛盾冲突化解为个人与赵玉林的冲突，并把这种冲突放到乡村邻里纠纷上，

　　"咱们一个屯子的人，抬头不见低头见，平日都是你兄我弟的，日子长远了，彼此有些言语不周，照应不到的地方，也是有的，那也是咱哥俩自己家里的事，你这么吵吵，看外人笑话。常言道：'远亲不如近邻'哩……"

因为在乡村伦理话语中韩老六掌握着话语权，因此他敢于一个人来面对赵玉林等一帮人来抓自己。在第一次斗争大会上，赵玉林首先斗争韩老六，由于缺乏阶级话语，也难以击中韩老六的要害：

　　"你这大汉奸，你压迫人比日本子还邪乎，伪满'康德'七年，仗着日本子森田的势力，我劳工号没到，你摊我劳工，回来的时候，地扔了，丫头也死了，家里的带着小嘎，上外屯要饭。庄稼瞎了，你还要我缴租子，我说没有，你叫我跪碗碴子，跪得我血流一地，你还记得吗？"讲到这儿，他的脸转向大家："这老汉奸，我要跟他算细账，大伙说，可以的不？"

　　在这一段话中，赵玉林控诉的只是韩老六让他多出了劳工，跪了碗碴，并没有算出什么细账，更重要的是没有把自己女儿的死直接跟地主阶级联系在一起，虽然小说中赵玉林的控诉也赢得人们的认同，但只这样的控诉并不能伤了韩老六的皮毛。小说叙述中是小猪倌事件点燃的仇恨让人

们怒不可遏，一定要韩老六死，但在公审大会上对韩老六的控诉仍是无力的，作为阶级敌人，对韩老六的暴力并没有催生出阶级意识，对韩老六的公审大会只是村民愤怒情绪的宣泄，当情绪失控时暴力发生，反而失去了阶级斗争的教育意义。小说中写道：

> 挡也挡不住的暴怒的群众，高举着棒子，纷纷往前挤。乱棒子纷纷落下来。村里的张寡妇挤到韩老六前面，她举起棒子说："你，你杀了我的儿子。"榆木棒子落到韩老六的肩膀上，待要再打，她的手没有力量了，她撂下棒子，扑到韩老六身上，用牙齿去咬他的肩膀和胳膊，她不知道用什么法子才解恨。

"榆木棒子"、"她的手"和张寡妇的"牙齿"成了村民斗争韩老六的方式，他们却无法用话语来表述他们的仇恨和悲伤的根源，"语言的匮乏在这个历史时刻只能征兆出新的主体的不存在；所谓'解放'并没有释放出新的、摆脱既定循环的意义。只有通过一个物化的仇恨对象，通过施用暴力语言，叙述者才得以营造出行为主体这样一个幻觉，才得以推动故事情节的发展"[1]。工作队统计出来韩老六身负二十七人的命案和四十三人的其他惨案，让人发指，在肉体上消灭这样罪大恶极的恶霸，是传统伦理话语的胜利。当复仇和除掉恶霸地主成为小说叙述的主要推动力量时，乡村革命的合法性会有被架空的危险，因为现代政党中国共产党革命的目的并不是通过消灭民间伦理话语中的恶人来维护既有乡村传统秩序，而是要推翻旧的乡村经济秩序与伦理结构。作者显然意识到现代革命的敌人不能等同于民间伦理中的恶人，因此试图借助斗争杜善人来建立革命正义的另一个逻辑基点，小说第二部才重新开始叙述对这种地主属性的革命。

二 村权更迭与财物占有

《暴风骤雨》第一部中，恶霸地主韩老六被消灭，韩老七为首的胡子也被消灭，但元茂屯并不为这样恶霸的消除而发生真正深层的本质变化，

---

① 唐小兵编：《再解读：大众文艺与意识形态》（增订版），北京大学出版社2007年版，第123页。

斗争韩老六，人们的阶级意识还没有完全建立起来，村民只能依靠暴力如工作队的武力来实现他们的复仇，当这种力量离开乡村，日常生活中新的不公出现，他们并没有能力斗争，因此元茂屯在工作队离去后旧秩序恢复。小说第二部正是从这里开始，萧祥重新回元茂屯，需要重新开始革命，这次革命不是除恶，而是土改，经济层面的建设。中国共产党领导的土地革命，不光是要让农民实现经济地位的变革，也是要实现其政治地位的翻身，并最终认同中国共产党领导的政治革命。就农民而言，他们参加土改的目标是经济性的，即获取粮食、房屋、土地等财产，以解决饥寒交迫的生存危机，而中国共产党的最终目标却是政治性的，摧毁农村中的传统权力结构，重建乡村政治秩序，为新政权的巩固构筑坚实的基础。因此元茂屯的土地革命就不再是要革掉某一个地主恶霸，而是要革掉地主所代表阶级的权势，要让村民具备阶级斗争意识，去建设新的社会秩序。

从《暴风骤雨》第二部开始，元茂屯在新政权名义下重回原来模样，村政权旁落到地主张富英一帮人手中。张富英是个小地主，萧队长走后，他参加斗争会，因能打能骂，敢作敢为，斗争积极，当了农会副主任，后呼朋唤友把他的一帮人提拔做了小组长，他们勾搭连环，拧成一根绳，反对农会主任郭全海。郭全海在工作中红脸粗脖说不出有分量的话，缺乏运用阶级理论工作的能力。张富英仿用萧祥带领工作队开展工作的方式，也在屯子里联络一帮人，采用开大会的方式，用看似民主的方式轻轻巧巧地把郭全海撵出了农会。缺乏阶级意识的大多数村民蒙在鼓里，明白事理的人又惧怕张富英人多势重，也不敢随便多嘴。在这样名义上为新政权的乡村秩序中，新权贵们借助合法权利为自己谋私利，张富英雇五个亲信民兵给他瞭哨，推举他的磕头兄弟唐士元做元茂屯屯长，让李桂荣当农会文书。唐士元是地主唐抓子的侄子，李桂荣是韩老六狗腿子李振江的侄子。这三个不认同共产党土改革命的人结合在一起，让元茂屯成了张、唐、李三人的天下。张富英跟东门里老杨家女人小糜子鬼混，推其当妇女会会长，她尽找她那一号子人十来多个，到各家说要"改变妇女旧习惯"，强剪人家头发，妇女们敢怒不敢言。从文学叙述的生动性上，《暴风骤雨》第二部的确不如第一部，但从反映土改革命历史的复杂性上来说，第二部又比第一部要深刻得多。这里显示出来的问题在小说叙述中被认为是地主势力蒙蔽了上级领导导致了乡村政权的复辟，实际上显示的是乡村革命的不彻底性，再次呈现了"革命的第二天"问题。因此从乡村现代的角度出发，乡村需要继续革命，不是单纯革这些新贵的命，而是要革乡村传统经济、文化的命。

萧祥重回元茂屯，大家一股脑儿地来找他说事，"萧队长来了，有人撑腰，往后也不怕张富英、李桂荣再折磨人了，大家心里都敞亮了"，这样的元茂屯农民的阶级意识还没有自觉，他们并没有被组织起来，他们的这种"敞亮"不过仍是把希望寄托在某个有权力的人身上的一种表现。萧队长斗争倒了韩老六那样有势力的恶霸地主，靠的是什么，在农民看来不是某种社会思想，而是萧队长手中的枪，是他们手中的武器抵御了韩老七胡子的进攻。但是一旦萧队长撤走，他们手中没了武器，更没阶级思想，农会组织就被他人所占，村子又回老样。当萧祥再回元茂屯，如果不能让村内农民在思想上有真正觉悟，当其离开，就难保证村政权不会再次被他人所占。因此，作为外面重新来的工作队，不单是要解决新贵们的问题，更要让村民从意识上自觉意识到阶级属性，团结起来，组织起来，保护自己斗争得来的村政权，建设社会新秩序。

村政权被张富英等把持，元茂屯重回旧秩序，村民看这种变化，感觉之前斗争韩老六及后来郭全海被撵出农会，只不过是"一朝天子一朝臣"罢了，这样的斗争跟老百姓没什么关系，都是"官家的事，咱们还能管得着？咱们老百姓，反正是谁当皇上，给谁纳粮呗"，显出了对乡村革命极大的冷漠。如何让元茂屯夹生的革命重新走上革命道路，是重回元茂屯的萧祥首先要思考的问题。萧祥首先要夺回村政权，斗争韩老六时萧祥依靠穷苦人组建农会组织，依靠人多和工作队武力支持，夺回村政权。然而现在面对的是张富英，他的农会主任从程序上来说也是通过选举程序选出来的，在程序上是合法的，萧祥明知道张富英有恶行也不能直接用武力否定。萧祥重访农户，另建贫雇农团，让队伍更加纯洁，再次依靠人数众多斗倒了张富英把持的农会组织。不过，这里需要辨析萧祥组建贫雇农团斗争张富英农会组织的合法性。从乡村政权体系上来说，萧祥建立的贫雇农团，并不是上级部门认定的，但是它却吸引了大多数处在元茂屯乡村秩序底层的贫雇农，是大多数人组建的机构最终斗争倒了虽为新政权认可但不为大多数村民认可的张富英把持的村政权。在这样的斗争形式中包含了两层意义，一方面是对乡村内部权益的认同。当一个村政权不符合大多数人利益时，乡村自主建立的权力机构可以取消掉原来机构的合法性另组机构，体现的是对乡村自主权力的认同。但是另一方面，这样的斗争形式，也就有可能对现行基层权力的合法性构成质疑，进而消弱新政权在乡村内部的权威性。因此萧祥后来还是恢复了元茂屯原来新政权认同的农会组织，在叙述话语中把乡村政权还给占人口多数的人们，维护了上级新政权对下级乡村政权领导的合法性，然而这样就去掉了乡村内部村民自己组建为大多数人服务村政权的现代意义。萧祥并没有过多肯定自己组建贫雇农团斗争张富英代表的合法村政权的现代性意义，小说叙述重心放在对张富英个人的斗争上，斗争是对张富英个人道德的批判，这一斗争过程的叙述其实是对韩老六斗争过程的重复，是除恶的故事，而不是对启蒙民众现代意识的叙述。无论是取消张富英村政权还是扶持郭全海重掌村政权，如果不能让村民团结起来实行村子自治，这种把问题解决寄托在乡村外来权力的模式不过是清官意识的体现。在 40 年代乡土小说中，作家们在努力启蒙乡村民众阶级意识时，又在有意识表达着对党、领袖伟人的感激和崇拜，这一矛盾在很大程度上消解了革命文艺工作启蒙民众阶级斗争意识的努力，如何避免乡村革命历史的反复，这才是革命文学要探讨的深层问题。

　　作为土改工作领导者的萧祥，夺回村权，他要宣传土改的政治意义，而对农民来说斗争地主夺回村权，吸引他们的是对地主财物的占有欲望，斗争并没能转变为阶级意识。在斗争地主前，村中连开五天会，小说没有叙述会议情况，直接指出长时间会议让农民终于忍受不住要直接清算地主。在《太阳照在桑干河上》中，知识分子出身的文采给大家讲实行《土地法大纲》的意义，要让大家在明白土改意义后再去土改，虽然丁玲批评文采的知识分子习气，但也显露出文采对土改政治意义的重视。在《暴风骤雨》第二部中，小说并没有交代萧祥宣传《土地法大纲》在乡村的效果，村民也不是在启蒙之后要斗争韩老六，而是想不开会直接斗争韩老六。作为农民来说，他们没有明确的阶级意识，他们只关心财物，只会在经济层面关心土改能给自己带来多少利益，因此小说重心很快转向直接对杜善人的斗争，这种转移淡化了对土改意义的说明，也削弱了斗争的阶级属性和政治意义。当人们的激情再次被点燃，跟着各个小组长去地主家分他们财产时，农民对经济利益的关注完全压制了土改本身的政治意义。小说第二部总共三十节，从第六节到十七节都是在写人们如何挖出地主的财产，从十七节一直到小说结束都是写人们如何分配这些财产，充满离奇色彩。小说花大量笔墨来写地主如何隐藏财物，农民又是如何用各种手段来发现这些财物，当地主成窖的衣物粮食被发现，各种金银首饰珠宝被搜出，各样的枪在不同地方被起出时，人们沉浸在发现财物分胜利果实的喜悦中，人物在只关注地主财物时没了思想认识的变化，小说叙述也被这些财物所吸引，土改革命的政治意义被冲淡。如果说《暴风骤雨》第一部是将复仇除恶作为故事叙述动力的话，第二部可以说是以寻财分物为故事的叙述动力了。

在分财产的过程中，叙述者也对部分农民的小贪欲给予批评，不过对这一看似小却实际重要的问题作者发掘不够深刻。在搜查合作社一幕中，有个老太想把一束香揣在怀里被发现后制止，但斗争积极分子老孙头却借搜查之机白喝了合作社好多烧酒。如何避免这些革命斗争积极分子在革命过程中及之后私占便宜？这些占便宜的革命农民一旦掌有农村政权，怎么避免他们不变成下一个张富英，下一个韩老六呢？对这一问题小说并没有深究，① 也许在作者看来首要的问题是发动农民起来斗争地主，这样问题的提出，会削弱农民斗争地主的合法性，因而有意纯洁化了小说叙述。因此在土改叙述中作者突出积极革命者如郭全海、赵玉林夫妇、白玉山夫妇的大公无私，在引得村人认同时让他们成为乡村新人，不过这样叙述中突出的仍不是他们的阶级认识，而是他们的德性。努力突出他们的道德伦理，小说的书写就回到了传统乡村社会文化秩序中，新乡村的建设要依靠外来现代思想价值观念，小说叙述在这里显得语焉不详。这里需要一个清晰的有关未来理想社会价值的话语表达，否则革命后并不能建立有效民主的社会制度，革命之后的社会极有可能会进入一个循环往复的暴力运动之中，这一暴力最终会毁掉最初的革命目

---

① 这样的问题早引起赵树理、丁玲的注意，如赵树理在《李有才板话》中塑造过小元，在《邪不压正》中塑造过小旦、小昌形象，丁玲在《太阳照在桑干河上》中对分地时干部多占便宜的情状也有描述，见前文论述。

标，走向革命目标的反面，革命后的时代变成革命掌权者为所欲为的时代。如果乡村革命仅凭借着激情、仇恨夺取政权，权力没有被关进制度的笼子，群众仍是被物质所诱惑的群氓，当其旧有镣铐被打开，虽有人振臂一呼便云者响应，但这个社会也无法成为现代民主社会。

三 革命后隐现的小家

家庭仍是 40 年代乡村小说注意的对象，虽然这已不是小说主要书写空间，但也是作为表现先进与落后人物思想冲突的场所。丁玲的《太阳照在桑干河上》首先就是从顾涌家里的惊慌开始，来表现人们对这场史无前例的土改运动的不知所措，写出了历史变动中小人物的心理动荡。《暴风骤雨》很少写到家庭内部，人物多活动在群体话语中，裹挟在土改运动中，在这样叙述话语中阶级阵线分明。不过小说第二部中有几处细微的家庭生活书写，透露出乡村革命历史的复杂信息。

（一）进城后的夫妻关系

贫农白玉山斗争韩老六勇敢积极，后进城当了县里公安局长，一年后回来与老婆聊天，话语不再是乡村夫妻间模样，明显有了城乡差别。这种城乡差别外在表现是，白玉山回来穿着青布棉制服，在炕上拿出小本写字，这让农村老婆感觉他是一个为公家办事的人，这种变化让老婆对白玉山高看一等。内在差异表现在两人的说话内容中，夫妻恩爱感情不见了，只剩下从城里来的白玉山教育乡下老婆思想问题的话题。对话中，老婆首先用埋怨的方式表达自己对丈夫的思念，"一迈出门，就把人忘了，整整一年，才捎来一回信"，人之常情，情真意切。但城里来的公家人白玉山的回话明显没有这种个人情感，"人家不工作，光写信的？你还是那么落后？"用革命工作的宏大语言压制住老婆的个人语言后，白玉山用进步与落后的思想评判老婆，引起两人论争。在进步与落后思想的争论中，白玉山代表着城里进步的思想，开始瞧不上代表着落后的乡村妻子。从革命思想来说，城里来的干部的确代表着先进思想，乡村内的人们代表着落后思想。但在白玉山这里，他不光在思想上认同城里的思想价值，实际上在情感上也开始用城里人眼光看乡村老婆，把自己乡村老婆与城里女性相对比：

你真不怕把人气炸了，双城县里的公家妇女，哪个不能干？都能说会唠，又会做工作，你这个脑瓜，要是跟我上双城去呀，要不把人的脸都丢到裤裆里去，才算怪呢。你这落后分子，叫我咋办？

白玉山眼中的老婆要"能说会唠，又会做工作"，最关键的是这样的老婆带出去才体面。这里，乡村老婆不能带出去让他感觉到丢脸，在白玉山这里自己的脸面比原来的夫妻感情重要多了，这一细微变化体现了乡下进城干部的内心转变。虽然叙述话语中白玉山对老婆的批评是放在思想层面上，但实际上白玉山对老婆的不满意是放在了情感态度上。在思想层面上老婆自然知道自己不如丈夫进步，但在情感态度上，老婆非常敏感丈夫这种城里人态度，她感到城里回来的丈夫在情感上对自己的变化，因此她强烈反抗，赌气说"我是落后分子，你爱咋的咋的，你去找那能说会唠，会做工作的人去"。白玉山夫妻之间的矛盾冲突并不单是思想落后与否的冲突，深层是城乡生活方式和思想观念的冲突。在白玉山夫妇眼中，城里的公家人自然要比乡村人高人一等，曾经的乡村人白玉山进了城自然就感觉自己比老婆高人一等，同样老婆其实也是这样看待自己丈夫的，但是白玉山毕竟是自己的丈夫，曾经的乡村人，因此她又不愿意丈夫如此低看自己，才产生了埋怨。白玉山虽然意识到自己说话刺痛了老婆，但把这个城乡问题转变成思想进步与落后的问题，用从城里学来的革命思想教育老婆，在这种革命话语中老婆自然要败下阵来，认同丈夫教育。在老婆的质疑和白玉山的解释中，城市话语完全战胜了乡村话语，城里带来的革命话语代替了乡村中夫妻个人情感。在白玉山把城乡问题置换成进步与落后的问题后，乡村在叙述中处于一种"散漫"、认天命状态，城市是被组织起来讲"剥削"话语的，把城里新思想带入乡村，乡村革命就具有思想理论上的合法性。不过要让老婆理解"剥削"并非易事，白玉山虽然通过"组织"、"剥削"、"算账"、"劳动"等革命词汇来启蒙白大嫂子，然最后两人贴毛主席像时白玉山对老婆说"咱们的翻身都靠毛主席，毛主席是咱们的神明，咱们的亲人"时，以上这种革命话语在白玉山那里也不过是一套新词汇罢了，这些话语成了一种强制性植入乡村的话语。当白玉山重新把社会新秩序的建立寄托在某个神人身上时，他和乡村普通民众也就没有多少区别了。

这样城里来的白玉山和乡下的老婆白大嫂子之间，所差异的不过是城乡外在的衣物、生活方式和时新话语。

（二）革命后的小家

《暴风骤雨》中有两处对思想落后贫农家庭生活的描绘，虽然在思想上是批评他们的不热心集体工作，但叙述中隐现的农家生活却是普通村民心中的向往。一个是贫农侯长寿，他受地主压迫，穷怕了，四十六岁扛了二十六年大活，论成分和历史没人比，但分胜利果实排队站号时由于最初斗争地主不积极，并不能站到前列。侯长寿也恨地主，由于穷一直没能娶上老婆，没饭吃没衣穿，"跑腿子一个人，下地回来，累得直不起腰来，还得烧火，要不，饭是凉的，炕是凉的，连心都凉透"，好不容易娶了唐抓子侄媳李兰英，就特别珍惜这个来之不易的家庭，顺从老婆，对土改工作不积极。工作队队长萧祥认为这是李兰英的缘故，特别强调要对李兰英抱有警惕，不过去到侯长寿家看到的景象是，李兰英在家劳动，穿着朴素，炕上放着一件正在补的破棉袄，屋子里收拾得干干净净，两床被子叠在炕梢，窗户上还贴着红纸窗花。虽然依旧贫困，然能把农家小院收拾得这样整洁的妇女又是符合乡村道德伦理的，因此这个女人在萧祥的眼中成了老实可改造的女性，在这里传统道德伦理战胜了壁垒森严的阶级分化。

另一个贫农花永喜，在阶级话语中被叙述成革命后只顾小家不热心集体的"忘本"形象。花永喜是赵玉林邻居，当初出官差老婆病死，孤身一人，斗争韩老六积极，参加抵抗韩老七胡子围村战斗非常勇敢。但斗了韩老六娶了张寡妇后，小说叙述说花永喜就开始光忙自己地里的活，不愿意参加屯里集体活动了，小说叙述认为主要原因是老婆张寡妇的威胁、挑唆。老婆因花永喜参加农会活动与其吵架，"你倒是要家，还是要农会？要农会，就叫农会养活你家口，娶不咱们就分开。嫁汉嫁汉，穿衣吃饭，你不干活，光串门子，叫我招野汉子养活你不成？"没老婆、没人做饭的苦日子过怕了的花永喜没办法，四十岁的他怕老婆走，同时也认为老婆说的话有理，因此就常待在家里干活，不干民兵队长了，也不大上农会去，由于担心出官车，卖了分的马买了一头牛，屯里斗争就不再往前站，凡事先想家里。为此，萧祥没有批准他的党员转正，认为花永喜是"忘本"典型。不过，萧祥在花永喜家中看到的殷实景象正是普通农户的理想生活景象：

萧队长从侯长腿马架里出来，到花家去了。老花住的是一座小小巧巧的围着柳树障子的院子。萧祥推开柴门，两只白鹅惊飞着跑开，雄鹅伸着长脖子，一面叫着，一面迈方步，老爷似的不慌不忙地走开，看样子，你要撵它，它要迎战似的。院子里的雪都铲净了，露出干净的地面。屋角通别家院子的走道，垛着高达房檐的桦子。马圈里拴着一个黄骟马，胖得溜圆，正在嚼草。院心放着一张大爬犁。上屋房檐下，摆个猪食槽，一个老母猪和五个小壳郎，在争吃猪食。一只秃尾巴雄鸡，飞上草垛子，啼叫一声，又飞下来，带领着一小群母鸡，咕咕啾啾的，在草垛子边沿的积雪里、泥土里、干草里，用爪子扒拉，寻找着食物。萧队长进屋的时候，张寡妇站在锅台的旁边，盖着锅盖的锅里，冒出白烟似的热气，灌满一屋子。张寡妇待理不理地，跟萧队长淡淡地打一个招呼，没有再说啥，拿起水瓢舀水去了。老花迎出来，请客人上炕。张寡妇前夫的小子，一个十来多岁的小猴巴崽子坐在炕上梳猪毛。老花比早先更没有话说，光笑着，吧嗒吧嗒地抽烟。

这是一幅有着浓郁乡村生活气息的农家小院，院子不光收拾得整洁，而且有大小牲畜家禽和高达房檐的桦子都显示出这家主人的勤劳，但在作者叙述中这样的家庭却被当成了不热心集体只顾个人小家的对象。这样殷实的农家院子应是所有贫雇农都向往羡慕的生活场景，然而由于小说强调的是阶级斗争性，小说叙述非常警惕普通农民自发地对物质的强烈欲望，这里的劳动并不是作为创造物质财富的手段被认同，因此对花永喜和老婆操持的这个殷实的家，无论是萧祥还是作者都不认同，"萧队长走了。他从头到尾，没有提起老花转正的事"。需要思考的是，革命中分了地主的财产，革命后如何不分大家在斗争过程中建立的集体意识，在萧祥这里是一个重要问题，然而革命后如何带领大家建设新的美好生活，这一问题却并没有引起他的重视。

四　会议中的乡村现代想象

对大量会议场景的描写是土改文学中的特有现象，会议既是作政策宣

讲的舞台，也是政治工作民主的体现。《暴风骤雨》会议共有四十九场，[①]
会议处理着宣讲政策、进行自我批评或评判别人、解决评等级分浮财等具
体工作，但更重要的是要让村民在一次次的参加会议的过程中培养起他们
积极参加公共事务、行使自己民主权利的主体意识，因此小说中叙述的会
议是乡村现代想象的一个重要符号。

（一）三斗韩老六的"民主"

工作队进屯第一天先召开了一个工作队内部小会，商议事情是"先
开大会呢，还是先交朋友"，知识分子形象的刘胜等人主张先召集大会，
虽然队长萧祥赞成先摸清情况再工作，但在举手表决中刘胜的意见得到多
数人响应。这里我们首先看到的是共产党工作队把现代会议制度带进了乡
村，开始打破乡村权力集中在少数人手中的宗法社会制度。第一次集体大
会的效果并没有如刘东等人预料得理想，农民们更多是敷衍了事，并不热
心工作队工作。在认识到屯子里思想状况后，工作队转变工作方式，全体
队员去找穷苦农民唠嗑收集材料确定斗争对象，后来组织召开唠嗑会。这
里需要特别注意的是唠嗑会会议形式及过程。会议开始萧祥有意说这次会
议不算开会，要让大伙唠唠嗑，强调了会议的自由状态。但即使如此，会
场中韩老六狗腿子李振江的在场，威胁着来参会的人们不敢说话，萧祥引
导大家诉说日伪统治下的劳工之苦，把矛头引向韩老六，然人们仍是不敢
说话，工作队刘东和小王发现问题后直接要揍李振江，萧祥及时制止了会
议过程中的这种暴力行为。其实刘东和小王对李振江动武的方式，和李振
江威胁村民的方式是相似的，他们都利用的是权力，而萧祥重视的是这一
会议过程的民主性，并以此教育民众认识这一现代议事方式。这样的唠嗑
会方式让人们逐渐敢说话，在让韩老六狗腿子显露出来时，也现出了斗争
积极分子赵玉林、郭全海、白玉山等人。

萧祥斗争韩老六并不是要直接处理一个恶霸地主，而是要在斗争中让民
众认识到地主阶级属性，动员他们参加土改运动，虽然这一属性的认识在小
说第一部中还不甚清楚，但周立波在小说叙述中特别注意到斗争过程的合法
合理性，对韩老六萧祥采用的完全是一种依法办事方式，并没有直接捆绑打

---

① 参见余丹青《农民·会议·政治——周立波书写的农村世界再解读》，《长沙理工大学
学报》2012 年第 2 期。

人。按说赵玉林并不具有直接抓捕韩老六的权力，他不能代表工作队，更重要的是他对韩老六的指控并不有力，加上韩老六狡辩，赵玉林并不占上风，韩老六反而主动到萧祥面前讨说法。这是萧祥和韩老六的第一次正面交锋，韩老六要扣押他的说法，小王等面对韩老六的嚣张气焰气得直拍桌子，认为可以不讲道理直接揍他，这种暴力解决问题的方式其实显示了小王他们斗争理论的软弱，并不能在心理上真正打击韩老六。而萧祥要把现代理性的革命斗争方式带入乡村土改革命中，面对韩老六亲属三十多人的质问，面对杜善人和唐爪子的保书，萧祥首先揭出韩老六所犯罪行，让韩氏族人无话可说。萧祥要采用大会公审方式，一面教育民众，另一面体现现代民主。①

　　第一次大会斗争韩老六，会场被韩老六心腹和拜把子搅浑，大家心理恐悸，并不敢公开控诉韩老六，韩老六拿出一些财物后竟得以释放，"清算"变成闹剧，民主斗争形式没斗倒韩老六。因此要想穷人闹翻身，萧祥认为首先要在会议中把这些敌对势力排挤出去，他组织成立只有贫农参加

---

　　①　"从史料中看，元茂屯的原型元宝镇在土改初期，既没有开斗争会，也没有开诉苦会，而是直接暴力斗争。当地干部明确要求土改干部要'大胆放手'：放手就是'无法无天'，在造封建之反，对地主阶级一扫光，对封建秩序打得越乱越好。只有彻底破坏了封建秩序，才能建设革命的新秩序。打得地主嚎鬼哭，毫不同情，这里不能有'慈悲'。干部没有这种思想准备，就不敢放手。斗争一起来，群众就要打，地主就要叫骂、就要哭。假如因为地主这一哭，就同情了地主，那就不能彻底反封建。须知地主的叹气和叫骂是地主阶级斗争的新方式。地主想用软的方式，达到保存政治经济权利，维持他的封建统治的目的。因此，领导干部在这种场合下也不能动摇，要给群众撑腰。"这类暴力鼓动在小说中被改写成温和民主的方式，农民暴力被有意淡化。"据当地人回忆，元宝（镇）土改甚至出现杀人'比赛'：'那打死的都无数'，'元宝势力分子毙五个，这边元兴毙五个，两厢对比，上东门外，你毙五个我也毙五个'（刘永青口述），'你这个元宝村今天有几个地富分子，或者什么，枪毙了，那我钢铁村，在这个运动当中，你要是一点行动没有，那也是工作没上去，那怎么办呢，那也毙呗。你要毙三个那我就毙四个。'（刘福德口述）该镇按政策只有地主十几人，但被杀者达七十余人。这些人多数并非地主，而只是略有余财的富农，或与积极分子有私仇的一般农民。但这些现实社会中的复杂细节皆未进入叙事。小说的确写了暴力，然而仅仅处理为农民情绪失控下的短暂行为，而且被认为符合革命正义。"同时小说还"回避了农民拷掠钱财的史实。农民既已'撕破脸皮'，则拷掠地富钱财也就成了公共狂欢。据档案材料载，元宝镇在审问地主钱财藏处方面，创造了'过筛子'形式，即'农会过一次，妇女会过一次，儿童会再过一次'，而且出现了工作队未曾料到的'扫堂子'一类的变故（即'挖'完本村浮财又去'挖'外村的浮财）。对此，小说有所实写，但严格地置于阶级斗争的'约束'之下。同时，对某些已沦为公开抢掠的'扫堂子'则避而不言。据工作队员刘哲回忆：（农民说）城里的耗子比农村的猪还肥……城里的人就是有钱，所以都赶着大爬犁……把宾县城就包围起来了，哪一个城门外都有四五百张爬犁，一个爬犁怎么也能坐五六个人的，等着进城里来，就是来抢东西。这样的细节，能否记载到《暴风骤雨》里面去呢？对于周立波来说，答案是不言而喻的。"以上材料见张均《小说〈暴风骤雨〉的史实考释》，《文学评论》2012 第 5 期。周立波通过这种改写是在想象构建革命斗争的民主文明性。

的农工联合会，由三十来个贫而又苦的小户、无地与少地的庄稼人和耍手艺的艺人构成。重组农会，纯洁队伍，萧祥再次阶级启蒙，农民力量壮大，再斗韩老六。第二次大会斗争韩老六，会上郭全海、老田头再揭其罪行，激起群众愤怒，但韩老六死党李振江猛打韩老六脸致其出鼻血，转移群众视线，韩被罚款后再次释放。两次会议并没斗倒韩老六，不过要注意的是会议过程由郭全海主持，并没有暴力，受害者一个一个控诉韩老六罪恶，也让韩老六进行辩护，虽然没能斗倒韩老六，但这种会议方式防止了政党可能的独断专行、包办代替的简单作风，更防止了农民寻私仇式的报复。

后来，萧祥再发动农会扩大唠嗑对象，多形式鼓动大家齐心斗韩老六，韩老六暴打小猪倌吴家富，全屯人们仇恨被点燃，人们从四面八方拿着各种武器奔向韩家大院，韩老六出逃被抓回，虽然人们更加仇恨韩老六，但在萧祥的指示下韩老六当时并没有挨打，工作队鼓励群众清理韩老六罪恶，并一一笔录在案。出逃被抓回后，韩老六完全失去威风，看到其完全失势，带了家伙的大家都想一有机会就暴打韩老六以泄心中仇恨。为避免这种混乱暴力，公审前萧祥安排选出主席团，维持会场秩序，以显示公审合法性。公审不光是要审判韩老六罪恶，更重要的是要给农村元茂屯带去现代法治秩序。第三次召开公审大会，大会由被选出的赵玉林主持，流程还是先控诉再判罪，张景祥的控诉引发民众仇恨暴力，虽然愤怒的人们直接冲到台上，无数棒子举起来乱揍韩老六，然这一场景还是很快被控制。最后查清韩老六背负二十七人命案，四十三人的其他惨案，被判死刑，赵玉林宣布韩老六要杀人偿命，执行死刑。小说详细叙述了这一审判过程，韩老六并没有被严重暴打，对他的审判是公开的，证据确凿，最后正法时不光审判结果合法，审判过程也是民主的。[①]

周立波在这里连写三次斗争韩老六的会议过程，不光是在展示工作组

---

① 　实际上，元茂屯原型元宝镇的土改暴力，并不小像小说中这样民主温和，历史又是另一番模样。"农民最终被激发起来一反此前的畏缩、消极变为冲动、猛烈，杀人成风，对地主大有斩杀务尽之势。据记载，该镇'在镇东门外枪毙了七十三人，平均每十户就有一个被杀'。这让不少土改工作干部不能适应。那么，农民为什么如此残酷呢？实有多重原因，如复私仇，尤其是'怕地主报复'。实际上，从农民的角度看，地主虽然暂时被斗倒，但只要'青山在'，终有一日会卷土重来。对此，农民不能不充满恐惧。'身处残酷政治传统之中，农民清醒地了解生存博弈的规则，知道怎么做对他们自己最为有利，所以，他们要么不做，要么做绝。农民杀人不仅是因为人性深处的恶，其逻辑与历史上新君对旧皇族的追杀有相通之处。'"以上材料参见张均《小说〈暴风骤雨〉的史实考释》，《文学评论》2012 年第 5 期。

和农民共同斗争地主恶霸的过程，表现农民思想的认识变化，更是在构建一种理想的、民主的斗争过程。联系三次斗争韩老六的过程，萧祥都没有采用直接用武力解决问题的方式，而是采用调查来坐实韩老六所犯罪行，在公开会议上让元茂屯村民自己审判了韩老六，在审判过程中避免暴力殴打、打击报复、寻私仇，或是民间的斩草除根式的血腥斗争，在这种想象的斗争形式中贯穿的是作者对一种现代、文明、民主社会秩序的建构。革命暴力并不是革命目的，如果革命不是建立一个有效的民主制度，社会就会陷入一个循环往复的暴力运动之中，仅凭借着激情、仇恨夺取政权，建设不了现代民主社会。因此，《暴风骤雨》第一部中虽然农民的复仇除恶意识超过了阶级意识的建构，但在斗争韩老六的会议形式中，小说又是在努力给农村世界建构一种初级公正、公平的理想社会秩序，但历史的幽暗在于，当初历史中的暴力形式在后来的历史中总会死灰复燃，这种现代民主的方式仍需要漫长时间来建设。

（二）现代想象的不彻底性

前面说萧祥重视会议形式的现代意义，但在第二部中，张富英攫取乡村权力也采用的是萧祥的会议形式，这让我们重新思考这一问题。就张富英个人来说，他并不具有韩老六或钱文贵那样的权势可以直接指派谁为村政干部，但张富英把郭全海撵出农会的方式正是从萧祥那里学来的。他首先联络自己的一帮人，提拔做各个小组长，勾搭连环，再采用开大会的方式，共同反对农会主任郭全海，普通村民惧怕张富英人多势重，不敢支持郭全海，这样用看似民主的方式攫取了乡村政权。当了主任后，张富英就不开大会了，尽干些不为外人所知的事。私下花钱雇五个亲信民兵给他瞭哨，私下让唐士元做屯长、李桂荣做文书，三人把持村政，斗争地主隔靴搔痒，中农财产反被斗走不少，斗争的果实也不分给大家，而是私开合作社给自己赚钱，农会门房上贴"闲人免进"、"主任训话处"字条，原来农民议事开会的农会重变成为衙门式权力机构，不再是老百姓说话的地方。

萧祥重回，引来大家看望，屋里唠嗑又回原来自由说话状态，成立贫雇农团排挤出地主阶级、地富及狗腿子后重新斗争地主。由于斗争目标杜善人和唐爪子并没有人命在身，他们只是地主并非恶霸，因此农民并不能直接抓押他们。对他们的斗争是通过成立的清算委员会进行的，郭全海、老孙头、老初等贫苦农民做委员决定分地主家产土地，在看到斗争中郭全海完全能够控制住会场秩序，没有暴力发生后萧祥才安心他项工作。后来杜善人的财产被一点一点挖出来，乡村斗争地主的方式终于改变，农民斗争地主的暴力行为变得文明起来。乡村斗争不再宣扬暴力复仇，看似走上新的秩序，农会分发地主财物，《太阳照在桑干河上》中的"革命的第二天"问题在此处并没有出现。无论是分缴获的衣物家具，还是后来分土地，人们对胜利果实分得心甘情愿，革命胜利第二天没有矛盾。不过这样的结尾是一种美好想象，由于没有对丁玲看到新出复杂问题的思考，以致这种对社会秩序的想象显得单薄，对历史的认识显得简单化，反而让小说缺乏了想象力。这种单薄的想象遮蔽了新问题——为何是萧祥来了后斗争就胜利了，如何保证这次萧祥退场后元茂屯不再上演张富英的历史，小说并没有给出一个有力的答案。现代意识在乡村的生根发芽不是在短时期内能够完全实现的，要避免郭全海领导的村政权不再被为部分人谋利益者所攫取，靠的不是外面来的某一个清官，也不是郭全海个人的权力，而是乡村众农民对自己集体利益的自觉维护以及在此基础上建立的权力体系，而这样的意识和权力体系在乡村还没有成熟和建立起来。

小说结尾让郭全海在和刘桂兰结婚三天后参加共产党的队伍，并带动元茂屯青年积极参军来结束小说，在试图把土改斗争和打倒国民党建设新中国的宏大主题联系在一起时，小说留下严重裂隙，那些参军的青年并没把自己的参军和国家意识联系在一起。小说明确说，这个样样工作都积极的屯子在参军问题上工作落后，后来动员积极分子开会，动员大会、小会和家庭会议黑天白日地进行了三天，报名参军者竟只有三人，这一细节透露出当时农村参军非常不积极的实情，也说明农村土改是让农民获得了经济利益，但他们并没有在获取经济利益后就具有参军建设新社会的政治意识，把元茂屯土改跟建设未来社会联系在一起，反而是在有了衣物房子和土地后他们更加恋家顾家，不愿去参军，这种心理正和前面落后贫农侯长寿、花永喜的心理一致。村子中只有郭全海等少数农村共产党员，意识到保护元茂屯的胜利局面是需要彻底打倒蒋介石部队的，因此郭全海不顾自己新婚才三天的情况，说服刘桂兰毅然参军。虽然元茂屯最后一下子有一百二十八名村民报名参军，然而小说叙述把这一现象的出现归结为郭全海个人的带头模范作用，这一抢着去参军的热闹景象完全是作者个人的一种想象。即使大家去积极参军真是郭全海带头起的作用，那同样也说明村民阶级意识并不清楚，因为他们的参军行为并不具有政治意识，他们也没有国家意识，只是信任郭全海而把自己的命运和郭全海绑在了一起，等于把自己命运再次寄托给了某个道德化的英雄人物，这同大家感谢中国共产党却不能理解中国共产党作为一个现代政党的阶级使命、感恩毛泽东却不知建设现代新型国家的意义一样，是一种现代迷信。

《暴风骤雨》与其说是在讲述革命历史，不如说是在解释、建构新社会秩序的意识形态，这部按毛泽东《讲话》精神创作的作品，"之所以获得'轰动'效应，并不在于艺术性方面，而在于小说体现出来的思想价值和示范性意义，实现了参与建构中共主流意识形态和现代民族国家叙事话语的重要职责"①。废除封建土地所有制的土改运动，从经济上来说是要让农民拥有自己的土地，从政治上来说是要让他们打碎身上的枷锁，实现新秩序的建构和新政权的认同。而乡村自己不会发生土改革命，必须借助外来力量，如何让中国共产党领导的土改革命意识在乡村生根发芽，小说想象起到重要的建构意义。从对未来理想社会的想象来说，周立波这种对乡村现代的想象是极具革命性的，然而从想象的乡村现代来说，又显得极不彻底。在萧祥这样乡村革命干部的启蒙下，分了土地的普通农民如何认同萧祥对未来社会的现代想象，并把自己人生价值的实现投入到建设这样一个社会理想中去，需要文学对民众的未来日常生活和社会秩序作更多想象。赵玉林、郭全海、白玉山等农民在革命来到村庄之前并没有把自己看做是为了共同利益而反抗村社中地主的阶级力量，斗争让他们从宗族束缚中解放出来加入到现代政党组织中，在理论上这一过程是极富现代性的，因为他们是现代政党政治的产物，赵玉林、郭全海等人在阶级意识的引导下组建了一个新的政治/经济共同体，然而问题是他们的政治、经济认同并非建立在市民社会和公民国家基础上，而是"建立在感激和敬畏双重基础上"②，这仍是一种并不彻底的现代性表现。

---

① 黄科安：《重构新的社会秩序与意识形态的修辞立场——关于周立波〈暴风骤雨〉的一种解读》，《福建师范大学学报》2008 年第 6 期。

② 郭于华、孙立平：《诉苦：一种农民国家观念形成的中介机制》，《新史学》（下），中国人民大学出版社 2003 年版，第 505—526 页。

第四章

合作化书写中的乡村/现代

40 年代解放区文学中展现乡村生活生产变化的小说题材主要有土改和合作化两大类,土改小说重在书写乡村的阶级斗争,而合作化小说开始对解放区新生活、生产展开想象,社会主义话语、新中国形象呼之欲出。柳青的《种谷记》和欧阳山的《高干大》是 40 年代书写合作化小说的代表,对集体化生产方式为乡村生活带来价值观念现代变革书写,为读者开拓了一种对未来新生活的美好想象。

第一节 《种谷记》:合作生产与乡村现代

1947 年柳青写的《种谷记》,以 1942 年延安王家沟农民组织变工队实行合作生产、集体种谷为背景,开始了对革命后新生活、生产方式的建构和想象。虽然囿于意识形态的束缚,作者以思想的落后与先进来塑造人物,不过柳青并未把人物类型化,在构想解放区新生活时融入了作者对现实乡村生活的体验,与意识形态话语明显的《创业史》相比,《种谷记》对乡村的最初想象倒保留了更多乡土气息,写出了处于变动时期人物的复杂性。

一 王克俭的苦恼

王克俭是一位老实勤劳的庄稼汉,有着乡村传统的朴素美德,心中最大理想不过是想把自己的生活过得好一点,然而面对乡村合作化生产,王克俭的个人发家道路受到了打击和孤立,他的苦恼是对合作化的质疑,对这种苦恼的解决过程就是合作化在乡村社会合法化的过程,这一过程是复杂的。

王克俭的苦恼，一是自己并不富裕却要被定为富裕中农。《种谷记》一开始展现的是受苦人王克俭一家的艰辛生活，虽然他和儿子把血汗全洒到了土地里，家里花销非常节俭，然而王克俭感觉自己的生活还是非常拮据。小说开头，从老婆多次到门口眺望等待王克俭和儿子回来吃晚饭、同时不断埋怨家中缺柴禾的描写中，就已经展现了这家人的勤俭和拮据。虽然新社会有减租法，王克俭已有二十六垧土地，养着一头好驴，驴又下了个骡子，王克俭感觉腰里越来越有劲，可种这么大庄稼，家里花用还是很紧张，别说穿的，光烧火的柴禾都不够。更让王克俭烦心的是，自己拼老命才有这点家产，区乡干部竟把自己当成了富裕中农典型，既是这样，他反问自己家里却为什么积存很少呢？"粮食一驮一驮到桃花镇卖了。除过买炭、棉花和其他少数日用品外，还有什么用项呢？在这家里，他可以武断地说，没有一颗粮食或者一张小票不经过他的手出入。老婆的确够节省，给她一盒洋火，她几乎会用到一年，恨不得一根一根抽给儿媳妇，两个小子赶庙会要几个零钱，都得换了衣裳要走时才向他伸手讨。眼下只有一个儿媳妇，那是外人的老婆养的，更沾不到边儿。他没有理由怀疑家里有什么秘密的漏洞，也不可能伸进来第三只手，但他却无论如何想不透这个奥妙。"生活并不宽裕，辛苦劳动和生活节俭换不来富裕，土地稍多点就成了确定富裕中农阶级身份的依据。富裕中农在阶级话语中被认为是带有剥削和占有贫农劳动成果属性的一个阶级群体，王克俭这样的生活处境和对阶级属性的理解让他怎么也想不通乡村革命的道理。

二是被迫干村务。王克俭和儿子都是种庄稼的一把好手，三四年以前区上还给王克俭发过一张劳动奖状，家中大驴每年春天都要生一个骡驹子，有这样的劳力王克俭不愿意参加村里的变工队，更不愿意干村里行政委员的公务，几次都没辞掉，因而别的村干部认为他思想落后。乡里开会，多次打发孩子叫他，头天晚又特意通知他，然一到地里一捉住耰把他就不会想起任何事情，盯着翻滚的湿土，差不多全世界在他的脑子里都不存在了，这是一个在有了土地之后一心想种好庄稼的典型老农民。因为在解放前多次迫于地主权势当过甲长，他深知干乡村公务实际上就是为乡村有权势者干活，会无法顾及自己家事。虽然后来减租算账斗倒地主，从前不问村事的受苦人握了大权，不过在王克俭看来，新村委既要抓生产，又要搞文教，工作更加繁多，他更加不愿干这种工作。"白地的税，红地的会",保甲时代税虽多,事后不再忙碌,而现在三天两头开会,甚至连隔日子的时候也没有,行政主任的头衔早变成他的一顶"愁帽"。

三是被认为不正派。王克俭看不上自己好兄弟王加扶的生活,忙村里的公事连自己的家都照顾不了,婆姨过度操劳,娃娃们穿着褴褛的像讨吃的一样,开起会还口口声声说要丰衣足食,王加扶这样的忙碌很让王克俭想不通。不过王克俭也不愿接受王国雄对他的主动示好,这是个穷家出身却贩牲口捎鸦片闹黑货发家的人,老实巴交的王克俭对王国雄的造谣生事深恶痛绝。但在变工事件中,看到大局已定后王克俭想与人家互助生产却被拒绝,他吃惊、奇怪于人们对他的无情,感到自己名声的败坏。

在这三者中,真正触动王克俭深层心理的是第三条,前两方面他自认自己认识没有错,但是被村人所排斥是王克俭所没有想到也最为担忧的,乡村社会是一个熟人社会,不能得到村人对自己道德的认同,单个家庭无法在乡村内生活,王克俭突然感到了极大孤独感,最后主动入了合作社。不过留下的问题是,王克俭并不是因为对合作社的认同而入的社,他的入社是乡村伦理起了作用。

二 村干部的社会理想

同为村干部,王克俭被认为是思想落后干部的代表,积极热心村政工作的王加扶、王存起等被作者塑造成了典型新人。在塑造这些新人时,作者突出了他们各自不同的方面,作为土生土长的本村人王加扶,柳青突出他一心为村的道德品质,外来老师赵德铭,作者突出其知识分子特点,是他带来外界现代生产思想,而赵维宝作者突出了他的敢想敢做的年轻人气质。这样一群年轻干部,互相弥补各自的不足,带领王家沟走向理想新生活。

王家沟理想生活最后是在新人王加扶的想象中呈现出来的,当王加扶把王克俭团结到变工队后,王加扶脑海中出现了对集体种谷带来的现代生产、生活方式的想象:

> 圆满的成功使他想起从乡政府开会回来那天夜里,在现在这原地方他们第一次讨论组织种谷时,和赵德铭争论组织的方法,他所说的话。那时,他说老百姓不能和军队、学校以及机关生产比;而

现在，他脑里却自然而然浮起了军队、学校和机关生产的一片景象来了。他们一大群人上山掏地，一齐干一齐歇，镢头在空里乱飞，土地在他们脚底下迅速改变着颜色，由浅灰到深褐，这片景象不久将实现在王家沟的山头上来了。春耕时因为活杂：耕地的耕地，纳粪的纳粪，碎土的碎土，所以十来个人一组，人还是乱散在地里；而现在一组一组连同点籽娃娃都有十几二十个人，排成队安种谷籽了，锄头的一起一落，手脚的活动，使人想到自卫军的操练。人们将以一种全新的劳动姿态来点缀那些黄秃秃的山头，山头上坟墓里长眠的他们的祖先，倘若真有英灵，他们不会怀疑这是否他们曾用汗水混合着眼泪灌溉过的土地吗？想到这里，王加扶压抑不住他的兴奋了。"几时咱们和公家人一样，"他说，天真地憧憬着，"一村就是一家，吃在一块，穿在一块，做在一块。种地的种地，念书的念书，木工是木工，石匠是石匠，管粮的把仓，管草的捉秤。六老汉照旧打钟。存恩老汉识几个字，要是他愿意，就让他给咱们写账，克俭哥给四福堂讨了半辈子租粟，对粮食有经验，给咱管仓库，他和存恩老叔对，在一块办事也相宜……"众人听了，嘻嘻嘿嘿地笑着，截断了他的话。"还有哩，你们等我说完嘛，"他一本正经宣布着他对未来的理想，"咱也办上个俱乐部，识字、读报、开会全到那里去好了，不要像而今一样，大小一点事全跑到学堂里来了，老碍着教员的事，烟灰给他磕得满窑都是。咱学延安绥德的办法，也办它个把托儿所，把娃娃们弄到一块，讲究卫生，看我的三拴这几天拉稀屎拉成甚样子了？再说没娃娃拖累了，叫我那个死顽固婆姨也抽空儿住上一期训练，至少到延安参上一回观，看她有个转变也没？你给她说是说不进去……"他越说越有劲，好像喝醉了的人一样，说不完。众人越笑也越收不住，起初众人以为他说笑话，随后见他越说越兴奋，越具体，越正经，除过赵德铭，全愣住了，他们瞪着眼，咬着牙，使着很大的劲听他，也是越听越兴奋，越正经，越向往。"啊呀！你疯了吧？"行政说，"怎么说起狂话来了？你都分配好工作了，怪不得老雄说你们等也等不得共产！""你越说越远，"赵德铭笑得死去活来，用手帕擦着眼泪说，"你都说到外国去了啊！""我一点都不疯！我说的我们王家沟往后的话。"

在王加扶的想象中，未来王家沟的生活要实现的是集体规模化的现代化生产，人们的劳动完全被高度组织起来，并进行了精细化分工，这种生产方式完全不同于原来延续几千年的小农自由散漫的生产方式。同时生产方式的变化又带来生活方式的变化，集体生产带来集体生活，在物质富裕后将实现精神生活的丰富。这种想象中包含了作者对未来新中国的构想，赵德铭直接指出王加扶想象的就是社会主义社会，其思想源于苏联建立的社会主义社会。乡村新人王加扶、赵德铭、赵维宝等青年干部带领村民走上了实现这种理想的道路。

不过，在《种谷记》中柳青对这种未来社会主义的想象还抱有一定的清醒认识，就在王加扶这样的想象引得小说中的人们如痴如醉时，柳青安顿了赵德铭的一番话来说明这种社会生活实现的漫长性：

> 他开始拿理论来克服他们对未来社会的过早的陶醉，首先指出中国革命是长期的，曲折的，复杂的，这是他从书本里学得烂熟的一条。其次，他说王加扶所说的那些办法是苏联已经实行了的，那是社会主义：集体经济，集体劳动；而边区今天是新民主主义：个体经济，集体劳动，而且还做不到普遍。从新民主主义到社会主义需要多少年，他说恐怕毛主席也说不准。

新中国成立后五年的社会主义建设和三年跑步进入共产主义社会的政策，完全不同于40年代对社会主义的想象，在1962年完成的《创业史》中我们再也看不到这样清醒的认识了。

新人叙述中，虽然王家沟未来的社会理想是通过王加扶勾画出来的，但作者在王加扶身上彰显的更多是他个人的道德品质。小说多次写到王加扶因忙于工作而无法顾及家庭以致引起家庭矛盾的细节，以突出他的德性。王加扶本穷苦人出身，分地后家中共有五垧地，一头毛驴，大儿拴儿也能顶半个工，王加扶也有自己的兴家计划。但当了王家沟农会主任后，心思就全放在了工作上，就不顾发家计划不顾家庭了。婆姨整天抱怨穿衣吃饭问题，甚至三儿子得了严重痢疾，王加扶都不顾及，反而批评老婆思想落后，这其实就是行政主任王克俭不热心村政工作的主要原因。① 王加扶对家庭虽也有愧疚感，然更多地还是认为老婆思想落后，小说的这种叙述实际体现出的是一种男性话语，女性操持家庭生活的艰辛全被遮蔽了。家庭重担全落在老婆肩膀上，无论庄稼种收，还是家里挑水，孩子看病，王加扶都没尽到丈夫责任，即使如此，小说叙述者和小说人物一道认为是老婆思想落后：

> 他对她心冷意凝。走着，他由不得想起有一回区委组织科长到村里来，党的小组检讨会上众同志对他的批评。谈到他的缺点，他们想了半天，觉得都好，只是：第一婆姨落后，他"工作"起来扯他的腿……和婆姨"矛盾"了半天之后，他走着又给自己加上一个缺点：就是他心太软了，不忍打他的婆姨，一看见那一帮娃娃，想起家里那么多事务，他的火性便自消自灭了；可是他始终认为：当和婆姨说不通理的时候，打她几下还是必要的，而他连这一点也办不到……

这一段话的叙述，本是要通过王加扶自认的缺点来表彰他为工作的忘我，但也是在这段话中我们看到作者所要塑造的新人本质，就是要把小我完全无保留地投入到集体革命工作中，革命者不属于自己家庭，只属于革命工作，甚至为了这种革命工作，都可以动手打自认为是落后的老婆。这种写法后来成了文学中塑造新人的标准写法，登峰造极后这些新人就逐渐没了普通人性，全变成了抽象的道德化怪物。王德威在论丁玲《我在霞村的时候》说"做了女人真倒霉"②，认为党的革命运动中女性地位及价值并没有真正得到重视，在柳青小说中女性也是被规训的沉默者，被任意图画而发不出声音。作为中国共产党的代表者，无论是区委组织科长，还

---

① 王克俭不积极于村干部工作一个很重要原因是他以前做过甲长，知道这种工作的性质，因此王克俭的问题并不简单是思想落后的问题。小说没有过多地体现村干部家庭问题，而丁玲的《夜》、周立波的《暴风骤雨》都注意了这一现象。村干部并不属于国家公职干部，无薪水，生产与工作常发生冲突。柳青在小说中触及这一现象，但没有触及问题，反以此来凸显王加扶道德，掩盖了干部工作与生产的矛盾。

② 王德威：《做了女人真倒楣——丁玲的"霞村"经验》，见王德威《想像中国的方法——历史·小说·叙事》，生活·读书·新知三联书店1998年版。

是村干部王加扶，他们都认为只要参加工作，就要抛开小家，全身心投入社会工作，然要老婆养家糊口，老婆会因为不满变成扯后腿的人，家中的老人小孩都会成为革命工作者的包袱，人情伦理不见，这样的革命让人怀疑其最终意义。不过，《种谷记》中王加扶后来在看到自己孩子病危时还是流露出了做父亲的愧疚，王加扶形象在20世纪40年代还没有被完全规范化。

小说中最具有现代思想的新人是小学教员赵德铭，是他给乡村带来了苏联现代农业生产方式的想象，是他不断传递给王加扶各种新的思想认识。然而，也许是整风运动中对知识分子的批评改造，柳青突出的是土生土长的、农民出身、不识字的王加扶，有意压抑了知识分子赵德铭在王家沟工作中的重要性。但即使如此，我们仍能看到，除过王加扶去寻找代表着党的程区长外，在王家沟内部工作中，赵德铭就是王加扶工作思想的引导者。赵德铭在县城上过中学，先在城关小学教书，后调王家沟，原想争取到延安学习后再投身乡村建设，乡村需要干部，边区政府号召"学校与生产教育两大运动结合"，县上要把农民"组织起来"参加变工，赵德铭对这种新型生产方式充满想象，积极参加工作。王加扶一开始并不理解县上要求统一种谷的意义，是赵德铭的鼓动、谋划、扶持让王家沟开始了变工种谷。在最先遇到组织困难时，是赵德铭解决问题，提出解散所有原小组重组变工组的变工方案。赵德铭让农民组织起来的方式让赵维宝感觉这种新颖的生产方式就像自卫军编班一样，也让王加扶觉得全王家沟的农民就像军队、机关和学校一样被组织起来了，而小说结尾王加扶对王家沟未来社会的想象其实就是赵德铭这种组织方式的拓展。赵德铭的农村建设理想来源于苏联小说，集体种谷要实现的是苏联"集体农场"的生产方式。

与赵德铭想法相近的是自卫军排长赵维宝。赵维宝当了排长就自觉自己和别的农民不同，"一身农民穿戴，赤脚片子打着绑腿，破夹袄的腰里结着皮带，又留着文明头"，这是一个非常年轻、对新事物有热情的人，在分区培训回来后观念发生巨大变化，他不再把自己当农民看，上山种地也结着皮带，扎着绑腿，背着他那一杆装火药和石子的土枪。在他的领导下，王家沟自卫军（全是二十上下的年轻人）都跟他学。他不光带来了外面新的生活方式，更带来了城里学来的对未来新生活的想象，生活、生产都要被组织起来。不过他像脱离生产的干部和学生模样留起来的头发，让他爸犯嘀咕，嫌众人笑话，要他剃掉，而赵维宝好像没听见一样，反认为父亲那个旧脑筋需要好好改造。王家沟年长的村民瞧不上赵维宝，他们认为只有读书做官的人才可以离开乡村成为城里人，其余人对城里人生活方式的模仿都是一种自不量力的傻冒。然而这位模仿城市生活的赵维宝的思想观念，正与从城里来的小学教员赵德铭的思想相近，两人共同为想象中的新社会而积极工作，不顾村人的嘲笑。

把新人王加扶和赵德铭、赵维宝放在一起比较，王加扶更熟悉乡村社会的熟人性质，乡村工作的开展不光靠行政命令，还得靠自己的德性和人情关系，而赵德铭、赵维宝更像是乡村外来的革命者，为了理想不顾乡村规则。在讨论集体种谷方式上，赵德铭和赵维宝就希望采用强硬手段推行集体种谷，而王加扶担忧王家沟的工作难以如此整齐，"人家是哨子一吹，站起队便可以分组，因为全给大家生产；而王家沟呢？各人为各人，他说服一个不愿变工的人参加变工队之难，好话得说几毛口袋"。这里体现了乡村内外两种开展工作方式的不同，一种缓和一种强硬。柳青以赵德铭所理解的新社会思想为王家沟描绘了未来社会的想象蓝图，但在工作方式上认同了王加扶比较温和的乡村方式。而到《创业史》，作者所认同的不再是熟悉农村生活及人情世故的王加扶这样干部的工作方式，而是直接赋予新人梁生宝外来新的思想价值和强硬的工作方式，强调新观念对乡村世界的强制性变革，在这种对变革精神的标榜中乡村生活中的人情、伦理、日常生活等内容逐渐被压抑了。①

三　合作化中的现代象征

（一）打钟制度与时间观念

王家沟要实现集体种谷，得把农民全部组织起来，这并不是一件容易的事，农民生活生产自由惯了，并不认同集体生产方式。组织集体变工，村里立公约，为了各家上地行动统一要建立打钟制度。这种公约方式、打

---

① 柳青的小说创作从《种谷记》到《创业史》明显有一个从重乡村伦理人情到重革命、意识形态变化的过程，而周立波的小说创作从《暴风骤雨》到《山乡巨变》正好将其颠倒了过来。

钟制度、一致行动的生产方式，再加奖惩，确实极大地提高了乡村的生产效率，这种方式完全效仿的是一种现代大工厂的生产方式。这一生产方式改变了乡村原来的自由时间、自由生产方式，让原来慢节奏的生产加快了节奏提高了效率，生产者明显有了时间观念、组织意识和效率观念。为了时间准确，老汉王存富把打钟当成了自己一桩非常严肃的重任，为了防止众人乱敲乱打，他规定无论行政、农会、变工队、自卫军、识字班或是妇女们开会要打钟，都得经他的手，那插在钟眼里任烧香叩头的人拿起来乱撞的打钟枣木棒现在被他带在身边，黑夜睡觉都放在枕旁。鸡叫以后，老汉坐起来等到天明，马上捏了那根枣木棒到大门外边那老槐树下打钟，钟声让原来静寂的山村统一活跃了起来：

> 王家沟无论谁，不管睡醒没有，都从臭被里醒来了。一会儿，到处都是开门声，披头散发的婆姨首先端了尿盆子出来，倒进茅坑里，抱了柴禾回去，村里竖起一柱一柱清早的炊烟来。学生娃揉着发麻的眼皮到学校去上早操，受苦人赶着驴，掮着耧子，耙，镢头和种籽上地了，有的提着桶到井沿去。新的一天照旧开始了。

王家沟的人们在钟声中一齐起来了，开始新的一天，也是开始了一种新的生活。原来乡村生活，人们每天的劳动一直是日出而作、日落而息，一天的时间是看日头的高低，劳动是自由自在的。在一年四季中，随着庄稼下种、成熟再到收获，年复一年，这样的生产和生活方式形成了人们稳固的生活价值，而打钟让人们每天的生活都有了新的统一安排，被赋予了新的意义，而这每一天的生活又被计划在一年的工作任务中，每年的工作又被安排进更宏大的国家生产任务中，这样的时间观念逐渐把每个人原来只有个人意义的生产劳动跟国家的现代化建设联系了一起，个人的劳动被赋予了宏大的价值。当把个人的劳动放在这样的时间中时，个人的劳动价值逐渐在发生变化，每个人不再是单个个体的人，而成了有组织的人，每天的劳动都被赋予了社会价值，同时每个人的劳动价值也发生了变化。

（二）众声喧哗的会议

新的集体生产方式，牵涉每个人利益，如何把县里来的有关新生活、新生产方式让人们认同，并确实给村民带来实际好处，召开民主会议商议合作种谷是最初的工作。小说详写人们在会上对变工的看法和不同意见，组织者也让村民公开发表自己的不同看法，在众声喧哗的会议叙述中作者尝试着建构乡村民主会议方式。虽然我们在《暴风骤雨》的讨论中就注意过这一问题，然而柳青笔下的乡村会议更加生活化、乡土化。在会议中，会议主持人明确让反对集体种谷的王克俭等人发言，虽然他们的看法并未被采用，但也是用辩论的方式最后来做决定的，甚至会议上被斗争的地主王国雄也发了言，只看旧黄历的王存恩老汉也说了自己的看法。这些人都被看成是思想落后的人，是王家沟的老人，他们虽未能说出有积极意义的看法，但无论是会议，还是小说叙述，都给了他们说话的空间，让他们表达了自己的感情思想。由于作者并没有把这些人物概念化，细读这些老人的话，我们看到的是乡村传统思想价值的延续。

王存恩老汉主动要求发言，他认可变工，但认为定死种谷日子是不可取的，因为种谷日期要看天气，这种说法并无什么新奇，但他的话是针对县上农业工作计划定得过细过死而说的，

> 谷雨剩不几天了，众人不要瞎闹吧。冯县长我晓得，他老人倒是个好劳动，可是他本人从小念书，后来学织毡子，长么大，手没挨过镢把，他能指示好这号事吗？你拿些毛问他去，他晓得做甚用合适。我看定期种好了，众人的福气；种坏了哩？公家为了咱，不是反倒害了咱吗？……

王存恩老汉的话先肯定了县上统一种谷的良好出发点，但委婉批评了这种瞎指挥，这种批评更直接是对赵维宝、赵德铭等人不顾及王家沟实际情况、只听从县里指示工作方式的一种批评。这是乡村经验对外来行政命令的一种反抗，直属于新政权领导的乡村干部自是会漠视乡村内部的这种话语，王存恩老汉的声音是非常微弱的，不过在这样的书写中，我们在王存恩这样的老汉身上看到的并不是顽固保守，而是对外来新思想价值的不迷信。虽然赵维宝这样的村干部对王存恩这样的老汉一点都不尊敬，感觉王存恩老汉活的年代跟自己前后错着好几百年，旧瓜皮帽下还拖着一条老鼠尾巴一样又细又短的辫子，然而就这样一位年轻人看着奇怪的老人，不怕众人笑话，坚持要说出自己的想法，"他怕因他的沉默而铸成大错，很对

不起全村的人"。在王存恩老汉身上我们感到更多的是对传统道德的坚守，对新生活方式他并不能一下认同接受，但也不直接反对，而是一点点观摩理解，感觉是有益于村子的他会维护，不利于村子的事他会站出来反对，而不管别人对自己的态度。在历史变动中，这样的人物更多是维护了乡村伦理价值的健康和生命，尽管在当时的革命者看来他也变成了阻碍新社会发展的保守力量。

另一个发言的老人是打钟的六老汉王存富，他顺着王存恩老汉的说法解释了种谷时间不能直接定的原因，强调选择适当时间的重要性，在小说叙述中他是一个认同新生活的人，不论是小说中的村干部，还是叙述者都明显对其抱有一定尊重，① 不过值得注意的倒是他讲的一个非常传统的民间故事：

> "有一天，龙王和财神一块走路……路遇三个受苦人变工掏地。天旱。一镢头一块大土圪塔，半天敲不烂。财神说：'龙王，你下点雨吧，看受苦人可怜的……'龙王说：'雨不由我，要玉皇老爷准许才行。钱由你管，你给他们一点，他们不掏地也过好日子了。'财神摇头，说：'我怕害了他们。'龙王奇怪，问：'给他们钱怎是害他们哩？'财神说：'不信你看看。'过了一会儿，地里果真掏出一罐银子，三个受苦人不掏地了，坐下商量怎么办。都说要等黑夜拿回家分，白日怕露了风，就打发一个人回家带饭，他走后，那两个又商量。这个说，'等他担饭来，咱把他弄死，咱两个二一添作五。'那个说：'对'……带饭的到地里放下担子……猛不防给他们扣倒，一会儿就不出气了。掩埋了他，他们才吃饭。吃过饭不大会儿，两个人可又鼻子口里出血。眨眼工夫全死了……"六老汉最后说："你们好好变工，我打钟都是有劲的；七零八落，我打起钟也没劲了。"

---

① 在赵树理40年代小说中，老年人思想成了年轻人斗争的对象，但是在50年代后期到60年代小说中，老年人身上传承的乡土经验和伦理道德又成了赵树理肯定的内容。赵树理是在对农村生活变革有了深切体验后才把早期对青年变革思想的肯定和对老年人保守思想的批评，转变成对青年盲目变革性思想的批评和对老年人坚守乡村伦理精神的赞颂的。《种谷记》中柳青并没有完全把老年人塑造成思想落后的对象，对年轻人工作中的冒进思想也有一定警觉，王存富老汉还是一位支持集体种谷并认同新社会理想的新人形象，而《创业史》中的梁三老汉就完全变成了中间人物，以其去凸显年轻人梁生宝的革命意识。

这个故事本是委婉地批评大家在变工中玩心眼的个人打算，变工出的主要难题就是如何解决每家每户利益的平衡，由于大家都关注于自身利益反而忽视了生产本身，对利益过分强调滋生出了恶的想法。这一故事中蕴涵了朴素的乡村民间伦理，然与外来革命伦理并不一致，这显示了作者写作时对朴素乡间生活伦理的模糊认同。

（三）集体种谷与新生活想象

作为王家沟的劳动模范，行政主任王克俭本来不愿意变工，不认同集体种谷的生产方式，他有一头大驴，家里又有劳力，不愿别人占他便宜，更不愿别人种坏自己的地，用坏自己的驴。但作为王家沟的行政主任，尽管心里非常抵触县上统一种谷的要求，面子上又不得不参加变工。王克俭没地方说的话只好半夜对老婆说，他很怀疑村里干部们实施县上指示的程度，因为上边一再说自愿自愿，而他们却想着各种名堂要把人都"逼"到变工队。在王克俭看来，这些干部们的工作不仅弄不到好处，到头来恐怕把全村都搅成了冤家对头，人们就像是"为了一块骨头互相咬得皮破血流，满嘴是毛"的狗：

> 工作人员之所以不顾一切地发展变工，那是为了朝他们的上级显功，因此你向他们提出任何变工的困难和弊端，都是枉然的；而村干部是老百姓，自己还种着地，每天受苦累断筋骨，不知他们哪里来的那股劲？减租算账说是为了日子过不了，扑在前边还有理由，这变工又是为了什么呢？"说不来！"他最后叹息说，"他们真像是吃了迷药了……"

王克俭实际批评的是赵德铭和赵维宝这样的干部，认为他们是为了工作成绩不顾实际生产困难，工作作风简单，他不能理解组织变工集体种谷的重大意义。那么新政府为什么非常重视这种种谷的集体生产方式，甚至不顾许多农民的反对，这是因为这种生产方式中包含着新的价值观念。小说中程区长说过一句话，"集体劳动不仅是改变劳动方式，而且改换人的脑筋"。从乡村内部说，集体生产方式改变了传统个人分散的生产方式，大大提高了生产效率，从意识形态层面说，经济基础的改变才能带动社会意识形态的变化，集体劳动将改变人们的生活和思想认识，这是实现未来社会主义集体经济的最初步伐。新政府以及村干部们要通过这一集体种谷的方式，把乡村内自足的生产组织到国家的生产生活中去，最终形成人们对新中国想象共同体的认同。乡村世界内的普通村民，主要关心的是他们物质生活的变化，因此他们会主动支持、积极参加有利于他们物质生活改善的工作，但会消极抵抗不能给他们带来物质实利的思想政策。对于王克俭这样物质生活正在逐渐好转的农民来说，他感激共产党给他带来土地，但也更加珍惜这来之不易的生产资料和个人物质利益，因此即使代表新政权的村干部以各种各样的名义来启发劝说，他仍难以放弃自己对生产资料的占有权和个人的发家梦，他的形象代表了更多旧式老农民，感激新政权时又对新政权干预农事持一种观望抵制态度。对这一问题的解决，作者叙述的重心不在合作社的经济优越性上，而在新社会建设者的德性感召力上，因此柳青有意压制了王克俭式农民对物质实利的欲望，也压制了合作社的经济效益，而展现的是王加扶个人的道德品质，集体种谷对乡村的效益问题被直接转变成对新社会构想共同体的认同，农民最为关心的集体生产的物质利益问题被淡化了出去。小说最后，在王加扶不懈努力下，王家沟除了王国雄一个人，其余人都参加了变工队，圆满地实现了集体生产，王家沟的村民像军队、学校和机关一样被组织起来，在对毛泽东的歌颂中，在对解放区的歌唱中，奔向王加扶想象中的未来新农村，这是一个大团圆的结尾，也是一个德性胜利的结尾，然而却不是集体生产方式本身的胜利。

四　乡村现代中的问题

柳青在《种谷记》中展现了王家沟对未来社会主义生活的初步设想，塑造了一群奔向新生活的年轻形象。不过，《种谷记》也留有对历史复杂性的个人思考，让最初社会主义新农村想象遗留了一些问题。

首先，教员赵德铭对乡村改革中文牍主义的质疑。赵德铭的大量时间是在填写各类区县要求的表格，对这些表格他有很多不满，他并不是对乡村改革工作有不满，而是对其中一些不切合实际、没有多少意义的工作任务有不满，有些表格"今儿来信今儿就要，你说就算不要调查，也要填得及啊。他们是只管自己方便，不知道旁人作难；我看他们自己下来，也不见得眨眼工夫就现成。我补抄行政弄丢了的那些农户计划时，听说有很多不按正月里的计划种了，你说点灯熬油费纸张，订得这农户计划有甚用？"要数据准确就得占去农民大量劳动时间，农民对这样的工作一点都不支持，赵德铭抱怨说：

> 你计划的好，老百姓没这个习惯嘛。现在要调查谷地的垧数，短不了召集各户长。今后晌召集吧，唉，你叫六老汉把钟打烂，也叫不全人！顶早也要等天黑，有三家两家不在家，你还不要等回来补上？你说怎么赶这么急？

乡村现代化过程中出现了文牍主义、官僚主义。赵德铭认为工作越到下边越难办，上级文件一层层像屋瓦一样盖下来，谁在村里工作谁就衬底，他很怀疑大量报表的现实意义。

其次，农民对乡村过多会议的抵制。乡村中大量的会议，在传递一种民主形式时，又侵扰了农民的农事生产与日常生活秩序。被动员的农民不愿意来开会，即使到了会场也是匆匆草率表决，希望早些结束会议好让他们有足够的时间休息进行第二天劳动。当越来越多的会不能解决实际问题时，农民不来参加会议，村干部只好占用大家晚上的时间，会常开到十二点，这让白天辛苦的社员受不了，好多会议场中有人辛苦地睡着了。这样本来是强调民主形式的会议，并不为群众认同，人们反而希望有人独断做主，或者以各种理由搪塞不来参加会议。在现代社会之前，国家权力意志最终到达的末梢是县衙一级部门，县衙的主要功能是收缴捐税和处理诉讼，对农民来讲，一年中只要完成国家捐税外便再没有强制要完成的任务，然到了现代社会，国家权力意志延伸到了乡村内部，乡政府到村社成立的党支部，把国家意志传达到最基层时，这种延伸增强国家意识的传达贯彻，也大大增加完成国家地方任务的成本。在乡村内，除了收缴农业税任务，还有乡村建设、思想动员，兼职的乡村干部在完成这些任务时明显感到了国家在进行乡村建设时也给乡村增加了负担，同时乡村内的农民也产生了强烈的抵制情绪。

再次，乡村内经验和乡村外行政命令的矛盾。这一问题体现在种谷日期的确定上，由于往年种谷时期拖得太长，很多农户种得不合时宜，产生了不足苗现象，县上要求定期集体安种。县上指示的出发点是良好的，但问题是恰当的种谷日期要根据天气而不能县上说了算。乡村内种谷有乡村经验，而乡村外来干部唯冯县长指示为准，搞纺织出身的冯县长并没有多少种植经验，由冯县长来定种谷时间进行集体种谷是要全县种谷冒极大风险。如果现代生产方式不顾实际生产经验而唯守上级领导命令，越是集体化、规模化的现代生产冒的风险就越大。原来分散的农业生产方式的确从生产效率上来说比不上现在变工集体生产方式，但就农业种植经验来说，乡村外县政府直接干预乡村内农事生产极有可能导致瞎指挥。这里，乡村外来的现代生产方式和乡村内部经验的错位冲突，给村干部制造了困难，听从上级指令就会和乡村内老农们发生冲突，认同乡村经验就不能完成上级指令。会议上王存恩老汉提出定时种谷的不合理，不为干部赵维宝认同，王存恩非常生气地认为这是不讲民主讲"黑主"的会，"要是不叫人说话何必叫来开会呢?" 20 世纪 40 年代以来的乡村书写，强调外来革命思想对乡村世界的改造，因此小说叙述的话语权多掌握在新干部们手中，《种谷记》中的赵维宝们在会议中强制性地限制了乡村内老农们的话语经验，在乡村貌似的改变中实际掩盖两者沟通的可能性。

最后，对集体种谷意义的怀疑。因听信王国雄挑拨，受王克俭提前种谷影响，好些人对集体种谷计划有些动摇，有些干部提议第二天就集体种谷，但第二天并没有适合的雨水，这里集体种谷的提议仅仅是为了完成上级安排的任务而不考虑农民种谷的收成，这样的工作只对上级负责而不顾农民死活。县里种谷时间的选择并不具有科学性，主要强调的也仅仅是集体种谷形式而已，是为了实现程区长说的用集体劳动生产方式改变人们思想、认同新政权共同体，但仅仅为了改变人们的认同而不重视集体劳动给农民带来的实际利益，这样的运动带来的并不是乡村真正的现代。农民首先关心的是来年庄稼收成，没有庄稼丰收其余一切都没意义，在并没有看到实际效益时光靠宣传想象，并不能吸引农民走上合作化道路，因此小说虽写了人们的集体种谷，但这种规模化生产的基础是相当薄弱的。一有人提前种谷，原来集体种谷方式就被动摇，出现私自种谷者后，集体种谷组织者王加扶、赵德铭等人首先想到的是如何用强制手段处理破坏决议的人，农民自愿参加的集体种谷变为一种强制性劳动。① 只有当区县乡社的干部们将工作重心真正变为增加农民生产收入、改善他们生活质量时，新政党的社会理想才能被乡村社会所接受，也才能真正教育王国雄、王克俭等人思想，这应是现代乡村革命的核心价值。

五　区长批评的复杂

王克俭的提前种谷影响了好些人，也动摇了集体种谷计划，村干部王加扶等人在乡村内自己无法解决这一问题，只好把这一乡村内的冲突问题转托给上级领导，小说最后安排区长来解决这一问题。乡村外来区长代表着新政权，来解决问题的发言内容和方式是一个复杂的文本。

（一）区长首先问大家种谷还变不变工

对这一问题，小说叙述说有好多人直接回答同意变工，因此区长就势利导谈如何变工问题了。但区长问的这个问题确是一个关键问题，如果这不是一个问题，那为什么王克俭等人一直不愿意变工，为什么参加了变工队的人一看到有人早种了谷子就不顾变工而直接自己种谷了呢？这一问题的出现，仍是有好大一部分人并没有真正了解变工或说集体生产的好处和意义而产生的，由于村干部的宣传动员都只强调了集体生产的方式，上级、外来力量的干预也没说明集体生产的直接效益，这让看重实利的农民在思想上对变工集体种谷始终持怀疑态度。由于新社会土改、减租等政策给他们带来的好处，他们对中国共产党心怀感激，因此仅仅在情感上认同这种外来思想对乡村的变革，但在内心深处并不认同这种生产方式。但对这一问题，区长、干部们自己也说不清楚未来合作化生产的效益怎样，因此这里的问题不是农民思想的保守顽固，而是干部们自己现代思想不清晰的问题。

（二）区长首先做的事是处理破坏规约者王克俭，撤掉其行政职务

---

① 这样的细节在赵树理的《"锻炼锻炼"》中有更为细致的表现，副主任杨小四用诱骗的方式解决农民出工不积极的问题，头天说拾"自由花"，第二天农民到了地里成了强制性的劳动，结果"小腿疼"、"吃不饱"被诱捕，罪名是偷了社里的棉花。

区长能够用行政手段处理王克俭的私自种谷，但他还是没法做通王克俭思想，区长用德性评价代替了王克俭不愿集体种谷的认识，即使德性上来说王克俭与王国雄、四富堂等地主保持着非常明确的距离，而且无论在旧社会还是新社会，正是由于他人心并不坏大家推选他当干部的。因此区长的做法对王克俭内心不起任何作用，看似严厉，实则无力。就算王克俭私自种谷影响了少数人也私自种谷，但没能集体种谷的责任也不能算在王克俭个人身上，王克俭没有主动带领，是乡村外来的工作方式和内容本身就有问题。本来自愿的集体种谷精神，在区长对王克俭的批评中变成了强迫，区长这样不断说要讲民主的干部，在实际工作中都会违背民主精神。区长直接定王克俭为"坏样"，实际上在区长的话语中，只要不按照新政策参加劳动的人就都可能成为"坏样"。王克俭这样的农民只关心来年庄稼的收成，收成是他们赖以生活的基础，他们没法去顾及长远利益，那就都成"坏样"了。在区长权威的批判后，区长又重申变工自愿原则，询问有谁自愿退出，此时还有谁敢"自愿"退出呢，自愿民主的言论中早没了实质。

（三）王克俭的辩解

在被撤职后王克俭感到很庆幸，他感觉自己跟王国雄并不是一路人，只要能够安心种地，实现自己的发家梦，他就真诚热爱新社会，决不愿回到旧社会中去。因此对大家的批评他心底并不认同，也不辩解。但对区长说自己是"坏样"的批判，他并不能接受要做辩解，他让大家回忆当初自己当村干部时为村里所做的好事，列举了好多事例来说明自己并不是乡村内的"坏样"，尤其是"在全乡的公粮评议会上为着本村每户和旁村人比较财产和收入，他不知替村里人撒了多少谎，和旁村的行政争执得面红耳赤"。这位为自家事都不惹人的村干部为了王家沟的利益，惹恼了白家沟的村干部。王克俭的辩解让大家认同了他在乡村内的道德地位，也彻底推翻了区长对他强加的"坏样"定性。然而王克俭的这种做法在乡村外的区长看来更是"坏样"的体现，因为在区长看来，作为受区里领导的干部就不能为了王家沟的小利益而不顾全区里的大利益。这样问题的抛出把王克俭在乡村内的道德问题转化成了乡村内与乡村外利益的矛盾冲突问题，在建构乡村、政党、国家利益一体化的革命话语叙述中，王克俭暴露出的这一问题非常不合时宜，因此乡长非常生气，强制打断王克俭辩解，掩盖了乡村内外矛盾冲突问题。

《种谷记》是40年代乡村小说中最初想象社会主义合作化生产方式的小说，塑造了新人及新的现代生产方式，不过作为柳青早期小说，小说书写还未被完全纯净化，叙述者的个人思考和小说中浓郁的乡土气息，让小说仍浸染了部分人情伦理，小说中并无剑拔弩张的阶级斗争，正如曾在国统区的茅盾评价赵树理的《李家庄变迁》是写出了解放区土改过程的民主和温和，[①]《种谷记》的最后也引用秧歌"边区的天，是明朗的天"来说明解放区合作化运动的民主温和，人物无论是同意变工还是反对变工，这里无血腥斗争，多有村人的温情，人们只在道德层面上疏远和亲近某些人，但在情感上仍显现的是同一村人的乡情。虽然小说重心在现代生产方式将会给人们带来的变化，但同时也会保留乡村的人情伦理。而这样的内容，在新中国成立后的乡村建设小说中逐渐被净化了。

第二节 《高干大》：合作经济与干部革命主体意识

《高干大》是欧阳山1947年发表的一部长篇小说，与同年出版并获得很高评价的《太阳照在桑干河上》、《暴风骤雨》相比，本部小说的评价要低些，或许是因为未能完全符合当时及后来文艺评价中的政治标准，表现了长期以来不被重视的经济工作。黄修己认为《高干大》是"根据地所出的最优秀的长篇"[②]，在新世纪重新阅读《高干大》，小说塑造的新人高干大朴素、执著的革命理想让人敬佩，同时小说触及的革命进程中经济变革问题及其领导权的复杂问题让人深思。

---

① 茅盾说"《李有才板话》让我们看见了解放区的农民生活改善的斗争过程和真相，使我们知道此所谓'斗争'实在温和得很，不但开大会由群众举出土劣地主的不法行为与侵占他人财产的证据，同时也让地主自己辩护。近来有些人一听到'斗争'两字便联想到杀人流血，凄惨恐慌（这都是听惯了反动派的宣传之故），遂以为'改善农民生活'乃理所当然，而用'斗争'手段则未免'不温和'；哪里知道解放区的'斗争'实在比普通的非解放区的地主老爷下乡讨租所取的手段要'温和'了千百倍呀！"对国统区读者强调解放区"斗争"的"温和"性、民主性达到"解放区的天是明朗的天"的宣传效果。引文见茅盾《关于〈李有才板话〉》，《群众》第12卷第10期，1946年9月29日。

② 黄修己：《中国现代文学发展史》，中国青年出版社2008年版，第450页。

一 高生亮：具有主体意识的新人

《高干大》叙述 20 世纪 40 年代初期延安任家沟自发组建合作社的历史，塑造了性格鲜明的高生亮。20 世纪 60 年代《高干大》再版，欧阳山说：

> 我仍然非常爱我所描写过的那个主要人物高干大。他不是凭空想象出来的人，也不是一个实实在在、真有其人的人，他不是一个负了很重要的责任的人，也不是一个十全十美的人，然而他是一个真实的人，一个可爱可敬的人，一个从贫瘠的土壤生长起来的英雄人物。他关心群众，联系群众，处处为群众打算的思想性格是永远不会过时，永远不会成为历史的陈迹的。①

高生亮身上体现出了普通农民被革命思想所激发出来的朴素的现代革命意识，然与同时期小说中新人那种只单纯接受外来革命思想不同，高生亮在接受外来革命思想时，显示了自身主体性，自觉坚持为群众服务原则，站在乡村内，对外来不符革命价值的思想进行了自觉抵制和斗争，这种斗争中体现出的主体性是同时期及后来小说新人身上所没有的一种精神气质。同时期小说新人如张裕民、赵玉林、郭全海、王加扶、李有才等都是党教育出来的新人形象，在塑造这些新人时作者或展现这些人物思想的转变，或直接呈现他们的新人本质，都强调外来革命思想对乡村价值的改变。与这些新人不同的是，高生亮在接受了外来的中国共产党带来的革命思想后，站在乡村内对有损乡村利益的政党思想进行了抵制。小说叙述注意到了乡村内人物对外来革命思想的思考，高生亮这个土生土长的乡村内干部在认同合作社为群众服务的思想后就坚守这一朴素革命价值，对各式各样的以革命、政治名义侵害群众利益的思想行为进行了抗争，这种自觉的坚守和抗争让他成了一个具有历史主体性的新人物，这一人物的出现开创了乡村内土改革命后继续革命的可能性。

与同时期小说新人相比，高生亮身上的主体性，首先体现在实践和坚

---

① 欧阳山：《高干大·再版序言》，人民文学出版社 1960 年版，第 1 页。

守自己认同的革命理想。与同时期新人一样，高生亮也是在党的教育下成长起来的革命干部，作为土改革命中翻身的贫苦农民代表，他也感激中国共产党给自己带来了尊严、生活希望，他非常真诚地把自己的性命投入到了中国共产党领导的乡村革命中，成了带领乡村民众奔向新生活的新人物。不过与单纯对党持感激、完全服从上级指挥的新人不同，高生亮在较长乡村革命工作后不光具有一定革命意识、革命理想，更在实践工作中有了自己对革命的认识，他并不单纯服从上级决定，而是坚守自己当初认同的革命原则，当看到上级决定没能解决群众实际问题甚至给群众利益带来损害时，他坚定地站在了群众一边，修正上级领导思想，即使受到抵制和打击也不放弃自己最初的革命理想，这种认识和坚守让高生亮开始具备一位现代中国共产党员的历史主体性。高生亮不再是一个普通的乡村干部，而是生活在农村中仍具有继续革命主体意识的党员，这种革命主体性让他身上带有了一种强有力的开拓进取精神和反思意识，也让他比同时期小说中缺乏主体意识的新人在思想认识上高出一层。

其次，是自主探索合作社的经济价值。高生亮作为一名新人，始终坚持自己工作为群众服务的宗旨，通过民办合作社，他要解决群众生活中的迫切问题，给大家带来实际利益。赵玉林、张裕民、王加扶等面对的斗争对象是地主恶霸，斗争阵营清晰，斗争关键时刻有掌握思想理论的干部做靠山，而对高生亮来说，他要斗争的是群众生活的穷困。广大农民的穷困问题不是靠思想动员可以解决的，任常有管理的官办合作社不光没有改善人们的生活反成人们的负担，面对小孩、妇女因病和迷信惨死，是高生亮站出来，感觉自己作为一名党员有责任去解决人们看病难、生活贫困、负担太重的各种问题。为此，他和农民开办民办医疗合作社，坚决和郝四儿这样谋财害民的巫婆神汉做你死我活的斗争，甚至和合作社正主任任常有、区长程浩明这样拥有权力和革命话语权的领导者进行斗争。是农民现实生活的困苦刺激着他不顾任常有的诟骂、程区长的批评而坚决兴办民办合作社，灵活的办社方式让合作社效益、影响都超过官办合作社。程浩明从意识形态出发批评高生亮合作社是资本主义性质的合作社，甚至扣上办了群众不满意合作社、合作社反政府、反党领导的大帽子时，真正给高生亮办社力量的是广大农民对自己工作的认可和自己朴素的革命理想——为群众服务。

再次，是对革命目的的反思和对上级错误领导干涉的抗衡。如果高生亮仅是一个道德化人物和乡村能干人物，他并不具有更多的新人价值。高生亮面对的最棘手问题并不是工作难做，而是革命阵营中领导干部对自己工作的抵制打压。面对巫婆神汉们，高生亮毫不惧怕，他可怒打郝四儿，不顾性命地与郝四儿肉搏，然而，面对正主任任常有、区长程浩明这样拥有权力和革命话语权的领导者及他们各种方式的阻挠，高生亮委屈、生气，几乎没有办法。由于不是合作社正主任，高生亮无法扭转合作社半死不活的局面，面对上级领导区长程浩明的偏见他更是毫无办法，他可以跟任常有吵架，但在程浩明那里根本没有说话权。要坚定自己的办社思想，就得重新思考自己作为一名党员的革命意识。从中国共产党领导的乡村革命进程来看，农村革命新人张裕民、赵玉林等领导农民斗争村中恶霸地主，消灭了旧社会中最明显的剥削和不平等，革命重心在阶级斗争；《种谷记》中王加扶等革命工作者开始带领群众走乡村合作化道路，用先进生产组织方式来提高乡村劳动的生产效率，开始了阶级斗争后的经济建设。与王加扶革命工作相近，高生亮开拓的灵活多样的办社方式，也是从经济层面来改变群众的贫困生活。高生亮的民办合作社不光给大家解决了迫切的问题，如医疗卫生、高额的赋税，也开始增加人们的收入，如办纺织厂、运输队，甚至开始办私塾注意教育。但是高生亮遇到的大困难却是来自革命阵营内部，来自上级领导。是从党性的角度出发坚决服从上级的工作领导而不顾农民的实际生活困苦，还是为农民解决实际困难而抵抗上级领导对他办合作社工作的压制，高生亮选择了后者。这并不是单纯地站在乡村内的农民利益立场上，而是对自己的革命思想进行了反思的。作为一名老党员，在参加革命当初高生亮就树立了解放被压迫被束缚者的革命理想，自己不能在革命取得阶段性胜利后就转向了只为上级负责而不顾当初革命目标，革命后社会重建中更要强调革命为谁的根本问题。高生亮的思考和坚守让其敢于坚持自己的认识，抵抗上级领导的错误思想，这一点是高生亮精神主体性自觉的最为重要的体现。也因为如此的认识和坚守，面临大困难，高生亮以敢于创新、坚持真理的气魄，形成了其区别于同时期农村新人的可贵品质。

二 合作社的经济革命

1941 年边区经济生活陷入困境，边区政府开展大生产运动，大力提倡合作社运动，以集中有限的物资财力支持战争，合作社缓和了根据地的财政困难，但在组建合作社的过程中发生了命令式的强制摊派股金，按村按户征收，强迫社员入社现象。官办合作社缺乏民主作风，合作社盈余被充行政开支现象普遍，出现了被毛泽东批评为"合作社的事业不是面向群众，而主要是面向政府，替政府解决经费"① 的问题。1942 年，陕甘宁边区政府建设厅提出"克服包办代替，实行民办官助"的方针，开始整理合作社，提出"真正合作社"必须是"广大群众的经济组织，必须是集体互助的经济组织，必须是群众自定的组织，必须是社员的权力组织"②，各地取消了行政式强制组织合作社方式，取消了摊派入股，政府在尊重合作社独立自由权基础上，加大了对合作社的扶持力度。欧阳山就是在参加了延安南区合作社工作之后写了《高干大》，高生亮的民办合作社就是民办官助合作社，这种具有革新性的经济组织方式的出现体现了农村经济的现代变革。

与任常有的官办合作社不同，高生亮民办合作社，第一，合作社领导权不在政党，也不在某个人，而在全体社员。由于是民办的，社里章程、活动也是社里自己安排，合作社各项工作由社员自己根据现实需要决定，合作社不受政府干涉，也无对政府服务的负担，因而具有充分的办社自主权和灵活性。合作社社员都具有平等选举权来决定社里重大决定，平等性调动了大多数社员的参与意识，避免了合作社变为少数人所控股的组织。第二，高生亮民办合作社目的是服务群众，非为政府服务。办社初衷首要是解决群众现实生活问题，其次才是赚钱分红。高生亮首先办的医药合作社就是要解决孩子、妇女死亡问题，后来虽然替政府解决了公债、公盐、公粮问题，但首要出发点是为了减轻农民的沉重赋税问题，而不是为政府的。后来办纺织厂、消费社、跑运输，是为了赚钱改善群众贫困生活。合

---

① 毛泽东：《关于发展合作社》，转引自吴藻溪《近代合作思想史》，棠棣出版社 1950 年版，第 916 页。

② 转引自张曼茵《中国近代合作化思想研究 1912—1949》，上海书店 2010 年版，第 357 页。

作社要为群众服务，高生亮这样的民办合作社才更靠近合作社这种经济组织方式的本来价值。第三，民办合作社吸收股金灵活多样。高生亮不光吸收农民闲余资金，也吸收财主商人资金，同时聘请各种有经商能力、懂纺织技术、懂医术等各行各业的能人，共同发展合作社。任常有、程浩明一直强调入股资金的性质和社员身份问题，因而认为高生亮民办合作社带有资本主义性质，而高生亮强调民办合作社的发展和壮大将能惠及更多农民，不是为少数服务。第四，在服务群众的基础上服务政府。高生亮民办合作社在解决群众过重税收负担的同时，并没有无视政府的困难，合作社用自己的办法解决了政府派下来的公债、公盐、公粮等任务，也有力地帮助了地方经济的发展。

高生亮办合作社不是官派的，但他认为自己办合作社也是在做革命工作，不过不是做阶级斗争，而是在革贫穷与落后的命。中国共产党领导的政治革命不光是要斗争帝国主义、地方军阀、封建主义，也要革贫穷落后的命，要真正打倒贫穷和落后就必须发展生产经济，必须搞社会主义建设，因此高生亮的革命理想仍是从党那里来的，不过是在民办合作社中实践，这样在经济层面的革命，在新中国成立后三十年一直没能走上正轨。在合作社工作中，高生亮具有突出的经营和管理才能，办合作社大刀阔斧，吸收资金打破常规，起用能人不问出身。

但是，就合作社本身来说，小说也存在一些模糊不清的问题。首先，高生亮的民办合作社究竟是怎么赚钱的？小说中对其没有说明，只在最后非常简单地说民办合作社按当初的承诺给社员分了红，而民办合作社替合作社社员交大量抗日公债、公盐、公粮赋税的钱，还有其他方面的大花销是从哪里来的？其次，民办合作社是如何吸引他人来入社的？小说中村民愿意给高生亮办的合作社入股一方面是看重高生亮做生意的能力，但更看重的是他的道德力量，大家相信他不会骗人。高生亮是不会骗人，但他的道德并不能保证他办的民办合作社就一定能赚钱分红。当高生亮把民办合作社赚的钱大量用在为村民服务上，来说明民办合作社没走资本主义道路而走了社会主义道路时，这样高福利的民办合作社来年如何进行再生产，如何吸引资金重新入股合作社呢？如果说普通农民参加民办合作社主要是为了抵御社会风险，那些拿大额股金的商人财主参加民办合作社就不是为了共同抵御风险，而是为了赚钱。当民办合作社大量资金多用于大众服务时，大股金商人财主的利益就会受损，他们会不愿参加民办合作社，民办合作社的发展壮大就成了新问题。民办合作社赢利后，如何既让股民能够分到高额红利，又能够对社会进行高福利服务，并进行下一轮的再生产，这是一个无法解决的矛盾，小说叙述者有意回避了这一问题，从这样的角度看，小说中任常有、程区长对高生亮民办合作社性质的质疑又有一定合理性。

三 合作社领导权

合作社主任任常有、区长程浩明等对高生亮民办合作社的阻碍，从深层触及到合作社经济领导权和其承载的意识形态话语权的问题。高生亮民办合作社代表群众利益，在乡村内部赢得人们认同，而任常有代表乡村外来政党利益，获得乡村外部政党的认同。本来理想革命应该是外来现代政党代表乡村内部人民利益，由于中国共产党之前的各类政党未能保有这种代表性，才导致群众倾向支持为民众谋利益的中国共产党，中国共产党的减租减息运动、土改革命是真正站在广大民众利益的立场上，赢得了民众的真心拥护。但是阶级斗争胜利后进行继续革命时出现的官僚化体制会忽视甚至损害群众利益，以致群众开始抵制政党各种政策。当出现乡村外政党利益和乡村内民众利益不一致的情况时，一部分干部站在政党体制一面，一部分干部坚持原来革命理想，与大众利益站在一起。当乡村内外利益发生冲突，作为乡村内的干部则保护群众利益，站在乡村外的干部则要占有经济生产的领导权以及意识形态的领导权。① 领导权的问题实际是党员干部程浩明与民办合作社主任高生亮之间的深层冲突问题。

---

① 这样的问题在赵树理 1958 年前后给地委书记的信中和创作的小说中有表现，参见赵树理《给长治地委 XX 的信》。关于农民饿肚子吃不饱的问题，他说："每人每月应供应三十八斤粗粮，扣购细粮，不足维持一个人的生活———有儿童之户尚可，只有大人的户不敢吃饱或只敢吃稀的，到地里工作无气力……不论说什么理由，真正饿了肚子是容易使人恼火的事。在转入高级社的时候，说了好多优越性，但事实上饿了肚子，思想是不易打通的。""试想高级化了，进入社会主义社会了，反而使多数人缺粮、缺草、缺钱、缺煤、烂了粮、荒了地，如何使群众热爱社会主义呢？劳动比前几年来紧得多，生活比前几年困难得多，如何能使群众感到生产的兴趣呢？""有些干部的群众观念不实在———对上级要求的任务认为是非完成不可的，而对群众提出的正当问题则不认为是非解决不可的。又要靠群众完成任务，又不给群众解决必须解决的问题，是没有把群众当成'人'来看待。"（见《赵树理全集》（5），北岳文艺出版社 2000 年版）

在《高干大》中，有关合作社领导权的问题，一共涉及五个方面，第一，体现在任常有批评高生亮合作社损害了新政权形象的问题中。"就算思想立场暂时不谈吧。你没有组织上的允许，没有领导上的同意，到处胡言乱语，到处私人活动，使得老百姓不信任合作社，不交股金，这样子把咱们合作社的工作和威信，一满破坏完了！这还不是反对组织，反对领导么？"如果高生亮的民办合作社一直不进入代表着党的政府领导中，高生亮民办合作社在交了公债、公盐、公粮后壮大到甚至可以代表半个乡政府时，高生亮的民办合作社确实对新生政权的意识形态构成了威胁。因此必须要把高生亮办的民办合作社重新拉入到党的领导中，小说强调高生亮的民办合作社为民众服务的社会主义性质，把民办合作社最终拉入到新政府的领导体制中，小说最后对领导权问题的解决是通过统一党的思想认识来接纳高生亮民办合作社的，让游离在党外的合作社进入党的意识形态中合法化，让任常有、程区长当成官僚主义、教条主义代表，批评他们的同时让新政府接纳了高生亮民办合作社领导权。

第二，区长程浩明批评高生亮合作社只有经济意义没有政治意义，认为一切工作都要服从于政治，以此强调对高生亮民办合作社的领导权。这又是一个严肃问题，如果不讲政治，高生亮民办合作社性质可能会转向资本主义，在这样的逻辑关系中高生亮合作社就会失去合法性。但问题的另一面是，共产党的革命并不仅是政治革命，政治革命的成功是要以经济革命的实现为基础的，如果高生亮民办合作社的经济利益首先得不到保证的话，合作社服务群众的政治权利就更得不到保证。高生亮向区长程浩明反映了任桂花被郝四儿毒打的惨状，也反映了郝四儿用迷信手段敛财及害死村妇孩子的事实，但程浩明因不满意高生亮不服从自己工作领导的原因，偏信他人谗言，认为这都是高生亮办合作社的错，反而要合作社检查自己的责任，放任郝四儿的恶行，后来酿成罗志望老婆生生被郝四儿以下神方式毒打而死的惨剧。从这样的事实出发，讲政治的区长程浩明讲的政治意识已经远离了最初革命目的，而高生亮从经济层面开始的革命才真正站在了最初革命的价值取向上。

第三，高生亮合作社壮大削弱了政府威信。高生亮民办合作社自负盈亏，人员自聘，因此在高生亮特意邀请政府官员赵士杰和程浩明来参加合作社扩大会议时，两人都没有来，他们都认为这是民办的商业活动，不是政府行为，他们不便参加。而随着高生亮民办合作社规模越来越大，甚至政府有些事都要依托于高生亮民办合作社时，高生亮的上级领导程浩明面对高生亮这位自己下级干部竟有些不自然，程浩明采用降低自己身份的姿态与高生亮商量救国公债的问题。当初高生亮是体制内合作社副主任，区长程浩明就可以直接给他安排工作，但现在高生亮是民办合作社主任，其所办合作社不归政府管，因此程浩明不能直接给他安排公债任务，这让程浩明面对高生亮时明显感到不自在。小说写道：

> 他想，要是从前任常有在，他会这么往下说："合作社给咱们派人下去收一收，在一个月以内完成任务。"就对了。可是现在他不能这么说了。他觉着现在的合作社不是政府的了。想到这里，他有点不痛快。

民办合作社不归政府所管，政府没有领导权，这样组织的规模越来越大，虽然一方面会更有力地服务当地百姓，也解决政府一些问题，但另一方面也确实会削弱政府威信。政府不能对其领导，就不能让其壮大，这是区长程浩明的想法，也是高生亮所没有想到的。因此，当高生亮民办合作社发展规模更加壮大，到承办了公债、公盐、公粮任务，并组织了纺织厂、运输队、医药社和信用社后，区长程浩明对其的不满和抵制就更加明显，合作社领导权的问题就更加突出。他认为"合作社把全区的经济领导权从政府的手里转移到几个私商手里"，导致百姓要官办合作社给他们分红退股，政府的公债、公盐不知道朝哪里去要，工作根本就没办法领导。区长程浩明不能解决农民们的现实问题，又不能直接干涉高生亮的民办合作社，因此就放任了巫婆神汉郝四儿等一帮人造谣破坏高生亮的民办合作社，高生亮到区政府反映情况反被程浩明所批评，认为高生亮办了人民不满意的合作社，高生亮越权管了自己不该管的事，高生亮不能理解加上生气操劳，就病倒了。

第四，高生亮在德性标榜中可能滑向自己革命的反面。《高干大》中有关合作社领导权的问题并不如上文这么简单，高生亮民办合作社的后来发展也显出这一问题的历史复杂性。民办合作社规模壮大，高生亮拿民办合作社的钱帮助任家沟建立了一个私塾，这本是一件好事，但问题是他聘请的私塾先生却是一个思想陈腐的老古董，教的是"天地玄黄"、"天子重英豪"一类的旧东西。同时，这一私塾的存在让小孩家长不再将自己的孩子送往政府办的新学校了。程浩明前来给高生亮做思想工作，因为高生亮不是政府体制内的人，他只能采用说服方式，"他认为这错误助长了封建思想的发展，妨碍了新的教育事业，破坏了政府动员工作，是相当严重的"。但是由于曾经在合作社问题上与程浩明有过节，高生亮并不从道理上接受程浩明的劝导，程浩明讲了半个钟头，"高生亮听着听着生起气来，在心里骂着：'这狗日的！叫我美美地把你揍上一顿，回家扛镢头拉倒！'"在这样的小说叙述中，我们看到随着高生亮权力的变大，高生亮也开始滋生出专断、听不进去合理意见的官僚意识。高生亮自认为自己一心一意都是为群众利益打算，没有给自己考虑一分，这种德性可以保证自己判断的正确，在强化高生亮德性时，高生亮的自信开始变成偏见、独断，工作方式开始粗暴，高生亮的工作风格开始转向原来自己抵制的程浩明工作风格。再后来，民办合作社更进一步发展，高生亮在人们眼中的权力更大，有人这么评价：

> 这个人厉害得很！你又做买卖，又开工厂，又办银行，又闹药铺，又搞运输队，——这还不算。税收你也管，司法你也管。巫神你要干涉，两夫妻打架你也要插手。民、财、教、建，一手包办。说得好听些，你是专门多管闲事；说得不好听些，你跟旧社会的恶霸又有什么区别？谁不知道，你的合作社顶了半个区政府——独立的半个区政府，或者这样说，是经济上的半个区政府！谁不知道，你的合作社组织庞大，干部多，比得上一个县政府！谁不知道，咱们这个区，快要变成高生亮区了！

这段话虽然在小说叙述中被安置在一个道德低劣的乡文书身上，是侮辱高生亮的话，但这段话正说明了高生亮权力的膨胀。细分析这段话可以看出，随着高生亮的民办合作社涉猎领域的扩大，高生亮手中权力极度膨胀，这样一位手握大权的合作社领导如果诚心为民做实事并实际给百姓带来利益，那他的确可以算一个父母官了，但如果他要是以权谋私，他的确就成了一个大恶霸。然而更严重的后果是，当这位领导者自认自己做的一切都是为了群众利益，就会听不进去别人的不同意见，这样出错的几率就会大大增加，再加上手握大权一旦决策错误造成的后果就不可估量，越是位高权重者造成的危害、损失就越大。无论是防止以权谋私，还是避免个人独断的巨大风险，单纯靠个人的德性是难以真正起到对权力的约束作用的。程浩明这样的干部在最初压制高生亮民办合作社时也自认为自己是从革命的角度出发的，同样手握大权的高生亮也会滑向程浩明那样的工作意识的。刘鹗在《老残游记》中对这种单纯标榜道德的清官提出了尖锐的批评，提出了"赃官可恨，人人知之；清官尤可恨，人多不知……清官则自以为我不要钱，何所不可，刚愎自用，小则杀人，大则误国"① 的说法。高生亮在对自己工作的更加自信中，极有可能走向自己革命的对立面。

　　第五，如何让高生亮民办合作社转移领导权。如果任由高生亮办私塾，私塾中传播的旧价值思想会削弱掉新政权存在的合法性。不在中国共产党领导之下的高生亮民办合作社，随着规模的扩大和力量的强大，不光会危及新政府的经济问题、医疗问题、教育问题，还逐渐会危及到中国共产党的合法性问题，新政权地位都将不再稳固。从这一角度说，为了革命胜利，程浩明提出的合作社领导权的问题就非常重要。他明确提出高生亮民办合作社的权力太大，揽事太多，"咱们不能用自己的力量加强政府的威信，却要合作社来保证政府的威信，这就是咱们政权的失败"。小说叙述者是清醒的，因此在小说结尾作者必须解决这一问题，通过区委书记赵士杰的解释，把高生亮民办合作社纳入到了党意识形态中，"咱们的政府是人民的，咱们的合作社还是人民的。我看政府跟合作社，在给人民服务这一点说来，是一个事，没有抢抓工作的必要"。明确提出高生亮民办合作社仍是党所领导下的合作社，只不过要在更加主动地帮助高生亮发展合作社的过程中把合作社领导权转变到政府手中来，"给他解决工作当中的困难，检查他工作当中的小偏向和小毛病，赞扬他的一切优点！这就是民办公助——这就是领导"。小说后来重申高生亮民办合作社要打倒贫穷落后的理想源于中国共产党的革命思想，重新强调他的中国共产党党员身份，有意突出高生亮身上存在的问题，让高生亮重新受到教育后回到党的

---

① （清）刘鹗：《老残游记》，浙江古籍出版社2011年版，第189页。

思想引导下，代表着党的区委书记赵士杰和区长程浩明思想取得完全一致，共同逮捕郝四儿，高生亮民办合作社与党的领导权的问题才被完全解决。

四　为民与唯上的干部革命意识

虽然领导权的问题解决了，然而在革命工作中任常有、程区长这样的革命干部在工作中坚持只对上级领导绝对服从的立场，与高生亮在上级指示意见与农民利益不一致时选择了为民利益服务的立场还是产生了严重冲突。两种工作意识都是革命意识的体现，两相对比还是留下了可供思考的复杂性。

高生亮民办合作社是为了解决群众现实生活中的迫切问题，他挑着货担走村串巷，在收合作社股金的过程中了解到好多村中孩子生病死亡、无医可就、合作社不作为、大家不愿给合作社交股金等问题。病死了孩子的王银发质问高生亮："在大热天里，挑着你那副货郎担子到处串，为的给老百姓谋利益，发展老百姓的经济。是不是？可是我要问你：老百姓的娃娃，养下一个死一个，怎么也养不活，他们的经济发展了有什么用？"正是面对农民对合作社干部的这种质问，高生亮要担起革命干部的责任自办合作社，开药铺请医生，干成了第一件实事。但是高生亮的民办合作社首先遭到主任任常有的坚决反对，他指责高生亮没有收来合作社股金，并认为"收股金好比收账，要心狠嘴滑脸皮厚"，要不顾农民意见和生活困难。无法从道理上说服高生亮后，从干部要服从上级领导的行政角度，任常有批判高生亮：

> 咱们这合作社是一份公家的生意。咱们这合作社不是一份私人的生意。咱们是有组织的，有领导的……上级叫咱们怎么办，咱就得去办……上级给咱动员了五千块钱股金，叫咱去收，咱就得去收……这是上级给咱们的政治任务。给了咱，咱就得去完成。不必讨论，不能推托困难，不许讨价还价。

任常有这样的干部也看到合作社不仅没给村民带来利益反而带来负担的问题，但仍认为应该遵守上级决定，完成上级交给的任务。从乡村内部来说，任常有的工作没有顾及乡村内人们的利益，因此在乡村熟人社会中受到了强烈排斥，然而站在革命政党的角度来说，任常有这样的干部是优秀的干部，没有这样无数基层干部们的工作，怎么能收到新政府维持日常工作和军队进行战争的物资经费。因此，任常有和高生亮的冲突并不是由于两者工作能力、工作方式的不同引起的，而是站在政府立场和站在乡村立场的不同引起的。从革命本意来说，新政府的工作必须和乡村利益保持一致，否则就会失掉当初革命的合法性。但是在合作社主任任常有、区长程浩明这样的老干部眼中，工作首先要对政府负责。在对上级负责，对政府负责的工作意识中，这些革命干部逐渐丧失了一个革命工作者的革命最初立场，变成官僚体制中"唯上"机器，眼中不再有群众利益。

高生亮坚决反对这种不顾群众实际生活的"唯上"工作，不怕领导对自己戴帽子上纲上线的批评，坚持民办合作社为人民服务意识，与任常有形成鲜明对照。支持高生亮工作的区委书记赵士杰曾对高生亮工作有一指导：

> 布尔什维克之所以强有力，就是因为他们与自己那生育，抚养和教导了他们的母亲，即群众，保持着联系。而只要他们与自己的母亲，与人民保持着联系，则他们就有一切可能依然是不可被战胜者。

赵士杰教育高生亮工作永远不能脱离群众，只有实现革命目标才能算是革命事业的胜利。但问题是，有时会出现为了名义上革命事业的胜利而没能保证为人民服务的革命目标的情况，这样革命的合理性就会出问题。任常有、程区长本身也是认真负责的干部，他们的工作将是保障军事斗争取得胜利的基础，但同时这样的工作暂时又没能保障民众的利益，甚至会侵害农民利益，区长程浩明在革命名义的工作中明显带有官僚作风，对高生亮的工作打官腔，用拖延的方式来阻拦高生亮自办合作社。在小说叙述中，高生亮到区上说明自己的工作想法，程区长想了半天，做出苦恼的样子说：

> 是的，一切的情形咱们都明白。不过，咱们再调查一下，咱们再研究一下，中央叫咱们调查研究嘛！你那个办法，一时好像行得通

的，可是在原则上有问题。莫说咱们一个区决不定，就是咱们一个县也是决不定的。你顶好再忍耐几天……还有，再和老百姓商量，多多商量。再和合作社的人商量……多商量总能把事办好。至少，你得拿你的新办法去说服人家。

掌握着话语权的程区长，自己没有调查又强制地认定高生亮办合作社不符农民意愿，高生亮只有闭上自己的嘴巴。革命工作中，最能消磨革命者斗争意志的并不是敌人的力量，对其可以面对面真刀真枪地斗争，但是面对官僚体制的消耗，高生亮进入了鲁迅说的"无物之阵"，他难以找准对手心脏，在无休无止、模棱两可中消磨了自己的革命意志。无法在理论上说服领导，现实问题不能等待，高生亮想方设法地以实际工作效绩来斗争官僚思想，让空谈的革命者露出原形。

任常有、程区长，面对高生亮民办合作社的实际成绩，不得不被迫认同高生亮的工作，但是心中难以接受，就开始采用见不得人的手段要把高生亮民办合作社整垮。任常有首先让乡文书云飞给自己出主意，要给高生亮扣上资本主义思想、无组织，甚至反革命的帽子，并威胁高生亮说"要是在苏维埃时代，我们开个群众大会，就能给你判个死罪……你违反了合作社的原则，你违反了上级的领导，简直就是个反革命！"高生亮一心一意想给群众解决实际问题，任常有却把心思花在如何给高生亮使绊子、搞破坏上，这让我们看到任常有这样"唯上"干部开始完全丧失革命原则性，变成了权术玩弄者。当高生亮毫无防备地进行民办合作社建设时，没想到工作的最大阻力来自自己阵营内部。程区长因为高生亮没有服从自己的领导，直接准备动用手中行政权力要撤掉他的副主任职务。高生亮不服从上级领导错误的决定，遭受到打击报复，小说叙述体现了当时日常革命工作的复杂性。后来赵士杰调解，让高生亮民办合作社试办一年再说，实际上是支持高生亮民办合作社用事实说话。高生亮民办合作社的红火，让任常有的官办合作社的股金再也收不上来，任常有到区长面前以生病回家休养为由要区长程浩明处罚高生亮，程浩明却准许他回家，出于报复高生亮，任常有竟硬是拆散自己女儿任桂花和高生亮儿子栓儿的恋爱，把女儿许给了搞迷信的郝四儿，结果造成女儿婚后的被毒打。在任常有身上，我们难以看到革命者的革命意识，更没有革命者的胸襟，一旦得不到上级领导的器重他们就会意志消沉完全放弃自己的工作意识，甚至泄私愤打击报复异己者，完全失掉一个普通人的价值操守。作者最后把任常有、程浩明的工作作风理解为是官僚主义、教条主义的体现而进行批评，实际上是简化了革命工作过程的复杂性。

如果官僚主义、教条主义的出现只是个人思想问题，只要对这样的干部进行思想教育或把其从革命队伍中清除出去，这一问题就可以解决了，这样的认识忽视了任常有、程浩明当时工作认识的部分合理性。在小说中，高生亮办社思想并不为大多数乡村干部认同，高生亮只获得了赵士杰支持，也就是说当时大多数党的干部认为高生亮民办合作社是有问题的。小说中也说，对高生亮办的民办合作社，党内一直就有两种看法，对其的论争一直延续到了延安高层。在论争没有清晰之前，争论两者都代表着党的工作思想，为此我们就不能直接断言任常有和程浩明的工作在当时是犯了官僚主义、教条主义的问题，小说作者及评论者都是站在后来者的角度看当时并不清晰的问题的，直接批评任常有和程浩明的工作思想有非历史的嫌疑。从这样角度出发，笔者认为任常有、程浩明和高生亮在办合作社上所体现出来的深层问题，并不是官僚主义、形式主义的问题，而是两种对革命工作的理解差异问题，更深层是经济领导权、意识形态领导权的重大问题。高生亮民办合作社并没有想冲击政府对合作社经济领导权，他只想为群众服务，发挥自己主体性开拓创新让民办合作社壮大，既服务民众也帮助政府。但新出的问题是，当高生亮民办合作社越来越壮大，甚至抵得上半个区政府时，就不是只为群众服务的问题，合作社的领导权的问题就凸显出来，同时合作社姓社姓资的问题也凸显出来，高生亮不服从程浩明区长的领导是因其具有革命主体性，而这种革命主体性是充满了危险性的。这里就出现了新问题，作为革命干部一方面要服从上级命令，但是另一方面，革命干部如此完全放弃对革命意义的思考，先天地承认现代政党革命的正确性，又如何能避免现代革命政党不会偏离最初的革命目标。在同时期同类新人身上，高生亮最为可贵的地方就是其具有这种主体性精神，虽然他还是一个认识不高的革命干部，但在接受了最初革命理想后，就坚决把中国共产党为解放劳苦大众的革命理想融化在自己的工作实践中，不单纯听任上级领导要求，而是和自己不同的革命思想进行了斗争。外来革命理想启蒙了高生亮，之后他在乡村内用这种认识又抗拒了外来的不同于这种价值的革命思想。但在抗拒中，如何又能保证自己认识的绝对合理性？因此，小说中的区长程浩明一直都怀疑高生亮办民办合作社的社会主义革命性质，由于在思想上对这一新生事物大家认识并不清楚，因此任常有和程区长对高生亮民办合作社性质的怀疑就具有了合理性。就合作社本身来说，合作社并非单纯营利机构，而是在自愿原则上建立的以优化社员经济利益为目的一种经营形式，本着合作自愿、自主和自助的原则，为了共同目的互相帮助，在城乡经济不平衡、社会贫富差距急剧扩大、资本和劳动对立日趋紧张的现代化进程中，合作社的出现克服了社会底层劳动者个体力量分散和弱小的缺点，抗衡了大企业组织的剥削，保护了弱势劳动者的利益，因此在价值取向上具有社会主义性质。在发展合作社过程中，任常有、程区长一直强调合作社的这种社会主义性质，任常有最先反驳高生亮时说："你那个办合作社的好办法，我已经听过多少回了。你找几个东家，把钱凑在一道做生意，赚了钱就大家分走——那干脆大家合伙做生意就是了，够得上一个合作社么？"高生亮民办合作社的确也吸收了三个财主两个商人，不过高生亮规定每个社员选举权的平等来防止了这种可能的出现。而程浩明作为党的革命干部，对高生亮民办合作社揪住不放，深层涉及的是中国共产党对经济和意识形态领导权的问题。

同时期小说中的新人张裕民、赵玉林、王加扶等，在各自的斗争工作中都取得了胜利，他们虽也都遇到自己解决不了的问题，但他们最后都找到了自己的上级领导，这个代表着党的上级干部会把党的、同时也是完全正确的思想价值或工作方法教授给他们，最终解决问题，因此对他们来讲没有处理不了的问题，没有不清晰的问题。不过这样完全依赖于代表着党的上级领导来解决问题的方式，会让这些新人逐渐放弃自己对革命工作本身的思考，工作中一旦没了上级领导的指示或是遇到新问题时他们就会不知所措。《高干大》中原来合作社主任任常有和区长程浩明就变成了这样只知道服从上级指示却不知创新工作的干部。当然在同时期这些新人这里，党所代表的革命思想是唯一正确的，小说叙述中就没有不清楚的问题，也就不需要革命干部在自己工作实践中提出建设性意见，因此他们都没有像高生亮这样遇到继续革命中出现的问题，因此对这些新人来说接受外来革命工作并坚决地执行任务就是好干部。但是一旦上级领导工作思想出现问题，这样缺乏主体性的干部也就无法辨别并对其修正。从小说中我们看到，原来合作社已经出现严重问题，入股不光给农民带来经济负担，自愿形式变成强制摊牌，合作社被群众骂为"活捉社"，"把人民都捉定了"，出现这样严重问题，主要责任并不在任常有这样的干部身上，因为当时的合作社本身是一种还处在尝试中的新式经济组织方式，本身存在一些问题，这需要合作社管理者——政府及其基层工作者共同对其完善。而政府对其的完善也有赖于任常有这样基层干部反映问题、提出建设性意见，结果合作社不断给群众带来损害，任常有越是认真完成上级规定任务就越给群众造成更大损害。20 世纪 40 年代初，延安财政吃紧①，合作社还要摊派收股金，不分红，因此遭群众抵制。问题暴露出来，任常有不知群众抵制股金是赋税太重、生活困苦，自己又没有作为，不考虑农民实际生活情况只想完成任务，便造成合作社与民众的摩擦，当任常有、程区长为完成任务强征赋税时，这样的革命工作实际已经偏离了中国共产党最初革命目标，让革命失掉了合理性。

欧阳山说自己喜欢高干大是因为他是从贫瘠土壤生长起来的新人，"关心群众，联系群众，处处为群众打算的思想性格是永远不会过时"②，黄修己教授也曾说"高干大的形象比之张裕民、赵玉林、郭全海、吕站长、三喜等都要深厚敦实，这是解放区创作中难得的一个先进形象"，"《高干大》把 40 年代解放区农村经济战线上的思想斗争写得相当深刻，实在难能可贵"③。高生亮身上确实彰显了一种朴素的一心为群众服务、勇于创新不惜抗拒上级领导的主体精神，这种精神让其成为 20 世纪 40 年代乡村小说新人形象中独特的这一个。同时小说围绕合作社思想和领导权问题的论争，引出了政党革命的复杂性，《高干大》的这种思想探索让小说充满了丰富性，并不是小说结尾所说的"主观主义，狭隘经验主义（也即教条主义），和官僚主义"所能简单概括。

---

① 相关研究可参见马克·赛尔登著，魏晓明、冯崇义译的《革命中的中国：延安道路》第五章"危机与对新秩序的探索"，其中有关延安 1942 年通货膨胀和税收问题的研究。

② 欧阳山：《高干大·再版序言》人民文学出版社 1960 年版，第 1 页。

③ 黄修己：《中国现代文学简史》，中国青年出版社 1984 年版，第 432 页。

第五章

"识字"、"讲卫生"：日常生活的
现代化符号

40 年代解放区小说内容大多数集中在表现革命战争和乡村土改方面，带有强烈的意识形态。不过在书写乡村现代时，作家并不能完全褪掉自身的知识分子身份，对乡村世界的书写偶尔也会流露出非意识形态化的书写，在小说内留有裂隙，让我们看到了作者有意识对农村新生活的建构想象的同时，也看到了他们心目中的原有的乡村现代景象。细读这些小说中留有的作家潜意识中的乡村现代景象和建构新生活图景的不一致性，更能感知乡村现代想象的复杂性和多样性。

第一节 "识字"与集体化

一 识字学习与向往新生活

康濯 1946 年写的《我的两家房东》，主要讲一个乡村女性在新社会通过学习提高觉悟和一个二流子解除婚约实现自由恋爱的故事。这类故事类似于赵树理的《登记》，不过 40 年代的赵树理小说中并没有城乡视角，《我的两家房东》的叙述者就是一个乡村外来的干部，小说叙述中出现的城乡叙述视角，让作者在城乡之间强调外来思想对乡村内思想的启蒙性。

小说叙述者"我"是乡村外来的一个知识分子干部，"我"的原房东拴柱，是一个常跟"我"学习文化的农村进步青年。其实拴柱如此积极主动地学习在很大程度上是为了配得上他心爱的姑娘金凤，金凤是另村女青年，也喜欢识字学习，为了能够跟金凤看齐，拴柱努力地识字学习。在乡村内部来讲，拴柱和金凤对于识字学习并没有什么认识，他们的识字学习体现出的是对外来新生活的向往，因此"我"这位认识字的公家干部，无论是穿着打扮，还是生活方式都成了乡村青年关注的对象，识字学习是对乡村外城市生活的一种认同。

"我"搬到新房东的家里，房东小孩金锁对"我"这个外来陌生人充满了好奇，首先吸引他的是"我"的大红洋瓷茶缸，后来他又翻看"我"的文具、洗漱用具、大衣，竟还大胆地拿起"我"的牙刷就往嘴里放，还有牙膏，这些物品都是城市日常生活中的平常用品，但对乡村孩子还是产生了极大的吸引力。同时，"我"这个城市来的、闲了就看报读书写东西的知识分子更是吸引了房东姑娘金凤的注意，金凤正在与拴柱谈恋爱，她感兴趣于"我"身上带有的城市气息，头天"我"在院中看报，她就偷偷打量"我"，晚饭后拿出准备好的小白本子和铅笔要"我"给她写名字，表明自己要跟"我"学习写字。

在康濯这里，这一乡村青年的学习文化，不光关乎着对乡村外面生活的向往，也关乎着乡村内生活的新变化，更关乎着在新政权下对建立新生活意识的认同。拴柱与金凤这样的青年认字学习就是思想进步的一种表现，金凤喜欢拴柱是因其思想进步，是青救会主任，金凤送给拴柱的礼物就是一本白报纸订的本本，而且还要看拴柱笔记。喜爱金凤的拴柱要思想进步，要跟金凤达到一样的思想认识，就得努力识字学习。在这样的努力学习中，这些青年被灌输了政党革命的政治意识，开始把他们在乡村的工作价值和政党的价值追求联系在一起。因此，"我"这位乡村外面来的革命知识分子，在知道了金凤和拴柱的恋爱后，并不关心他们将来的生活，也不关心他们的生产劳动，而是注重她们思想的变化，在这种变化中，带来的是他们对党、革命、社会这些乡村外新事物的认同。无论是他们所兼任的乡村工作还是他们学习认字的积极态度，小说中的金凤、拴柱都成了乡村中最先认同政党革命思想的新青年。

不过，就拴柱和金凤两人来说，她们对自己的识字学习并没有这样自觉的认识。他们的学习热情，更主要还是源于识字学习的相见方式，可以让他们名正言顺地在一起交流感情，可以让他们在一起自由恋爱，同时学习识字也可以让他们自己明白《婚姻法》的具体规定，为自己的自由恋爱找到法律根据。因此，我们在小说中并没有看到他两人所学习的内容，看到的只是两人通过在"我"跟前的识字学习来互相见面、传递感情，拴柱每次来问"我"学习就是为了见金凤。两人的爱情就传递在那些学习所用的本本、铅笔、字典等物件上，两人的爱恋没有农村人看重的物质要求和有关未来生活的打算。青年人的恋爱发生了变化，这种变化是在对外来乡村生活方式的认同中产生的。金凤和拴柱这种学习识字目的，在一定程度上又"冲淡"了叙述者"我"在乡村"学习"上所要承载的社会意义。因此，小说叙述者把这一意义实现放在了让更多乡村女性摆脱原有旧婚约的束缚上，金凤的姐姐的不幸婚姻也成了"我"要关注的对象，是新《婚姻法》给她们不幸的婚姻生活带来了希望。"我"的宣传讲解帮助了金凤与其姐，改变了更多乡村青年的婚姻观念，用城市来的思想观念来启蒙乡村青年就显得非常重要，"我"这个知识分子就具有了承担这种责任的价值。

二　用识字学习改变夫妻关系

潘之汀的《满子夫妇》，讲解放区乡村中一对刚结婚的夫妇通过识字教育改善了夫妇关系的故事，也是一个表现新村新风貌的故事，不过触及了一个很微妙的问题——夫妻关系这一纯粹的家务事。

小说里周满子和王玉莲的夫妇关系"简直不如路人"，22 岁的周满子是个老老实实的好庄稼汉，王玉莲是个心灵手巧的 17 岁小媳妇，按说两人不应该有感情隔膜，但由于周满子过于憨直，王玉莲羞涩，两人之间根本没有什么思想情感的交流，这才导致了两人情感隔膜以及对彼此的不满意。除此之外王玉莲对周满子并无什么意见，但在家中两人都不说话，这让婆婆担忧，寻求教员帮助。教员让玉莲给满子教字，用这种方式增进了两人情感的沟通，解决了夫妻问题。小说故事简单，主题明朗。

不过细读小说，王玉莲的问题并不能单纯依靠这种方式就能解决的，她的问题是由一个自由自在的小姑娘变成了一个被困在家庭中的小媳妇带来的问题。小说中交代，她娘家在延安县一个大镇上，那里有许多商店、小工厂，还驻有部队、学校，在娘家的她很活泼，常有学校的女生教她唱歌，跳秧歌舞，她是一个很欢乐的女孩子。但是到了周满子家，她突然变成了一个不跟他人说话的人，22 岁的王满子不知如何与她沟通，而 51 岁的周老太也没有话与她交流。在这样的环境转变中，她失去了往日的快乐，被锁在了一个陌生的家庭中，没了原来的自由自在，这让玉莲不知所措，只知道做些家务，封闭了自己的心灵，任别人怎么问都难以打开她的

心扉，真正改变了玉莲的是村里组织的冬学集体活动。参加周家沟冬学，
上学重新让玉莲回到了青年人群体生活中，她一下子活泼了，学习积极主
动，也有些话说了，在这样变化的基础上，教员想到了让玉莲给满子教字
方式来化解二人的隔膜的办法。玉莲给满子教字，满子主动配合，在学习
中，两人的夫妻问题得以解决。这里真正起作用的，并不是什么学习带来
的新思想，也不是玉莲思想觉悟的提高，而是集体学习的这种方式让她重
新感觉到了在集体中生活的自由自在。周满子、王玉莲参加年轻人的集体
活动，在集体活动中，两个年轻人的心被拉到一起，情感关系才逐渐好起
来。这一细节说明，农村的冬学实际上为乡村青年人提供了一个可以在一
起生活、劳动的公共空间，在这样一个空间中，除过学习劳动，彼此之间
也建立了感情并增加了对集体的认同感。

　　不过，在这里，小说也遮掩了周满子和王玉莲的另一种隔膜——精神
上的隔膜。从结婚之前的经历看，玉莲在少女时代就已经接触了一些在乡
村看来是新颖的生活方式，比如唱歌、跳舞，接触了部队学校的人，这让
玉莲在乡村显出与普通女孩的不同。不过玉莲这样的爱好并不为乡村所认
同，乡村女孩不该这样抛头露面，爱好这些东西会被看成是不安分守己的
表现，这样的爱好会坏了乡村女孩的品性。相比而言，周满子并没有这样
的少年生活经历，从他与玉莲的简单对话和处理问题的简单方式可以看
出，这是一个对男女关系不知怎么处理的青年，因此玉莲与满子的深层隔
膜来自两人不同的生活经历、不同的情感思想渴求。小说里，作者让周满
子也积极主动地上冬学、认字，对这种新的生活靠拢，因此王玉莲接受周
满子的过程就是周满子自觉努力地向王玉莲所看重的新的生活方式的认
同、靠拢过程，不过作者并没有看重这一点，而是简单地结束了小说，认
为是学习让满子和玉莲在思想觉悟提高后解决了夫妻问题，实际上是遮掩
了深层问题。无论是学习也好，还是外出参加集体劳动也好，乡村年轻人
喜欢集体生活方式，在集体中他们被认同，被接受，也在集体生活中建立
感情，因此主要是集体的生活方式对年轻人充满吸引力，而不是学习内容
吸引了青年人。我们在赵树理的《孟祥英翻身记》、丁玲的《太阳照在桑
干河上》、林漫的《家庭》等小说中都能看到年轻人对这种自由集体生
活方式的喜爱。乡村中新嫁过来的年轻女性，面对憨直木讷、缺少感情生
活的丈夫无话交流，加上一个旧式婆婆的严厉管束，感到苦闷，正是家庭

外的集体生活让她们从家庭中解脱出来，重新找到了一片自由的天空，姑娘时的自由感又获得了。在这些小说中，这些女性正是在新政权的鼓动下从传统家庭中走出来参加集体学习或劳动，重新感觉到了自己的自由存在，这是一种新的转变，在精神层面她们像男性一样获得了一定的自由空间。

在小说中，集体活动部分地改变了满子与玉莲的情感隔膜，参加学习也让他们的精神健康明朗，外面新的价值思想逐渐传进传统乡村世界，王满子不再象是赵树理《登记》中用毒打来改变自己妻子的张木匠，而是开始与妻子相交流，无论是两人的直接交流，还是通过学习识字方式的交流，可见乡村青年夫妻之间的情感交流逐渐渗进了新品质，不再是女随夫，或一言堂式的粗暴。在这样的交流中，两人丰富的情感逐渐展现出来，婆婆也不再是恶婆婆形象，家庭开始变得和睦，乡村生活在细微处逐渐发生了变化。

三 集体劳动的快乐

林漫的《家庭》是写婆媳关系的一篇短篇小说，重心在家庭三人婆婆、丈夫和媳妇关系的变化上。媳妇本来是个勤快女人，但婆婆、丈夫总觉厌恶，不如意，再加上生活艰难，粮食不够吃等家庭问题，婆婆、丈夫把生活艰难困苦中无处宣泄的愤怨转向了家庭中最弱势的媳妇。在婆婆眼中，儿媳从二十里外的娘家搬来的纺车也让她厌恶，她认为媳妇的纺纱计划不过是一场胡闹，晚上听着纺车发出的"呜隆"声就好像是毛刷子刷着心那样难受，而那晚上闪烁的油灯也让她痛惜灯油，婆婆最终让儿子干预了儿媳的纺线，矛盾冲突就此爆发。矛盾中更让婆婆生气的是，这个自家的儿媳妇竟然开始不听自己的话，儿媳总是"跑到外面开会什么的"，这让婆婆在家庭中没了权威感。丈夫为一家人的口粮发愁，心烦意乱，根本顾不到婆媳之间的矛盾。媳妇不甘心受困，不顾婆婆丈夫的反对，搬来纺车，努力坚持下终于纺出六两多的线并换来了半斤玉茭子面，换来婆婆与丈夫对她不一样的看法，婆婆开始参加纺线，婆媳矛盾化解。是劳动和算账改变了婆婆、丈夫对自己的看法，这里林漫强调了家庭矛盾中劳动的价值。

在这里，劳动创造了价值，六两线换回半斤玉茭面，这让媳妇的家庭地位发生变化。从功利角度出发，媳妇给家庭带来了收入，改善了家里的吃饭问题，婆婆眼中的这个媳妇不再令人厌恶。由于媳妇给家庭带来收入，腰杆也就硬起来了，后来婆婆也要跟儿媳学习纺线，这一学习过程，彻底颠倒了婆媳关系。因此当媳妇纺线时，婆婆自觉地把孙子小庆拉在怀里，不让去打搅儿媳，并亲自给儿媳做热腾腾的豆腐，端到媳妇跟前。可以说，在作者叙述中，是给家庭带来的物质收入的劳动，改变了家庭中的婆媳关系。不过小说叙述者并没过多地强调个人对物质的欲望，而是接着描述在媳妇参加劳动改变家庭地位后的变化，媳妇开始由只从事家庭劳动转向家庭以外的工作，响应政府提出的合作社工作，媳妇跑出去开会，领导小组纺线，媳妇"每天打合作社领取棉花，分给组员们，再从组员们收起纺好的线，把工资发给他们，不会纺线的还得花工夫教"。这个原在家庭中受婆婆、丈夫冷遇的媳妇变成了积极为大家着想服务的新人形象。

然而就媳妇本人来说，纺线不光是给家庭增加了收入，改变了婆媳关系，纺线也勾起了她对当姑娘时美好生活的回忆，"媳妇老爱向人夸赞她做姑娘时候自己用过的纺车，像惦记着什么亲人似的总忘不了。一到妇救会主任在大会上讲了什么纺线织布，媳妇可更乐上了，成天就嚷着纺线、纺线。如今真的打老远的二十五里外的娘家把纺车搬来了"，"这调子一响动，她就说不出的心里畅快，好像又回到六年前做姑娘的时候了。姑娘们坐在一块纺线是最有趣不过的，一边纺线，一边说这说那。"因此，纺线对媳妇来说，是让她重新走出家门，和别的年轻媳妇们在一起，重又回到了过去那样自由自在的生活中去了。这种生活，是一种自由的集体生活，劳动也是一种集体劳动，这样的生活和劳动让她有种归属感，因此她非常喜欢当生产小组组长，组织大家集体纺线。在组织工作中，体现她的能干，也让她感到快乐。这种对自己的评价与婆婆、丈夫等人对她自己的评价是不相同的。在婆婆、丈夫眼中，她纺线的价值在于增加了家庭的收入，并不是劳动本身或是集体生活方式，但对媳妇来讲，真正令她快乐劳动的并不单纯在物质方面，而是在集体劳动中的自由自在，是在集体劳动中、组织他人劳动中创造的价值，因此她的劳动是快乐的，集体劳动在这里逐渐变成一种精神的需要。这样集体的劳动、生活、娱乐方式，让村民有了一个可供交流的文化空间，在这样公共的文化空间中，每个个体才能找到自己的归属感，确认自己的存在。

四　集体化过程中的问题

　　女性走出家庭参加集体活动，满子夫妇间的夫妻问题解决了，《家庭》中的婆媳矛盾也解决了，看似不再有什么问题，此时期及后来小说中也多这样来写女性的解放。但这里仍遗留有问题，集体活动如识字、纺线等，确实让这些女性从单调的家庭生活中走了出来，多了活动的空间，但这种集体活动一旦不是为了生产，或者不是为带着新思想去改变家庭中成员认同新政权的思想时，这样的集体活动就会出现问题。《家庭》中媳妇在家庭中地位的变化实际源于给家中增添了经济收入，但小说叙述者后来强调的是媳妇组织集体纺线的快乐，这并不能给家中带来额外的经济收入，反而这样的工作会占去她的劳动时间，影响她纺线的经济收入，不过作者并没有去深究这样的问题。丁玲小说《太阳照在桑干河上》对农村中的识字就有一种非常个人化的书写，这种看法是通过妇联主任董桂花表现的：

　　　　她一个一个地去找寻，她才发现还留在班上识字的，坚持下来了的一半都是家里比较富裕的人，那些穷的根本就无法来，即使硬动员来了，敷衍几天便又留在家里，或者到地里去了。只有这些无忧无愁的年轻的媳妇们和姑娘们，欢喜识字班，她们一天来两三个钟头，识三四个字，她们脱出了家庭的羁绊和沉闷，到这热闹地方来，她们彼此交换着一些邻舍的新闻，彼此戏谑，轻松地度过一个春天，而夏天又快完了。这时只有董桂花这妇联会主任一人是显然的同她的群众有了区别，她第一次吃惊自己是如何的不相宜的坐在这里。她虽然还不算苍老，不算憔悴，却很粗糙枯干，她虽然也很会应付，可是却多么的缺乏兴致呵！她陡的有了一种奇怪的感觉，她不懂得她为的是什么？这些年轻女人并不需要她，也不一定瞧得起她，而她却每天耽误三个钟头坐在这里。从前张裕民告诉她说妇女要抱团才能翻身，要识字才能讲平等，这些道理有什么用呢？她再看看那些人，她们并不需要翻身，也从没有要什么平等。她自己呢，也是一样，她和李之祥是贫贱夫妻，他们也很安于贫贱，尤其是多少次濒于饿死的她，有现在的日子，也就该满意了，当然他们并不能满足，他们还有希望，他们欠了十石粮食的债，他们还需要一点点财富，他们最怕的是秋后还不了债，日子就要过得更操心更坏，如今她坐在这里有什么好处呢？唉，张裕民吹得多好，他硬把她拉到这妇联会来，他老说为穷人做事，为穷人做事，如今为了个什么穷人，连自己还要更穷了呢。

这一段描写完全解构了解放区乡村识字工作的意义，也解构了五四以来知识分子对乡村文化输入的想象。对乡村青年来说，识字并不能提高文化认识，其只是乡村女子可以从家庭中摆脱出来的一种借口，脱离劳动，在这样热闹的地方轻松嬉戏，董桂花看到了乡村中所谓识字的实际状况，也开始对自己的工作意义产生了怀疑，她对乡村中这种集体生活方式有了自己的认识，并不完全认同上级的看法。如果不能给大家增加实际收入，这样的识字、集体生活方式给乡村带来的不是新意识，反而会是一种不安本分的浮夸，这样的生活方式恰是乡村所抵制的。怎么能保证村中自由谈恋爱的青年男女不变成乡村中不务正业、不守本分的二流子呢？这一问题在崔石挺的《俊英》中有所触及。①

小说中的农村妇女俊英，经八路军干部的教育，变成了一个村里的模范媳妇，"和婆婆说话，多咱也是笑嘻嘻地，说一句话叫两个娘。婆婆疼闺女，她说'该疼，娶了也是咱刘家的人'，婆婆疼小儿，她说'数着兄弟小，又念书，该这样'，她整天纺线织布，织完了再纺，纺完了又织，喂牛喂猪，一点也不闲着。"这确实是一个乡村中的好媳妇，孝顺老人，体贴幼小，更勤于劳动，人们说"俊英又变好了，比以前会过日子！"在夸赞俊英时人们也称赞八路军对俊英的教育有方，这让人好奇，那受教育前的俊英是一个怎样的女性呢？原来俊英出身悲苦，17岁嫁给刘家，受婆婆气，公公还想占便宜，丈夫蒙在鼓中对其也不好，俊英整天围着锅台、磨台转，受了委屈无处说，病了也没人管，后来八路军来了，了解情况后要把俊英从家庭中解放出来。村里成立妇女识字班，识字唱歌很热闹，俊英也去了，婆婆不敢挡，"她天天不拉，到了很用心，心里很喜欢，她大小头一回这样喜欢"。后来俊英胆子大了，开始不受婆婆气，但没有想到的是，这样解放出来的俊英却变成了乡村内的女二流子。小说这

---

① 周立波在《山乡巨变》中塑造的盛淑君，一直不为陈大春接受就是有这样的顾虑。

样叙述：

> 俊英觉着有了"仗势"，又加上西院里她三婶子在背后挑唆，日子长了，可变了样——变得不好了。越待越懒，光把上识字班看成正事，有活，婆婆不支不干，有时支也不干。早晨不叫不起，婆婆不敢管，不敢骂，也不敢叫她儿子来管，她怕冯珍，她拍挨斗。气在肚子里装满了就哭，哭不该死的老伴，哭老天，常哭。

后来村庄里还兴起了扭秧歌，吃了晌午饭，庄里识字班里唱歌，锣鼓也响起来，多年不出大门、不敢见人的大姑娘小媳妇都被吸引到了八路军组织的这些活动中，八路军壮大队伍用这种方式把年轻的男男女女吸引到了队伍中，

> 俊英成了识字班的小组长，扭得更欢，唱得更带劲，外边唱，家里唱。明知道婆婆嫌烦还是唱。走着道唱，走着道扭。

俊英变成了秧歌迷，以参加革命的名义不再从事家里和地里的劳动，开始好吃懒做，只顾打扮外出快活了，

> 俊英的打扮也比从前变了，头梳得铮明，穿着花鞋，走起道来直看脚尖，把头发一撩一撩的，花格子的粗布裤褂，一天一换，两天一洗。整天手里拿着 本如女识字课本，吱吱呦呦的唱着，串了西舍逛东邻。特别是她和冯珍出庄演了一次戏后，回来心更散了，心更变了，嫌家里受拘束，嫌丈夫，"土孙"不进步，光知道下庄稼活。在家里闷不住，安不下心，活不摸。饭懒沉做。只有扭秧歌唱歌不嫌烦，梳头洗脸洗衣服不嫌烦，她黑夜白天想着一个事——离开这个破家，到外边乐活一辈子，跟冯珍去。

甚至后来发生了和丈夫打架的事件，

> 有一天婆婆没在家，丈夫嫌饭做得晚了，骂了一句，小两口打起

来，俊英的力气大，把丈夫压倒底下，丈夫是个"孙不服"，爬起来就反冲锋，又叫俊英用指甲把他的脸抓破了。婆婆回来也没敢说么。以后，更不理一理丈夫，丈夫黑夜打更回来，累死也叫不开俊英的门，只有到娘的屋里睡。

闹完丈夫闹婆婆，婆婆诉苦被俊英听到，告诉了区妇救会干部冯珍，革命干部支持俊英斗争婆婆，俊英心想反正不打算过日子了，干脆临走给她弄个"死王八乱江"，联络了全庄一百多个妇女，找婆婆要斗争她，婆婆吓得哭，弟弟吓得叫，丈夫没敢露面，晚上家里婆婆娘三个哭了半宿，不敢插大门，俊英才走了。

本来是要通过识字、扭秧歌这样的集体活动把在家庭中受压迫的妇女解放出来，没想到翻过身来的俊英比婆婆更厉害，俊英身上的恶却被激发出来并不可遏制，这是进入乡村的革命者所没有想到的。俊英何来这么大的胆量和能量就能压制婆婆呢，并不是革命干部冯珍教给了她们怎样新的思想认识，小说中我们在代表着新人的农村妇女俊英和革命干部女性冯珍的言行中看不到什么新的道德思想，看到的只是强势权力直接对乡村文化的压制干涉。冯珍这位革命干部两道"恶眉"，滚圆的眼，说起话来快口子，不带个老实样，对俊英的婆婆一说话就像有气，没个好腔。婆婆害怕冯珍，更害怕她身后所依靠的政权，因此怕了冯珍的婆婆再不敢对俊英怎么样了，没了管束，俊英变成了农村中一个撒泼耍赖的女人。同时期洪林小说《李秀兰》也塑造了类似的一个女性，在新天地里感到生活幸福和欢乐的李秀兰，整天沉浸在扭秧歌、演戏等热闹活动中时，却也滋生出了不爱劳动爱热闹的不良价值认识，这种异变却是乡村革命者没有预料到的。

在这类小说叙述中，问题的最终处理都是让这样积极过了头的青年女性去县城受教育，改造思想认识。俊英被交给了比区妇救会革命干部冯珍更高级的县上干部，在学习三个月后变成了农村中的新人，改正了所有毛病，"再不溜门子，像个新娶的媳妇，唱歌也有时有响了，再不那样迷。有活抢着做，用不着婆婆支，是事婆媳俩商商量量。家里的活是她干，地里的活也是她干，晚上还熬眼，婆媳俩，两辆纺线车子一齐转，一齐响"。俊英在县中学学到的是什么呢？"不劳动，就是二流子"，"妇女不会劳动，就得不到真正平等，真正解放"，一个庄户媳妇不劳动，成天扭秧歌、唱歌、演戏，是错误的。小说重新开始强调劳动价值，开始重新认同本来就是乡村中固有的价值观念。俊英重新回到乡村，重新孝敬公婆、爱护小叔、尊重丈夫，在绕了一个大圈后，重新得到人们的认可。小说最后还有一个婆婆考验俊英的细节，丈夫回来，婆婆指使俊英去为丈夫做好吃的东西，俊英显得非常的听话顺从，我们再也看不到俊英身上撒泼耍赖的一面。但遗留的问题是，在这样重归乡村伦理秩序中时，俊英在这一圈革命过程中到底受到了怎样新思想的教育呢？当俊英非常自觉地重新回归到自己当初恪守的道德伦理时，孝顺婆婆、恭敬丈夫时，我们反而看不到俊英身上任何的新质了，在革命的名义下俊英重新回到了过去的生活礼制秩序中。

当我们把《我的两家房东》、《家庭》、《满子夫妇》、《太阳照在桑干河上》和《俊英》等小说中常写的这些革命干部领导下的识字、参加集体活动场景放在一起比较时，感觉到集体化的过程并不是那样简单就可以实现的，如果没有现代生产方式的改变，简单的生产新方式还不足以带来乡村生活的现代，乡村现代的想象要在建构社会主义合作化生产的小说中重新建构了。

第二节 "讲卫生"与乡村新生活

在五四启蒙话语中，乡村生活是落后萧条、充满愚昧的。《讲话》后，农民成了战争的主力军，叙述乡村的知识分了成了被教育的对象，城乡关系发生置换，不过乡村现代的思想价值仍需从外而来，在城市生活的映照下，"讲卫生"成了乡村日常生活发生细微变化的一个表征，体现在40年代解放区书写乡村的小说中，不过叙述者对这一表征的叙述却是犹豫曲折的。

· 孙犁对"卫生"问题的两种叙述

《山地回忆》中有一乡村女孩和城里来的革命干部争论卫生的场景。冬天早上"我"在结冰的河边洗脸，一位下河洗菜的女孩说"我"把水弄脏了，后来女孩来上河洗菜，"我"揶揄说女孩子真讲卫生，女孩反嘲笑城里来的"我"是"装卫生",这一嘲弄引起二人有关卫生的争论,争论显现城乡文化差异。女孩强调乡村内的卫生是真卫生,而外面来的革命干部们的卫生是假卫生,嘲讽"我"代表的城市卫生。不过即使在强调乡村内的卫生时,这位乡村女孩对乡村外的世界也充满了向往,"女孩形象的动人,很大程度上却有赖于作品所写她对一些新事物的向往,像新式织机、洋布等等,甚至连她对战士刷牙的嘲弄,也透着对山外文明(城市)带来的新奇事物的向往"①。在"我"意识中,将来的乡村生活自然是要按照乡村外城市生活的文化价值来规划,因此当女孩嘲笑"我"是用一个饭缸子盛饭、盛菜、洗脸、洗脚、喝水时,"我"辩解说这是因为现在"物质条件不好,不是我们愿意不卫生。等我们打败了日本,占了北平,我们就可以吃饭有吃饭的家伙,喝水有喝水的家伙了,我们就可以一切齐备了"。不过,孙犁小说叙述的目的并不是要有意在这里通过卫生问题来表现城乡差异,对乡村生活进行五四启蒙式的批判,而是要对乡村生活进行赞美。因此,我们在小说叙述中看到,这位没有刷牙的乡村女孩有着"整齐的牙齿洁白得放光",女孩一家人的身体都很健壮,"又好说笑,女孩子的母亲,看起来比女孩子的父亲还要健壮。女孩子的姥姥九十岁了,还那么结实耳朵也不聋"。孙犁小说多写乡村女性,除过外貌体态,更重要的是展现她们心灵的美好,作者由衷地赞美战争中这些女性的为家为国意识,从内心世界来说,他认为这些乡村女性才真卫生,心灵真健康。

不过在另一篇写农村妇女的小说《看护》中再次写到卫生问题时,作者的叙述态度又不一样。十六七岁的乡村女孩刘兰,不愿做童养媳,被动员做了一名小护士,因要看护受伤的"我",来到了一个村子中。村中妇救会主任刘四以为刘兰是大夫,就给刘兰说到自己的妇科病和村中妇女养不活孩子的事,刘兰学着城里大夫的说法说这是由于不讲卫生的原因导致的。在乡村内的人看来,刘兰说着各种时兴的革命语言,就是一位城里来乡村的人物,孙犁这样的小说叙事安排是想来写出这位乡村女孩在革命队伍中的变化。然要注意的一个细节是,小说对两位一掠而过的农村妇女

---

① 邵宁宁:《城市化与社会秩序文明的重建——中国现当代文学中的"进城"问题》,《兰州大学学报》2008 年第 1 期。

的叙述笔调却明显表现出了作者对其的厌恶情感，这又流露出作者对乡村情感的两面性。这两位妇女是"我"受伤后派来给做饭的，但在"我"的眼中，"她们都穿着白粗布棉裤、黑羊皮袄，她们好像从没洗过脸，那两只手，也只有在给我们和面和搓窝窝的过程里才弄洁白，那些脏东西，全和到我们的饭食里去了。这一顿饭，我和刘兰吃起来，全很恶心"。这里的描述充满了对这些妇女的厌恶，无论是穿着还是容貌。一面强调革命是为了挣扎在社会底层的民众，另一面又对他们报以厌恶的态度，这仍是五四以来部分知识分子的一种习气，这里的阶级感情变得模糊。当然单纯从卫生角度来看，"那些脏东西，全和到我们的饭食里去了"的这一顿饭让"我"恶心纯是一种自然的生理反应，不过如此描述乡村农妇体现出的正是城市知识分子对农村妇女不卫生的一种厌恶。正是这顿饭后，刘兰这位农村女孩要"我"教她认字，她好给这些妇女讲有关卫生的课，她已经有了这种卫生意识。后来刘兰真办起了讲习班，每天晚上把十几个青年妇女集中在老四屋里讲卫生问题。小说中人物说"你看刘兰多干净！""我们向你学习！"然后小说叙述说，"从此，我看见这些妇女们，每天都洗洗手脸，有的并且学着我们的样子，在棉袄和皮衣里衬上一件单褂。我觉得刘兰把文化带给了这小小的山庄，它立刻就改变了很多人的生活，并给她们的后代造福"。在这样叙述中，作者明显认同小说叙述者"我"的认识，是"我"这位乡村外的人给乡村带来了卫生，带来了文明，反过来乡村内人们的生活就是不卫生、不文明的，这种叙述明显又回到了五四知识分子对乡村叙述的价值判断中去，带着批判的眼光，而不是认同乡村生活、乡村内价值。孙犁小说多塑造战火中的乡村年轻女性"极致的美"，这是知识分子对乡村生活的一种美化，上面小说细节中出现的成年乡村妇女并不是孙犁笔下关注的对象，而是需要被教育启蒙的对象。单纯从思想上来说，五四乡土小说开始的对乡村的批判确实直指乡村思想的愚昧落后，但这些批判者是站在乡村外的。站在乡村内部来说，这些女性的生活及思想状况只能是那样一种现状时，简单的同情除了标榜自己的道德高度外对乡村并没有任何意义。针对知识分子对乡村这种简单的道德同情和批判，生性宽容温和的乡土小说家赵树理有一篇非常愤怒的文章《平凡的残忍》，来批评革命文艺者鄙视农民的吃穿、鄙视农民长年累月不洗脸、不剃头的卫生，他把这种态度称为"平凡的残忍"。赵树理愤愤地写道：

> 某年的旧历年关，我和一批同伴行军至某处，大家商量起吃菜问题，我提议买一些金针海带。某同伴几乎笑掉了牙齿，冷冷然曰："看吧！山西菜又出来了！"
>
> 某同伴一见到吃南瓜或和人提起吃南瓜之事，总要反复说明南瓜在他的故乡只能喂猪。
>
> 某工作人员，叙述平顺人所喝之汤曰："一把玉茭面，调一点臭酸菜，每顿剩一点在锅底，第二顿把水添进去"，他还说"这是正经味"。
>
> 住，不要零零碎碎往下举了，这些事在各位读者脑子里或者还不乏其例吧！
>
> 金针海带在山西如我这等人的心目中，确实认为可以过年；南瓜据说在某些地方也确实不是人吃的东西；平顺人所喝之汤，就如我这等人，喝起来也觉着不大可口，上例的发言人倒也没有造谣情事，说的也是实话，只是在态度上都犯了一点无心之错，因而从另一个观点看去，好像有点残忍（"残忍"这一词或许太重，但也再找不到个适当的字眼。姑用之）。
>
> 贫穷和愚昧的深窟中，沉陷的正是我们亲爱的同伴，要不是为了拯救这些同伴们出苦海，那还要革什么命？把金针海带当做山珍海味，并非万古不变的土包子；吃南瓜喝酸汤，也不是娘胎里带来的贱骨头。做革命工作的同志们，遇上这些现象，应该引起的是同情而不是嘲笑——熟视无睹已够得上说个"麻痹"，若再超然一笑，你想想该呀不该？
>
> 记得抗战初期，某士绅在一个群众大会上骂群众道："日本人敢欺负中国，就是中国太不像样。看你们一个一个的样子：头也不剃，脸也不洗，纽扣也不扣……像这样的国民，如何能不受人欺负呢？"好像是说："日本人打进来的原因，就在于一般中国人不剃头不洗脸云云。"这道理自然不值一驳。你试把那些不剃头不洗脸的任何一位，从小就送入苏联的托儿所，一直养到大学毕业，管保穿西装吃西餐住洋楼坐火车都成了他的生活琐事，何劳某士绅侃侃训斥？

不过我们不能把我们的后一代都送到苏联的托儿所。苏联在二十五年前也和我们一样，正在贫穷和愚昧的深窟中自求振拔，经过奋斗，才有今日的局面。目前正在我们抗日根据地吃南瓜喝酸汤的同伴们，正是建设新中国的支柱；而以金针海带当山珍海味的我，还马马虎虎冒充着干部，为将来新中国计，何忍加以嘲笑？

我们的工作越深入，所发现的愚昧和贫苦的现象，在一定时间内将越多（即久已存在而未被我们注意的事将要提到我们的注意范围内），希望我们的同志，哀矜勿喜，诱导落后的人们走向文明，万勿以文明自傲，弄得稍不文明一点的人们坐也不是站也不是也！①

单纯粉饰乡村，如后来新中国成立后的部分农村题材小说，是虚假的，然而简单地以鄙夷的、同情的态度书写乡村，也同样是虚伪的，这都是一种站在乡村外的对乡村世界的书写。乡村在中国社会现代化的过程中一开始就被定位在了落后愚昧的地位上，而这也是现代化的逻辑思维方式。如同在东西方文明冲突中强调东方文明的独特性一样，在城乡冲突中乡村世界也有它自身的独特性，只有站在城乡两面的角度上，才能更清晰地看到冲突过程中城乡各自的独特价值，而不是简单对对方的否定、代替。这样在20世纪40年代，乡村叙述的话语权就成了一个非常重要的问题。

在对乡村的叙述中，孙犁是在城乡价值之间摇摆，一方面是站在乡村外用现代文明、革命思想来批判乡村、改革乡村，另一方面是站在乡村内部肯定乡村的伦理秩序，人性美好。在小说《看护》中，孙犁真正要批评的是心理出了卫生问题的知识分子的"我"。享受着乡村女孩刘兰细心照料和村人特殊照顾，"我"却为村中送不出去一份联络的信而大发脾气，摆自己的老资历，甚至要动手打人，却不考虑大雪封山，群众无法完成这一任务的实际困难。最值得回味的是，当"我"这个领导着刘兰的、代表着革命思想的干部质问刘兰"我们跑到这山顶顶上来，挨饿受冻为的谁呀"时，刘兰冷笑着反问"你说为的谁呀？""挨饿受冻？我们每天

---

① 赵树理：《平凡的残忍》，见《赵树理文集》（4），中国工人出版社2000年版，第1547—1548页。

两顿饱饭，一天要烧六十斤茅柴，是谁供给的呀？"这里"我"标榜自己革命是为了这些农民，自己就理应受到农民的照顾，但如刘兰所质疑的，不顾农民利益的革命到底是为谁而革命呢？这再一次显示了革命者的立场问题，到底是站在了革命服务对象一面，还是假借了革命的名义实质上仍是站在了乡村的外部呢？无法说服这位普通乡村女孩的"我"开始强调话语权，"是我领导你，还是你领导我？"如果回到了强制性的话语权这里，乡村外的革命叙述话语自然会战胜乡村内的话语。虽然孙犁注意到了这样的问题，但他并没有深究这一问题，因为这样的问题与当时主流革命话语会有冲突，因此他在让这位"我"的道歉中塑造了这位女看护任劳任怨的美德，深藏了乡村叙述的话语权问题。

二 葛洛《卫生组长》：城乡冲突中的三种叙述话语资源

葛洛《卫生组长》描写接受党和政府新思想的卫生组长老乔和固守乡村价值观念的村民由于"讲卫生"而导致的矛盾，显现出城市文化与乡村传统意识之间的冲突。这种冲突深层是五四启蒙意识、无产阶级革命思想以及乡村自身价值认同三种不同话语资源的冲突，体现出作者在对待乡村文化与城市文化时的情感价值偏向及其暧昧摇摆的态度。

1945年抗日战争胜利前夕发表的《卫生组长》，并没有正面反映抗战，而是书写了解放区乡村面对现代卫生文化时发生的变化。接受延安新观念、新思想的老乔来村里当卫生组长，感觉村里卫生脏乱、村民不讲卫生，"村子里到处都是牲口粪，满年四季不打扫，人们天天都不洗手，不洗脸，吃着不干净的东西。婆姨养娃娃，就跑到牲口圈里去养。什么时候得了病，就请神官马脚来治。"于是卫生组长满怀热情带领全村人搞卫生，"每天，我前庄跑后庄，后庄跑前庄，发动大家来讲卫生"，并努力破除农村中的封建迷信陋习。如果小说内容仅就如此的话，这就是一个比较老套的小说故事，但这篇小说的独特处在于小说一开始，就叙述出了村民们表现出的对老乔工作的应付姿态，大家走走形式、敷衍了事，让小说内蕴发生了变化。全村要卫生大扫除，"老半天，大家才一个一个地来了"，后来，"我"婆姨生病，烧得尽说胡话，妈和丈母却以为婆姨是中了邪，想请村里的法师来驱邪，卫生组长老乔对村人"不讲卫生"的陋习和观念深恶痛绝却束手无策。虽然小说后来通过延安医生"治病救人"

让大家了解了讲卫生的意义，"这样大家都信了医生，顽固脑筋慢慢转变了"，但人们对老乔通过讲卫生而宣传的新社会意识仍持一种犹疑态度，村民与卫生组长间由"讲卫生"而引发的城乡矛盾问题并没有解决。

（一）小说中的城乡文化冲突

小说《卫生组长》中存在着一个"动员—改造"的结构模式："自上而下的动员，自下而上的回应。"[1] 乡村外面来的卫生组长老乔进入乡村，首先是调动干部和积极分子"动员"村民，"满庄跑，东叫西叫"，目的只有一个，动员大家"讲卫生"。而从一开始的"动员"到强硬的"改造"，即从讲简单的卫生习惯到对群众思想的改造时，外来思想就受到了乡村内思想的消极抵制。村民对"讲卫生"这一行为由于不理解便也不认同，依然按照原有生活方式生活。由"讲卫生"引发的村民与卫生组长之间的矛盾实质上是农村固有的生活方式和文化与城市新兴生活方式及文化之间冲突的外化表现。从现代医学角度出发，通过讲卫生来改善和创造合乎生理、心理需求的生产环境、生活条件，可以增进人体健康、预防疾病。但在卫生组长这里，"讲卫生"却不仅仅是生活习惯的改变，它还被赋予了越出医学范畴的内涵，它所代指的是对来自城市的所谓先进、文明生活方式和价值观念的认同。卫生组长老乔要求村民讲卫生的最终目的，就是要他们接受来自城市的文化观念及其生活方式。很明显，在当时社会政治背景下，城市文明充当了改造乡村政治结构的文化标准，因此卫生组长老乔"动员"村民讲卫生的工作则被有效地纳入到了对乡村"改造"的工程中去。然而，千百年来历史造成的城乡差距、城乡价值观念的不同，又是无法通过简单的"讲卫生"这一行为就可以消除的，因此即使村民口中同意老乔的讲卫生，在动员中可以保持村庄三天大扫除时的干净，但过后乡村又恢复到了原来模样。而当老乔代表的城市文化进入乡村，由"动员"变成强制"改造"并且直接干涉农村固有的精神生活时，就必然产生城乡两种文化之间的矛盾与较量。

首先，卫生组长老乔代表了现代城市文化。卫生组长老乔作为接受了党和政府新思想的一名农村新人，热心拥护来自城市的文明观念并坚定地

---

① 蔡翔：《国家／地方：革命想象中的冲突、调和与妥协》，《当代作家评论》2008 年第 2 期。

认同这种思想价值，他在解放区卫生运动中严守职责，不怕困难，不怕讽刺打击，积极接受新事物，带领全村人民讲卫生。看到村民家的"剩饭没有盖，惹得苍蝇嗡嗡的，就找东西把饭盖上"；看见主家婆姨在炕上说"吃它吃去，朝廷爷封的它那一口粮么，谁能挡住它吃"，他便耐心地同主家婆姨讲关于细菌卫生的问题。当婆姨生病危急之时，家人想要请神官马脚来医治，卫生组长决绝阻拦，"我是全村的卫生组长，众人选举的。就是哪个太岁爷破坏卫生公约，我也要动一动他头上的土！"他拒绝迷信，相信科学，相信从延安来的医生。老乔实质上相信的是来自城市的文化价值观，作为农村干部，他承担着教育和改造"落后群众"去接受城市文明的重担。

其次，重实利的乡村农民成了落后分子。小说中的村民并不认同"讲卫生"，对待老乔的工作敷衍了事、走走形式，老乔讲卫生知识，他们的回应是"不干不净，吃了不害病"，"不要吓唬人吧。我们生来没听说过讲卫生，还不是平平稳稳活了二三十年？我还想活他三二十年呢！"卫生组长批评大家，村民们认为大家都是"跟牛屁股的人"，没必要讲什么卫生。村民们表现出来的对"讲卫生"的排拒似乎显露了他们思想的顽固落后，然而他们并非真正保守落后。当"讲卫生"只是作为一种医学范畴之内的行为时，尤其是在大家亲眼看到讲卫生给村民带来了福利——延安来的医生治好了大家的病后，村民们也就相信医生医术了，相信讲卫生的现实意义了。然而，当"讲卫生"开始代表着一种全新的所谓文明价值观念与生活方式要进入农村时，毋庸置疑，村民仍是难以接受并认同的，他们仍坚定固守着乡村自身的传统文化价值，因为这一"讲卫生"除过医疗卫生本身的意义另外负载的思想价值是村民们看不到的。抗日战争即将胜利，新兴的城市医疗卫生技术及生活观念传入农村，社会革命者希望乡村发生"从旧到新"的转变，"新旧对比"的叙述成为验证乡村革命合法性的常用叙述模式，当村民们面对铺天盖地、迎面而来的各种"改变"时，他们并不完全是欣欣雀跃的，面对未知定数的新事物，他们只注重眼前已经验证过并可获得实际利益的事物，于是在乡村外的动员者看来这样对待新生事物的村民就成了"落后"分子。

再次，在城乡价值较量下，乡村文化固守者发生了似是而非的"转变"。作为现代城市文化的代表者卫生组长老乔，从医学范畴要村民接受

"讲卫生"这一生活观念,并要用"讲卫生"所承载的城市文明来改造乡村文化和人们的生活方式。乡村内的村民,最初遇到"讲卫生"这一新兴事物时,怀疑排斥,在经历了延安医生治病救人的事实后逐渐开始认识讲卫生的意义。小说最终结局是大家相信讲卫生是有意义的,顽固脑筋慢慢发生转变,叙述者认为村民们对"讲卫生"的认同便是对城市文明的认同。不过这仍是叙述者的一种理想。表面看来,通过"讲卫生"运动,城市文化观念使村民们再也不能依赖他们以前所深深依赖的迷信和生活方式了,他们的人生价值观在发生转变,但实际上,农民认同的仅限于简单的医疗技术可以治病救人的功效,讲卫生的确是有益于身体健康的,但除此之外的文化价值并没有进入他们的心目中,村民们仍习惯于在自己的生活轨道慢条斯理地蹒跚,日出而作,日落而息,敬畏大自然,对身边的一切新事物,不是亲眼所见,绝不轻信,绝不参与。

（二）文本中三种话语资源的潜在对话

老乔做卫生组长的事是由一个采访者采访来的,这位采访者在小说开头出现了一下就不见了,后来小说中有关老乔的故事全是老乔自己讲出来的,对于"讲卫生"这个问题,这位采访者没有发表任何言论,因此小说中出现的几种叙述话语在较量中并没有能分出胜负地交织在一起。作者处在城乡文化的矛盾中,以五四知识分子的思想启蒙意识来批评乡村的脏乱差,提倡乡村生活应该讲卫生,但又用《讲话》精神认为即使乡村卫生脏乱差,农民的内心又是干净的,乡村内部对卫生组长老乔工作的消极抵制又体现的是对乡村自身价值的认同,三种叙述乡村的话语让小说作者的叙述立场也摇摆不定。

首先,是小说中的五四启蒙叙述话语。《卫生组长》中的老乔对乡村生活的描绘和村民的并不相同,作为一个受过延安培训的干部,他带着城里人的眼光看待乡村,因此就发现了乡村生活的脏乱差,认定乡村落后,"我们的村子有二十几户人家,大小一百多口人。原是一个很落后的村子,卫生一点也不讲"。他们都是"原封不动的古板脑筋。我劝她们讲卫生,她们把我的话当作耳旁风"。老乔动员大家"讲卫生",受到嘲笑和消极应付。在小说作者看来,小说中的人们,不光物质生活艰难,而且生活方式落后、精神生活贫乏。生活方式的落后,在农村典型的表现就是不讲卫生。尤其是老乔老婆生病,家里人不信现代医术却信迷信的事件，显现出乡村世界的愚昧落后。作者对乡村原有文化的批判显然借用的是五四新文化的启蒙话语，作者面对"农民"这一形象时，就先验地把农民的知识和经验联系到狭隘、自私、保守、迷信等"农民的本质"上去了。落后愚昧性在小说中被表现为村民们不讲卫生的生活习惯和相信封建迷信的陋习，大家"天天都不洗手，不洗脸，吃着不干净的东西。婆姨养娃娃，就跑到牲口圈里去养"。"什么时候得了病，就请神官马脚来治。"于是，对乡村的改造便顺理成章地发生，这种改造表现在小说中便是卫生组长对村民从"讲卫生"这一事件入手而进行的一系列动员。这一叙述话语的最终结局就是要村民在接受代表城市文化的"讲卫生"生活方式中认同来自城市的文化价值观念，实现对旧乡村的改造。

其次，无产阶级革命话语。五四启蒙话语是批判乡村文化的一种资源，但当时主流的文艺思想是以《讲话》为指导的延安文艺思想，因此在批判了乡村文化后五四启蒙话语需要被改造置换成阶级革命话语，农民内心是最干净的，知识分子需要在乡村生活中向农民学习，改造自己的灵魂。于是小说的主要叙述话语又是在无产阶级革命意识导向下的叙述，老乔在村中动员大家"讲卫生"，这是一项政治革命，这一项工作不光是在改变大家的卫生习惯，不光是与村中的封建迷信思想作斗争，更是要让大家认同这种革命干部们带来的新的社会生活方式，要大家认同新政府倡导的各种价值观念。最后是延安来的医生医好了村中传染病，教育了大家，这种叙述中的政治话语以其绝对的权威性潜隐性地让民众得到"认同"。同时，当卫生组长老乔的工作开始脱离村民实际生活时，阶级革命话语就开始"改造"老乔的五四知识分子话语。卫生组长动员村民讲卫生的话语与农民日常生活相距太远，小说叙述中我们可以感觉到小说作者对卫生组长的揶揄和嘲讽。因吃饭期间自己还不会走路的小孩拉大便在炕上引起老乔对老婆的愤恨时，老乔母亲直接嘲讽说："嗳，看把你高贵的！谁家炕上没有巴屎的？谁家坟上没有烧纸的？当了两天卫生组长，就变得不同凡人啦！再过几天，咱们这个土窑就盛不下你这个神神啦。"对老乔身上表现出的这种来自城市的话语、工作方式，因为不贴合农村实际，受到村民非常强烈的抵制和反感。而在作者看来，这种"讲卫生"正该是被改造的知识分子习气。1942 年毛泽东指出："拿未曾改造的知识分子和工人农民比较，就觉得知识分子是不干净的，最干净的是工人农民，尽管他们手是黑的，脚上有牛屎。还是比资产阶级和小资产阶级知识分子都干净。"① 知识分子只有通过改造才能转变阶级身份，才能干净。"讲卫生"只是从医学角度而言，如果带到了思想感情方面来贬低农民，知识分子就成了不干净的、才需要"讲卫生"的被改造对象了。

再次，小说中的乡村话语。在小说中，在五四启蒙话语和无产阶级革命话语外，还有一个乡村经验世界。在小说叙述表层，这一乡村文化被强制性地改造了，但在乡村内部这些外来文化并不能彻底改造乡村文化，在难以改造中，乡村文化对外来文化具有了消解作用。在小说中，村民们最终是从技术层面上接受了"讲卫生"这一行为，但是当触及到由"讲卫生"而带来的城市文化观念时，村民们并不接受，他们不接受卫生组长"动员"时所采用的那套城市话语，更不接受城市的生活方式。卫生组长站在乡村外面动员大家讲卫生，让大家接受外来的城市文明，却不能站在乡村内部考虑村民的实际生活状况，乡村的卫生习惯的养成是跟乡村的生活方式、乡村的物质生活水平联系在一起的，无视乡村农民的生活方式和生活水平，即使可以强制性地订出乡村卫生公约、强制性地进行卫生大扫除，也并不能真正改变人们的认识和生活习惯，老乔连自己的家人的思想工作都没能做通，他又怎么能做通别人的思想工作呢？乡村自有文化，与农民日常生活息息相关，这样一种文化不是光一个"动员"工作就能达到"改造"效果的，如此看来，要通过"讲卫生"来让五四启蒙文化、阶级革命文化来改造乡村文化仍只是乡村革命者的一种美好愿望。对乡民来说，生活并非总是天天热火朝天、轰轰烈烈，城市文化总归要消融在对耕种、收成、土地、牲畜、柴米油盐的平和算计中去才能被接受。乡村承袭了中国几千年的传统文化，在男耕女织的生产模式下农民们怡然自得，生活朴素，面对外来的新价值观念，他们不会盲目而决断地告别自己原有的生活方式，也不会认为乡村文化就是落后、愚昧的，相反，他们会以自己的价值理念来判断城市文化。因此当老乔吓唬说不讲卫生会要了人的命时，村民说"我们生来没听说讲卫生，不也平平稳稳活了二三十年？我

---

① 《毛泽东选集》（3），人民出版社1991年版，第851页。

还想再活三二十年呢!"当老乔每天早上别的事情不做,先要打盆水用新手巾洗脸,有时候怕洗得不干净,还要拿婆姨梳头用的镜子照一照时,老乔的老婆和母亲就揶揄他说"我们成娃要当新婿呀"。明显表现出对老乔身上的这种外来的话语、生活方式的抵制。

小说中三种叙述话语互相较量,衍生出丰富意义。小说的主导话语是革命政治话语,不过小说叙述者是先借用五四启蒙话语批评了乡村的落后,同时又借用乡村话语反驳了五四启蒙话语,以期实现读者对革命政治话语的最终认同。但是,斗争封建迷信的强大话语就是五四启蒙话语,因此无论是政治话语还是乡村话语并不能完全否定五四启蒙话语,同样乡村话语内潜藏的力量也不是五四启蒙话语和革命政治话语所能压制掉的。因此小说中这三种叙述话语同时存在并互相碰撞,形成多种取向,以致小说采访者自己也难下结论,只是努力客观呈现老乔的一番叙述。在这三种不同的话语背后,潜隐着的是作者面对城市文化与乡村文化时对其文明与落后判断的犹豫。五四启蒙话语与无产阶级革命话语尽管是两种不同的话语,却同样来自城市文化,乡村内部话语在被改造中潜在地对抗着外来城市话语。谁的生活方式应该被认同,谁的生活方式应该被改造,关键不在于某种生活方式自身拥有的价值,而在于小说叙述者所认同的话语价值。本小说的作者虽然用主导的革命政治话语叙述了小说,但叙述中的革命政治话语又有些游离,小说叙述明显有了"裂隙",他对政治权力在农村日常生活中的运作保持着警觉,潜隐地表现出某种拒绝姿态,多种话语的交织对抗让小说显出了复杂的声音。小说《卫生组长》发表于抗战胜利前夕,在当时,社会上的思想意识多元纷呈,文学作品出现众声喧哗现象。面对不同话语,对待城乡文化差异,作者的叙述暧昧摇摆,在小说"裂隙处"的个人叙述使该篇小说呈现出丰厚多向度的意蕴。

第三节　乡村叙述:谁改造谁

40 年代解放区文艺对乡村的叙述,交织着多种话语。随着军事上的逐步胜利,中国共产党的文艺,要求文艺创作能够逐渐统一到党的意识形态话语中,更有力地为政党革命服务,从《讲话》的发表就确定了"文艺为政治服务"、"文艺为工农兵服务"的方向。不过在具体执行过程中,创作者不自觉地从小说中遗漏出来的不同于《讲话》要求的叙述话语，让小说叙述留有多处裂隙。

一 乡村经验叙述

解放区新政权建立后，乡村基层工作主要在阶级斗争和乡村建设两方面展开，基层干部在掌握了革命思想和话语后重新进入乡村，改造乡村。在这种改造中，作为革命的受益者——农民，既有对中国共产党和政府的感激，也有对新式生活的疑惧，40 年代的乡村叙述者在展现乡村的这一变化时，也呈现了乡村的某种固守。

（一）乡村经验认同

欧阳山的《黑女儿和他的牛》，小说内容是讲落后农民黑女儿在亲身经历两头牛病死后才相信政府宣传科学知识的故事，从主题看是典型的农民观念转变的小说，故事情节简单。不过，仔细读小说会发现，在看到医学实际效用后农民是改变了对医学的认识，但他们以实际经验来判断事物的思维方式并没有改变。《卫生组长》中的村民，也是在亲身经历了医学救人后才开始相信医学，但他们并不以此就认同老乔要在"讲卫生"上承载的城市生活方式和文化，这种以经验来判断事物的思维方式也没有改变。面对外来文化，乡村内的农民要通过实际经验才能接受，而小说中进入乡村的并不仅仅是这些科学知识，小说叙述者是要通过这些技术文明来让乡村社会接受外来社会文明，尤其是带有现代政治色彩的文明时，乡村内最初甚至是抵触的。在小说叙述者那里，对技术文明的接受就意味着对社会文明的认同，然而农民凡事要经验过才得以信任，从这样的角度看，乡村改造就不像小说中那样简易了。

在《黑女儿和他的牛》中，卧石村大量牛因瘟疫而病死，乡上组织给牛打防疫针，黑女儿等一帮农民并不相信打预防针就能防瘟疫，反而担心牛会被打出问题，乡长、区长、工作人员等要求给他家牛打针，他偷赶两牛出村躲避，留一牛打针，后来两牛死亡，惨痛代价改变了黑女儿的认识。小说本意在表现一个落后农民的思想转变。然而小说中也说黑女儿"要论表现，这个人一贯很积极的。交公粮走在前头，有事动员从来不肯做第二，拥军优民，样样热心"，可以看出他并不是个思想落后的农民，只是对打防疫针这一新事物，黑女儿不能在没有实际经验之前就欣然接受，单纯宣传并不能让其相信。黑女儿的牛的确是死于瘟疫，他也亲眼看见打了疫苗的牛活过来了，因此他接受了打疫苗可以防瘟疫的事实，后悔自己当初没信干部的话，但即便如此，以后遇到新事物，黑女儿这样的农民仍会以这种亲历的方式来改变自己的认识。从这一点上来说，黑女儿这样的农民在后来新社会中还会接受无数新思想观念，但他们并不会失掉自己认知这些思想价值的方式——经验。与之不同，五六十年代文学中的农民已经不需要这种经验后的转变，梁生宝、萧长春那样的新人已经放弃了老农民的这种"顽固"经验，而是直接认同和听从党、政府宣扬的思想、价值。"听党的话、跟党走"成为新人特点时，农民不再有自己属于乡村内的价值判断方式，也没了对社会现代化进程的批评性认同。

（二）对乡村不幸女性的民间看法

菡子小说《纠纷》讲的是寡妇招婿的题材，主要讲的是来顺妈、刘二斗争恶霸楼志清的故事。在阶级斗争的故事中，批判村民旧思想，思考乡村妇女权力问题。《纠纷》中反映出的问题复杂性超过赵树理的《小二黑结婚》，小二黑和小芹恋爱的阻力主要来自恶霸金旺、兴旺的破坏，而来顺妈死了丈夫后不光受到恶霸楼志清的欺压，更被楼志清这样的人污蔑为是不洁、不祥的女人，这种关注让《纠纷》更具启蒙色彩。不过小说也写出了乡村普通人对寡妇的同情，在寡妇再嫁问题上显出乡村民间情怀的博大。

来顺妈死了丈夫，无法照顾三个孩子的家庭，只好雇了一个逃荒的刘二来种地，刘二全心全意地照顾着这个家，帮来顺妈度灾荒嫁姑娘，在村人看来他就是来顺家的主人。但由于没有名分，来顺妈和刘二在村中抬不起头来，害怕被楼志清撵出村子去，来顺妈亲手掐死了前两个刚出生的孩子。楼志清为村中恶霸，经常欺负孤寡，来顺妈要是和刘二有了孩子，来顺会被楼志清以楼家人身份带走，来顺妈会被卖掉。因此生活艰难多少年，来顺妈和刘二都不敢公开关系。新四军建立民主政府，楼志清仍想霸占来顺家家产，挑拨楼姓青年要撵走来顺妈，村民既有同情者也有反对来顺妈者，而乡长和指导员虽然也支持刘二和来顺妈成家，但迫于楼家人多，要来顺妈一家移到村外去住。正在这样的关节上，村中一位长者——殷超家老奶奶却用最朴素的观念教育了大家，否定了楼志清等人的做法，老人家认为人命要紧，名声反倒轻了，她说：

　　寡妇头上一个髻，天不管，地不收，我说高低不能让来顺妈住旁边点去。人家坐月子见红的人，哪能蹚这个风浪，受这个委屈！再说，这不明摆着叫她跟小来顺子母子俩拆散么？你们都是年轻男人家，哪晓得做妈妈的对自家一泡尿一泡屎带大的娃子就当个宝。你要把他们拆散，人家就肯了么？招夫养子不是他楼家开的头，有什么丢脸不丢脸？这点脑筋都打不开，我看只要把刘二对人家的好处数数给他们听听，问他们这几年替来顺家苦衣食的是哪个？那几年闹土匪大灾荒的时候，楼家没有给他一颗粮食一寸布，如今倒出来有话讲了，这倒不怕丢脸！

　　作为女人，老人更能体会到来顺妈生活的艰辛，她批评了男性的偏见，直接揭破楼志清强调楼家名声的虚假。老人的看法没有什么大道理，这仅仅是人命关天的朴素观念，在这里，既不是礼教思想，也非新政思想，而是朴素的民间价值观念一下子点亮了乡民及周围村人的观念。不同于《小二黑结婚》中对新政下自由恋爱的肯定，也不同于《祝福》中对旧礼教的批判，《纠纷》中我们看到的仅是民间朴素的道德伦理。"大家听她这老人家一讲，想想句句是情理，一时提醒了他们"，民主政府的乡村干部们一下子都认同了殷超老奶奶的看法。这里是民主政府认同了乡村民间伦理，也是让乡村民间伦理合法化，承认了寡妇再嫁的合理性。然恶霸楼志清使用败坏和威胁来顺妈的手段，逼得来顺妈要自杀。对来顺妈来说，最大的伤害莫过于这种对她名声的败坏，出了村子就要骨肉分离，她与小孩都就没了活路。楼志清给来顺妈造成的致命压力，主要还不是要剥夺她的家产，而是败坏自己名声后引起的周围人们的眼光和议论才是最要命的，这些眼光和议论正是鲁迅笔下"无意识的杀人团"。不过在乡指导员动之以情、晓之以理的谈话后，在民主会议中大家叙说的都是刘二对来顺家的恩情，人心换人心，乡间的人情伦理最终战胜了陈腐的封建伦理，并进入到了新政府话语中。

　　就小说主题来讲，马烽的《金宝娘》是讲在共产党帮助下身心备受摧残女性的翻身故事，以达到对新政府的歌颂。不过细读小说，显性的革命叙述话语下又溢出了一些男性话语，金宝娘是在乡村内的民间伦理话语中得到了同情和理解。在显性革命叙述话语中，妓女改造题材的叙述重心，一般放在通过讲述这些女性的翻身故事和对旧社会的控诉来达到对新社会歌颂的目的上。在《金宝娘》中，小说叙述者"我"作为进驻乡村的土改工作者，注意到这位近四十岁仍穿一双破旧红鞋的女人，"我"厌恶她，并从房东介绍中知道她是一个"以前接日本人、警备队，后来又接晋绥军"的"烂货"。然而，在后来金宝娘的诉苦中"我"才知道，金宝娘本来也出身穷苦人家，她是根元娘从一个逃难灾民中用五升米换来给根元做媳妇的，长大后受地主儿子刘贵财骚扰，因抗拒不从，丈夫被抓进牢中，出逃后了无音讯，金宝娘就被送给了日本人、警备队、晋绥军，成了村人眼中的"烂货"。这种溯源把金宝娘的不幸根源指向地主阶级，小说叙述引出了阶级斗争主题。在了解情况后，"我"主动启发她在大会上斗争地主并分了地，丈夫根元回来与家人团圆，革命胜利。在小说显性叙事中，金宝娘的不幸遭遇成了斗争地主合法性的根源。不过小说中，除去这种乡村外来的阶级斗争思想，乡村内对金宝娘还有两种细微的声音存在，一是对金宝娘的男性叙述，二是妇女叙述，两种不同叙述声音现出乡村价值的复杂性。

乡村内，最先是房东拴拴这位男性给"我"介绍了金宝娘，"这女人，嗨！不能提了，以前接日本人、警备队，后来又接晋绥军，烂货！""听说以前也是好人家女人，后来因家穷，才做了这事。不过做什么事不能赚碗饭吃。为甚要挑这种丢人败兴营生？我就最看不起这种人！"拴拴从女性贞节的角度来看待金宝娘这样的女性，从道德伦理的角度几乎是完全否定了这个女性的存在意义。其实小说叙述者"我"最先也是如此看待金宝娘的，在大庭广众严厉地呵斥她不要跟自己套近乎。但在乡村中同时还有一种来自女性的声音，她们作为女人更能体会到金宝娘，作为一位没有男人依靠的女性生活的艰难困苦。如拴拴娘就批评了"我"粗暴训斥金宝娘的态度，"唉！那可是个苦命人！你训得人家哭了老半天，还是我劝回去。她哭着说：'我是下贱女人，连个伸冤诉苦处也没！'唉！那小时可是个好闺女，一百里也挑不出一个来。"拴拴和他娘的争论，也显示了乡村内男性和女性对金宝娘遭遇的不同认识，拴拴坚持认为"我就看不起这种女人，家再穷，也不应该做这种丢人败兴的事呀！七十二行，哪一行赚不了碗饭吃？"拴拴娘说"你站着说话不腰疼，一个女人家，没依没靠能做甚？"最后"我"把这一问题归结到阶级问题上，"这不能怪金宝娘，这都是旧社会逼害的！在旧社会里，不要说女人，就是男人，被逼走上邪道的也不少。""我"的说法部分遮掩了栓栓和他娘争论中的深层问题，阶级斗争和改造并未能改造这样女性所处的现实处境。因为在阶级话语中斗争的对象是阶级敌人，而金宝娘还要面对男性文化对女性的戕害，后者的杀伤力对这样一位柔弱女性来说远远胜过前者。小说中就说过，金宝娘在"我"来之前就被定为女二流子改造过，戴纸帽游街，坐禁闭，可是前晌放出来，后晌她又接下客了。这一反复很难让金宝娘在阶级改造中真正变样，拴拴认为这是金宝娘不知悔改的表现，然而就是这样一位大家认为最不顾及名声的女人，这里最看重的竟然也是名声问题。金宝娘在"我"跟前哭诉说：

> "我是个下贱女人，名声坏，活得还不如条狗！谁也看不起，亲戚也不来往了。""我这人不人鬼不鬼十来年了，我原初也不是坏女人。""我也知道这是下贱事，自己闹上赖病，比牛马的罪也苦，有时想寻死，可是又留不下金宝！孩子跟上我也受了罪，出去街上，人人欺侮。金宝也懂事了，别人骂的话，他也知道说甚，小心眼也受着老大制，儿跟上我也有罪啦！想起来我心锤上滴血咧！"

金宝娘最大的痛苦还不在物质生活，而是精神生活，而"我"认为只要分了地成了家，金宝娘生活就会改变了，但在乡村内，如何才能改变乡村内人们对金宝娘的看法呢？小说没有写，与祥林嫂类似的故事仍将继续，乡村生活仍将继续。

二 知识分子的改造

《讲话》之后，文学中的知识分子诚心改造自己的思想，向农民和工人学习，不过在部分表现知识分子学习改造的作品中也流露出其对农民和工人的改造，这样作品中作者的叙述立场并不明确，显现出了改造的复杂性。

（一）《快乐的人》，整风前知识分子生活一例

舒群1942年发表的短篇小说《快乐的人》①，描写了一位来自延安的

---

① 发表于《谷雨》第一卷第二、三期合刊，1942年1月15日。

知识分子教员和一位女学生的恋爱故事；1941 年发表的庄启东的短篇小说《夫妇》写的是一位农民出身的军官的夫妻关系。把两篇小说中的情感关系比对起来，可看到小说作者在表现知识分子情感时和农民情感的不同。知识分子情感的细腻丰富性可以对照出农民夫妻情感的粗糙性，农民还没有成为知识分子改造的学习对象，而是被启蒙的对象。

　　舒群的《快乐的人》讲述延安的恋爱故事，曾经的"他"是个大学生，来到延安为个人感情而烦恼。作为"邻居"的小说叙述者"我"看见"他"在外面独自散步，"把完整的雪面踏出无数错杂的小路"，上前询问后被告知是在想自己的诗，其实是在想心中的"她"——一个"年轻的学生"，他们约好要会面。面对"我"的询问，"他"保存了自己这一小块私人空间，"我"偷听了他们的谈话，那女孩是来告诉"他"自己将要结婚的消息，"我"半夜还听到"他"的哭声，"我"认为"他为了她而有了隐私，甚至在隐私中失迷了"。作者的本意是略带揶揄的，嘲讽了知识分子的主人公既耽于幻想又自我压抑的性格。"然而，这个人物形象的刻画却又出人意料地展现了一个富于教养的知识分子在情感上的细致与丰富，以至于'他'的自我压抑也变成一种隐忍，来显示更深沉、更宽容的爱。"[1] 从尊重个人情感的角度看，这位教员把自己初恋的女孩比作是自己想象的一首诗，是多么的浪漫与多情，这倒是对所爱之人极诗意的赞美，因为恋爱着，这位青年成了一个"快乐的人"，因为女孩将要到来，"他"的房间变得从来没有过的整洁，"好像任何一个单身汉也没有过这样整齐，床上也干净，放着一个干净的枕头。不曾蒙过什么的桌子，也蒙了一块布。这布还是前方的战利品———一幅日本的军旗。平常没地方安排的东西，也都找到适当安排的位置。此外，我们常常打五百分的小方桌上，堆满枣子和花生，两边摆好两把便于对谈的小凳子。"在雪地中"他"终于等来了"她"，"紧张得手脚都找不到适当的位置安放，脸被止不住的笑，快要笑破了。这笑是表示不管笑前受过什么磨难，终于得到报偿"，这种私密的初恋情感因"我"的在场而让其更加不自在。但让"他"没想到的是女孩此次前来是来告诉"他"自己将要结婚的消息，面

---

　　① 李洁非、杨劼：《解读延安：文学、知识分子和文化》，当代中国出版社 2010 年版，第 231 页。

对巨大的情感打击,这位男性克制住了自己的感情,他真诚地祝福女孩结婚快乐,并送走了她。然而在半夜,"我清楚地听到他动作的声音,呜咽以及后来的哭泣。他哭得比受了委屈的孩子还厉害。在这哭泣中,他仿佛是在说,一个人长久隐藏着的爱情,有谁知道呢?仿佛是在说,用整个生命所卫护的一个珍贵的小泡沫,被风轻轻地一吹,就失掉了,不是可悲的吗?"几天后,"他"出现在一个附带举行婚礼的诗歌朗诵会上,并充当了女学生的证婚人:"我祝你们结婚快乐。"因为爱着这位女孩,他给了这女孩自由并真诚希望她幸福,为她的快乐而快乐。相比于情感丰富细腻的"他","我"这位揶揄了"他"的小说叙述者,情感世界是荒芜的,因此对他人情感世界多了好奇感,虽然平常"他"是"我"的好同志、好朋友、好同事和好邻居,当他在恋爱中需要私人空间时,"我"却总想介入,探听"他"的秘密。因为他的拒绝,"我陷于沉闷和怅惘中了,因为我在他给我的所有的记忆中,这次是我们相识以来他给我的,最初的陌生的印象。"夜间在别人进入梦乡后"我失眠了","我"偷听了他们的谈话,知道了他们的秘密,并偷偷跟踪着他送女孩回去,还听到了他半夜的哭泣,小说作者在一定程度上也揶揄嘲讽了"我"的同情。

与这篇小说中细腻动情的知识分子感情相对,庄启东的《夫妇》表现的是一种非常粗糙的农民夫妻情感。虽然主人公是一个中级军官,但从文化教养上来说仍是农民,来延安治好伤,和老婆留在延安一所大学学习。不过从小说叙述的情感立场上,叙述者说"他们都变成大学生了","还是脱不了乡土气",这种学习不脱乡土气是对出身乡村干部不忘本的一种称赞了。军官打仗勇敢,识字犯愁,不过在夫妻关系中"他对待老婆真是像对待奴隶一样","从前在军队里的时候常常当着朋友的面,伸出脚来,叫他的老婆打绑腿;一不如意,就给她一个耳光,打得她鼻血满嘴流。""吃肉的时候,她也不敢先吃,等丈夫吃得差不多了,才敢下筷。"他对老婆,"除了命令或谩骂以外,是很少说话的。"而做老婆的"她"又怎样呢?"她像过惯了这种生活,她觉得生活就应该这样过法的。"她遭虐待的情形被人看在眼里,旁人于是劝她跟丈夫讲理,抵制丈夫的压迫,结果她回到家中像告密者一样"愤愤不平地把这些话全都告诉她的丈夫去了",在丈夫批评后反过来找到她的同学,怨恨地指责说同学是在害自己。这样的描写最终是要达到启蒙的效果,这对夫妻在学习中发生转变，慢慢，丈夫想揍人的拳头变得犹豫，老婆开始用书信表达自己的观点，数月后，丈夫对老婆说，"过去，我总以为你什么都不懂"。老婆的回答是"过去，我总以为你什么都懂得"。《夫妇》成了"粗野武夫怎样被文明感化而终于懂得爱情，愚昧的不幸怎样转化成温馨的喜剧"①。

（二）整风后知识分子的自我改造与被改造

韦君宜《三个朋友》讲的是知识分子身份的"我"下乡，在与一个农民、一个知识分子、一个地主交往的过程中，如何改造自己、让自己的思想情感融入农民生活的故事，不过流露出来的是一个知识分子自我改造的复杂心路历程。

小说一开始就说明自己是在给北京来的老朋友讲述自己的改造变化，原来城市里来的知识分子现在变得："如果在街上碰见，真是彼此都不敢认了。不要惊奇，你看我这副样子，像不像你们那里的清道夫？""我"到乡村后接触了三个人，一个是自己的农民房东刘金宽，一个是县城里来的知识分子罗平，一个是附庸风雅的地主黄四爷，最终是农民刘金宽改造了自己。

为了能融入农民刘金宽的生活，"我"每天尽自己所能想的办法和他们在生活上打成一片，除了工作，每天和他们一起上山劳动，几个月不刮胡子，和刘金宽住在一起，和他们一起聊庄稼收成等，为此"故意连一本文艺书也不带，当刘老太婆天天用诧异的眼睛看我刷牙时，我连牙都不敢刷了"。生活是在一起了，但"我"感觉到"心里总好像有一块不能侵犯的小小空隙，一放开工作，一丢下锄头，那空隙就慢慢扩大起来，变成一股真正的寂寞"。"我"的思想情感空间还是留在城市，城市的女友来信说"成都的情调像北平深巷里听到卖花声"，这样的城市情调、城市爱情在乡村是没有的。"我"的寂寞在收到女友信的当晚达到了最高度，乡村没有城市情调，有的是院子石碾发出的极沉重的嗫唔嗫唔声，是刘金宽女人站在院心发出"唠唠唠唠唠……"叫猪的长吼声，这让"我"感觉"这现实环境和那信简直是个极具讽刺性的对比"，"寂寞既经来了，就不肯去，越扩越大，像一块石磨一样压住我的心思"。"我"不愿意和农民

———————

① 李洁非、杨劼：《解读延安：文学、知识分子和文化》，当代中国出版社 2010 年版，第229 页。

们说话，吃了很少的饭后，一个人背着手走到院心，"我"太寂寞了。这里的"我"虽然也是主动地融入农民生活来改造自己，但在思想情感上"我"并没有融入乡村的生活中，这里有城乡文化的差异，"我"不是说改造就能改造好的。

正是在这样的孤单中，城市的知识分子罗平被派到了乡下，"我"并不熟悉他，甚至有点讨厌那家伙敷衍应酬的作风，但就因为他是城里来的，"我""高兴得好像孤身一人在遥远寂寞的异乡，遇见了至亲骨肉，非常热情地招呼他，当天晚上特别跑到村合作社去和他睡在一起，东问西问城里的情形，"跟我讲讲城里最近开的美术展览会、新来的外国人、以至某某人的恋爱纠纷等等。我觉得这些东西到了我的耳朵里真惯熟、真滑溜，好像这些才是我自己那个世界里的东西"。"我"的内心是属于城市的，即使现在生活在乡村，改造并没有改变自己的城市思想情感。

不过，"我"又自觉意识到自己就是来乡村改造思想的，因此"我"通过回想1937年自己逃避现实的本性来强化自己的这种改造意识：

> 这晚上的情景忽然使我联想到三七年流亡在汉口，曾有过依稀相象的感觉。——朋友！你还记得吗？那一次看电影，我告诉你的一句话，我说："一进了这淡蓝色墙壁的电影院，电灯一暗，银幕一闪，音乐台前爵士乐的调子铿铿锵锵奏起来，我就感觉一种说不出的熟悉的气氛，好象脱离了这个酷热而生疏的汉口，回到自己原来熟惯的一个优美安适的世界。"这句旧话在刘家庄半夜里涌现出来。我猛然觉得好象有一个人站在黑暗地方比着手势嘲讽我，那个人在笑："哈哈！嘿嘿！你原来还是老样子！"我真觉得没地方以躲开他的嘲笑。

这是知识分子的"我"的一种自觉反省，在反省中"我"想起了使自己受教育的刘金宽，"我"红着脸跑了回去，重新把自己安顿在了乡村中。抛开了自己对城市文化的眷念，回到乡村，质朴的刘金宽以为"我"是操心跌伤的猪娃而伤心，并且告诉"我"他母亲为了多分土地虚报自己年龄的事，这都让"我"感到自己改造的虚假，在"我"眼中农民刘金宽"他站在铺满阳光的山坡上，土地在他的桨子底下一片片开花，高大的背影衬在碧绿的空间，格外显明。好像一根大粗柱子，在青天和大地中间撑着"。农民刘金宽内心的质朴让其在"我"心中显出了高大的身影，也衬出了自己的渺小。不过这样的认识仰视，仍是知识分子属性的，是"我"发现了农民刘金宽的高大，而刘金宽是不会这样看待自己的。因此，在与刘金宽的生活中，是知识分子的"我"在不断反省自己的革命意识中改造了原来的"我"，并不是农民刘金宽改造了"我"。

"我"更深层的改造发生在与地主黄宗谷划清界限的斗争中。地主黄宗谷是"我"在城里认识的，最初见他"我"心里有点紧张，"因为那家伙有一个出名的脾气，专爱考人。不论哪个工作人员见了他，他总是说来说去就把肚里那一套搬出来了。什么《左传》呀、唐诗呀，弄得县上许多干部都怕见他。他们几个老头子组织了一个诗社，县上都称他们做'文化界'。"黄宗谷用自己掌握的古诗文占据了对文化言说的言说权，大多数干部没有多少知识文化，传统观念中就天然地对有文化的人抱有敬畏感，同样在拥有文化后也会产生优越感。因此，"我"作为知识分子的干部，面对自己不知的文化自然心存敬畏，但同时又因自己拥有文化而具有优越感，因此"我"很容易就被黄宗谷这样的所谓文化人拉成了同僚，成了黄宗谷的朋友。黄宗谷故意把"我"当成知己似的，一见面就"咱们念书人"、"咱们这些人"，把他做的诗给"我"看，要"我"批评，甚至要"我"同他唱和几首。"我"的旧学基础薄弱，一方面害怕在他面前露马脚，另一方面又要应付黄宗谷为革命干部争得脸面，"这使我又隐约的觉得，别人没法和他们攀交，独有我能，而且能谈得来，能称为朋友，这却是一桩能耐。我曾为这感到暗暗的得意"。孔乙己不愿脱下自己的长衫，因为那是读书人的象征，穿得再脏再破那也是区别他与打短帮农民的标志，在"我"的内心深处最难改造的实际就是这种标志着读书人的长衫情结，"我"和地主黄宗谷交朋友就是表明了自己这种读书人的身份。因此初到刘庄，"我"就拜访了黄宗谷，受了他满够交情的招待。不过在和刘金宽成了朋友后，"我"才看到了黄宗谷的两面脸，一面是给县上干部看的，另一面是给乡下农民看的。"我"既做了黄宗谷的朋友，又做了刘金宽的朋友，在刘金宽领着租户到黄宗谷家查租子时，"我"这个在两边摇摆的知识分子终于站到了农民的立场，这里起作用的不是自己与刘金宽的个人情感，仍是自己的革命意识。"我"是在对城市文化的抵制后，对读书人身份的弃置后，终于改造成了一个无论是生活还是思想情感都扎根在乡村的干部，同时"我"也用自己的亲身经历来告诫刚刚到达乡村的城市知识分子，并且以此教育他们。

《三个朋友》是用自我反省的方式批评了知识分子的城市情调和对读书人身份的眷念，反思是深刻的，不过在对乡村的书写中，叙述者并没有用启蒙眼光来看待乡村，也不是用乡村文化来教育叙述者，最有力的改造着知识分子"我"的话语其实是知识分子自己掌握的革命思想，是在不断对自己革命意识的强化中"我"才逐渐克服了自己的小知识分子的局限性。

（三）纺车对知识分子改造的力量

方纪的《纺车的力量》，也是一篇表现知识分子自我改造的小说。小说从大学电机工程专业毕业的沈平"坐在纺车跟前生闷气"开始，面对原始木制纺车，他整整一个上午都没能纺出一条完整的线来。小说以叙述知识分子沈平面对最简单、最原始的机械装置时的一筹莫展、彻底败下阵来，来质疑所谓先进技术及高等教育在乡村的无用。现代机械专家坐在原始纺车面前，却无法轻松搞定落后的纺车，纺车让高高在上、自我感觉良好的知识分子形象轰然倒地。面对自己难以驾驭的纺车，沈平觉得自己的劳动是浪费生命，但在理性上他又不断强调这是在改造自己的思想，和劳动人民相结合，并以此批评老袁纺线只是"丰衣足食"的目的。但就算有如此认识，他脑子里总是难以排除"不如多看点书好些"的想法。从精英知识分子的角度出发，在一个安定繁荣的社会环境中，沈平这样的知识分子能够给社会创造更多的财富，脑体倒挂是社会极不正常的体现。因此在 20 世纪 40 年代延安物质技术条件极端贫乏的环境中谈知识分子这种无法实现的工作条件和自身价值，并没有多少实际价值，只有放下知识分子身段投身到现实自己力所能及的工作中，投身到革命中，知识分子才能发挥那个时代他们最大的社会价值。因此，对知识分子而言，延安时期的纺车，除了具有延安开展的大生产运动方面的意义外，更有改造知识分子思想意识的意义。"几百部纺车都开动起来，到处听见嗡嗡的声响。像置身在一所巨大的养蜂场里。"在这样的环境中，沈平逐渐认识到纺车对自己思想改造的意义："我一坐到纺车前，就感到知识分子的渺小和劳动人民的伟大！""从这一架小小的纺车里，你可以认识现实，认识生活，认识劳动的一切意义……"不过沈平的这一认识仍被认为是肤浅、抽象的，仍是一种小资产阶级思想的体现。小说中的先进人物小于简单而有力地教育自己，"把一份实际工作做好，就证明了自己思想的改造"，也就是纺好线，只要纺好线就算是解决了思想问题。小于并没有告诉沈平如何解决这个思想问题，只是强调实际生产，小说中的工人老李则从技术层面教育沈平，要提高纺线效率就要有技术。不过这两人对沈平的教育反让沈平这位高级知识分子感到迷惑了，"他没有想到在这样一架原始的纺车上还有技术"。要是谈技术，沈平所掌握的现代科学知识不正是为了提高技术吗？沈平的纺线是为了改造自己思想的，现在自己要学习的对象却要自己提高技术，而对技术来说最有发言权的应该是沈平这样的知识分子而不是阶级工人老李。

实际上，小说对知识分子的改造正是从这里开始。老李的当头棒喝让沈平醒悟到自己在内心深处没有把纺车放到崇高位置上，完全没有认识到这原始的纺车里面竟然藏有技术，他重新把注意力转向"技术"层面，运用自己的专长知识，对纺车进行了精细的技术改造，"锭鼻换了铜钩——铜和铁的摩擦系数最小，这一点他是很懂的。锭葫芦去掉了，弦线直接放在锭子上；这就加大了车轮和锭子的比例，已经由车轮转一周，锭子转七十周，增加到一百三十周了。这就是说，速度加快了几乎一倍。"然而即使如此，他还是始终不能赶上纺线能手的进度和质量，沈平还是败给了没有现代机械知识的普通劳动者。这一失败彻底打掉了知识分子的技术优越感，让他在普通劳动者面前低下自感高贵的头颅。在失败后，他不再把生产劳动当作只为了"体验劳动"，而是在劳动中彻底丢掉了所谓知识分子掌握知识和技术的优越感，在小于面前，他认为自己"我简直不懂，什么叫技术！"这是知识分子不能接受却在纺车面前不能不接受的，这让"我"失掉了自尊，脸红发胀，感觉到了空虚：

　　他发现自己所热衷于以劳动改造思想的努力，却正是自己原来思想的另一形式的表现。这使他觉得可怕——他所要竭力否定的东西，却以一种肯定的形式在他身上出现了！当他揭去自己所加给纺车的那层神秘的外衣，开始坐在纺车前用努力学习技术来代替"体验劳动"时，他对纺车的那种视为神圣劳动工具的情感一点也没有了。纺车对他，也变成了只不过用以完成生产任务的普通工具。

在这样的认识中，在纺车面前，沈平完全成了没有任何知识和技术可傲人的纺车初学者，要纺线，他必须心悦诚服地承认自己什么也不是，只能认真学习纺线技术，提高生产技术，根本谈不上什么思想改造。一个纺车完全打败了这位能摆弄现代高科技的机械的大学生。这样被打败的知识分子沈平，重新出现在纺车面前，只是默默纺着，他不再去想为什么纺线了，只知道这样纺就是了，自己以前所学习的知识技术都成了没有意义的东西，因此在休息期间别人都在谈论自己纺了多少线时，他都不再关心自己的纺线了。虽然小说最后重新给予沈平成功，让他在竞赛中获胜，让沈平站出来现身说法，但这样的结局不是重新对另一种技术的认可吗，这样的技术还对沈平有多少吸引力呢？不过小说中对知识分子沈平的改造，在瓦解掉知识分子的知识技术的同时，却在用另外一种知识和技术来代替，在让其重新学习的过程中把自己的思想意识规约在新的思想价值秩序中，沈平自觉地听从了先进人物小于、老李的教导，不再有自己的思想意识，加入到了生产竞赛当中，重新学习知识和技术，重新重视比赛，并陶醉在这样的比赛中，此时他原来作为一名知识分子思考的那些重要的思想改造的问题都不存在了，他曾经作为一名大学生所拥有的现代知识和技术都不存在了，而是变成了一个学习使用纺车的优秀的普通劳动者。这样的改造，非常成功，但这样的改造对社会发展所起的意义就变得模糊不清了。李洁非说：

　　《纺车的力量》的意义远远超出了它所取材的那个生活，尽管作为小说艺术并无足道，尽管现在它默默无闻、完全无人问津，但我们认为它应该名留青史，应该在类似于"百年中国文学经典"那样的选本里拥有一个稳定的位置。可是眼下却没有什么人发现它的价值，这是不可原谅的。如此重要的价值怎么可以被忽视呢？纺车，一种至少到黄道婆时代为止便已成熟、定型的机械，硬是把一个现代大学培养的电机专业学生打得落花流水；在纺车面前，沈平平生所学一文不值，或者说他年复一年接受大学教育的结果，是连一架中世纪纺车都对付不了。这意味着什么？知识分子不是以群众的"启蒙者"自居么？那么，请告诉我纺车怎么用吧！须知，这是乡间最没有文化的小媳妇、老太太运用自如的工具。你连这样的工具都玩不转，还奢谈什么"启蒙"——究竟应该谁给谁"启蒙"？究竟应该谁做谁的"先生"？这难道不是一目了然的么？《纺车的力量》的情节所隐含的话语逻辑正是这个。就这样，仅仅一架中世纪的纺车，便把知识分子自封的"启蒙"角色，以及相关的文化的权力关系和等级秩序，从根子上解构了。①

延安的整风运动，就是要知识分子在思想价值上认识到自己：知识上的无知、实践中的无用、道德上的不洁，这样才能放下自己的身子融入到革命工作中，这样的运动导致了知识分子自身价值的失落。

三 《我的师傅》：究竟谁改造了谁

思基的《我的师傅》也是一篇通过描写知识分子投身体力劳动让其认识到自己的无能，来达到改造效果的小说，是一篇相似于《纺车的力量》的小说。不过在改造问题上，谁改造了谁的问题并不像《我的纺车》中那样明确。在劳动方式上，木工厂拉大锯的师傅确实改造了"我"，可是在谈话方式上，"我"却是用"交谈""沟通"方式，改造了师傅的火爆脾气，在知识分子的改造问题上，《我的师傅》写出了另一种改造情况。

小说一开始就明确自己是一个知识分子，决心要去改造自己"知识分子只会说"的毛病。在大深山里的木工厂，"我"跟一位师傅拉大锯。在劳动过程中，面对大锯——这种古老、原始、简单的生产工具，"很文明"、"很现代"的知识分子"我"难以驾驭，在其面前笨得简直异乎寻常，"时间长了，我仍旧改进不了我的技术"，教"我"的师傅本是极耐心极和善的人，也觉得自己笨得超乎他的忍受限度，终于不耐烦地说"今天拉的时候注意些，你学的时间不短啦"。"我"是来主动改造的，改造时间长了，仍拉不好这么简单的大锯，因此一听批评就失掉了自尊，成

---

① 李洁非、杨劼：《解读延安：文学、知识分子和文化》，当代中国出版社2010年版，第240页。

了"知识分子就只会说"的典型。在生产劳动方面"我"是完全臣服于"我"的师傅，因为自己一直在跟书本打交道，从来没有摸过大锯，因此劳动工作从零开始。但在工作中，"我"这个知识分子的小肚鸡肠，各种各样的小毛病，一点点显示出来。"我"最先也只是在拉大锯的技术上听从于自己的师傅，但在内心并不怎么尊重这个比自己都小的师傅，只是因为听说他脾气火爆不愿意弄僵了关系，小心翼翼地应付着他。"我"忍受着用他吸过烟的烟嘴吸烟以表示自己的诚意，不几天就不耐烦了他对自己的要求，不听他对自己的关心，推卸自己拉偏锯的责任。不过脾气火爆的师傅都容忍了，在"我"发烧后冒着寒冷深雪来回步行十多里请来大夫，细致入微地照料"我"，"我"被感动、被教育。这里拉大锯劳动对"我"的改造并没有《纺车的力量》中那样深刻到让知识分子感到自己完全的无用，没有学会技术的"我"还想回去重新当自己的知识分子。小说中师傅真正改变了自己的是师傅对自己真诚的照顾，是情感，小师傅处处为"我"这位新手安全着想，包容了"我"的缺点，并照顾了"我"，让"我"真正感动，但这并不能在思想上改造"我"作为知识分子的优越感。

相反，在"我"生病期间，师傅讲述自己改造火爆脾气的事，又证明了外来思想对师傅的改造。师傅学木匠养成了火爆脾气，小时学木匠，"那木匠看他小，就常常骂他、打他。他们是伙计，但木匠却阎王爷那么凶的对待他。这样，苦痛的过了两年半，就把他的脾气完全养坏了。好骂人、好赌气，有时还爱动手脚。这样惯了，参加了革命，性子躁的尾巴就常带着一点。"有一次会上，他不愿接受别人对自己的批评，不光粗言相向，还拿烟锅砸人家，准备打架，后来是队长和和气气地跟他好言好语地谈话，让师傅认识到了自己的毛病。也正是这种认识让他在对待"我"的时候采用了谈话的方式。更多细致入微的照顾打动了"我"，也教育了"我"。原来师傅也是被改造过来的，而改造师傅的人所采用的方式正是知识分子所采用的交谈、自我批评、以情动人的方式。同时，在"我"劳动改造中，师傅也明显表现出了对"我"的知识分子身份的看重，初次见面师傅就在"我"这位知识分子身份的徒弟前承认了自己的毛病——火气大，要"我"帮助他，从后面他讲述自己所犯的错误来说，这并不是一句客气话，而是真诚希望知识分子的"我"能像队长一样改造师傅自己，在一段相处后甚至希望"我"能够教他识字。"我"就是因为识字有了文化才来这里劳动改造，而改造"我"的师傅又对文字抱有敬畏感，在"我"的帮助下，后来他就真开始学习识字了，也喜欢唱那些革命新歌曲，在队长批评后更是完全改变了自己的火爆脾气，在学习改造中，师傅变成了一个用文明方式与他人进行交流沟通的人了。

当然，小说叙述者是想通过农民出身的师傅教育知识分子出身的"我"，而这位农民出身的师傅的思想情感并不是来源于乡村的，而是来源于代表着革命思想的队长，因此"我"被改造的思想也就不是来源于农民，而是来源于教育农民、或是代言农民的革命思想。"我"是在情感上被师傅所打动，而在思想上"我"是被革命政党干部所教育，因此可以说，"我"并不是被农民身份出生的师傅所改造，而是被掌握着革命思想的领导干部所改造。同样，在《纺车的力量》中，改造了知识分子沈平的是附着在纺车上的意识形态，并不是普通农妇对纺车的认识。无论是《纺车的力量》还是《我的师傅》，被改造的知识分子和出身于农民的师傅都要接受代表着革命思想的改造，这才是改造的实质。而师傅和"我"之间情感的交流是城乡文化之间的互相学习，是外来知识分子在感情上对乡村中劳动者亲近的一种表现，也是劳动者靠近知识分子学习外来知识文化的一种过程。40 年代小说中知识分子的被改造还是通过知识分子到乡村参加实际劳动生产来实现的，而到了 50 年代这种改造就明确突出了革命思想的意义。也是在对知识分子和农民两者的改造中，才能去建设未来的理想社会，不过这也存在问题，这样的改造还能不能真正落实在当初的革命目标上呢？

尾　声

　　20 世纪 80 年代以来，对 40 年代解放区文学的评价大体有一个从解构到"了解之同情"的过程。20 世纪 80 年代，虽然解放区文学在主流文学中仍居不可动摇的地位，然而很多学者在批判"文革"文学时把问题根源一直追溯到新中国成立十七年文学、解放区文学，直到左翼文学。这一解构潮流在 20 世纪 90 年代语境中又有变化，有些论者在"重构"包括 40—70 年代文学在内的 20 世纪中国文学"历史叙述"的同时，试图掘取左翼、革命文学"遗产"中某些可靠的资源来滋养新世纪中国文学，甚至借此来表达对更宏大"问题"的关切。王瑶先生早在钱理群等先生提出"二十世纪中国文学"观点后就提出不同意见——"为什么不提左翼文学，第三世界文学，社会主义的文学"①，后来钱理群先生在《中国现代文学三十年》里对左翼文学和解放区文学也有意加上正面肯定。程光炜认为"能否冷静地认识 20 世纪 50—70 年代文学，不仅关系到如何看待中国革命，也关系到如何看待百年中国现代化选择的问题"②，如何从被 80 年代批判的左翼文学、延安文艺、社会主义文艺中寻找有益的精神资源滋养新世纪文学，是 20 世纪 90 年代中期以后一些研究者再解读40—70 年代文学的一个潜在背景。

　　90 年代对 40—70 年代文学经典最具解构效应的是后来影响巨人的唐小兵等人著的《再解读：大众文艺与意识形态》③，不过在 2007 年再版此

---

　　①　钱理群、杨庆祥：《"二十世纪中国文学"和 80 年代的现代文学研究》，《上海文学》2009 年第 1 期。

　　②　程光炜：《我们是如何"革命"的？——文学阅读对一代人精神成长的影响》，《南方文坛》2000 年第 6 期。

　　③　唐小兵编：《再解读：大众文艺与意识形态》，牛津大学出版社 1993 年版。

书时，唐小兵重新审阅 90 年代"再解读"所采用的解构视角，① 在后记中说，自己在对《暴风骤雨》解读时"并没有对土地改革这场'革命'作宏观或者说是远景式的把握，而对文学家作为参入者直接投身这样一次旷古未有、激扬惨烈的社会大裂变时所怀抱的热情，也没有给予足够的正视"。更重要的是他认为"'再解读'作为一种批评策略，实际上是希望通过对社会主义现实主义经典作品的解读，来使我们更好地进入对当代日益发达，并开始无微不至地渗入我们的文化、精神生活的资本主义现实主义进行批判，并由此而'着手新的开放型文化的建设工作'"。② 新世纪，汪晖在观察 20 世纪 80 年代和 90 年代社会思潮关系时认为"尽管两个年代之间存在着千丝万缕的联系，但后者绝不是前者的自然延续"，"'80 年代'是以社会主义自我改革的形式展开的革命世纪的尾声"，"而'90 年代'却是以革命世纪的终结为前提展开的新的戏剧，经济、政治、文化以至军事的含义在这个时代发生了根本性的转变"，"90 年代"这一时代看起来与"漫长的 19 世纪"有着更多的亲缘关系，而与"20 世纪"相距更加遥远，"'90 年代'与其说是'历史的终结'，毋宁更像是'历史的重新开始'"。③

　　汪晖将 20 世纪从辛亥革命到"文化大革命"期间的中国革命核心内容概括为三点：

　　　　第一，以土地革命为中心，建构农民的阶级主体性，并以此为基础，形成工农联盟和统一战线，进而为现代中国政治奠定基础；第二，以革命建国为方略，通过对传统政治结构和社会关系的改造，将中国建立为一个主权的共和国家，进而为乡土中国的工业化和现代化

---

　　① "再解读"策略："一是重新进入文本，二是重构围绕文本的语境和体制，并由此进一步梳理和解释文本与泛文本之间的间隙、共谋、不对称和互相弥补。"这些文章都带有"对正统意识形态的挑战和批判，是一种'送瘟神'式的拆解和摈弃。所谓正统意识形态，指的是 20 世纪中期社会主义国家体制下的文艺政策和制度，这不光是指政治对文艺的控制和裁剪，也包括政治赋予文艺的显赫和特权。"唐小兵编：《再解读：大众文艺与意识形态》，北京大学出版社 2007 年版，第 282—283 页。

　　② 唐小兵编：《再解读：大众文艺与意识形态》，北京大学出版社 2007 年版，第 283—284 页。

　　③ 汪晖：《去政治化的政治：短 20 世纪的终结与 90 年代》，生活·读书·新知三联书店 2008 年版，第 1—3 页。

提供政治保障；第三，阶级政治的形成和革命建国的目标既召唤着现代政党的产生，又以现代政党政治的成熟为前提。①

80 年代持续全面的"去革命"、"去政治化"过程让 20 世纪中国革命赋予工农阶级的主体性在 90 年代以来几乎被侵蚀殆尽，《创业史》中如郭振山们的革命干部在新时期并未带领多数人走上共同富裕道路，反而在官僚体系中侵占社会资源瓦解掉了革命当初对社会机体的健康想象。在这样的历史变迁中，重提"社会主义"核心价值观，重建"社会主义新农村"，我们需要重新回忆社会主义国家现代化建设之初的乡村社会想象，重新发掘 40、50—60 年代文学中对未来社会主义最初想象的价值取向。作为一种建构新社会秩序的文学，单纯以"真实性"标准批评这一时期文学并不恰当，40—70 年代文学对城乡生活，无论是阶级斗争话语、理念以及各种场景的叙述，都是对乡村现代的一种"想象"。去掉"新时期叙述"对左翼文学、延安文艺、社会主义文学的遮蔽，如果我们把启蒙、革命、现实主义、想象的文学，视为特定历史语境中有关中国现代化的不同书写方式，重读 40 年代解放区文学，我们面对的是一个时代对未来社会的文学想象。

不过，在蔡翔的论著《革命/叙述：中国社会主义文学—文化想象（1949—1966）》中，他一方面强调 20 世纪中国革命的正当性，因为这一革命是建立在"弱者的反抗"基础上的，在将讨论这段文学的重心放在文学叙述究竟提供了哪些想象，这些想象构成的观念形态时，另一方面他也注意到"这一正当性又如何生产出了它的无理性"②。

受这些思想的影响，在再读解放区小说时，本书将小说论述的重心放在了发掘作者如何让现代革命思想进入乡村，并在怎样的层面上建构想象现代文明社会秩序上，发掘领导这一革命的政党政治的现代性性质，留意这种现代想象的不彻底性，是一种更有意义的工作：进入乡村的现代知识分子如何将现代思想传播到乡村世界，乡村中的新

---

① 汪晖：《去政治化的政治：短 20 世纪的终结与 90 年代》，生活·读书·新知三联书店 2008 年版，第 2 页。

② 蔡翔：《革命/叙述：中国社会主义文学—文化想象（1949—1966）》，北京大学出版社 2010 年版，第 3—4 页。

人具备了怎样现代意识，小说作者想象怎样的社会价值秩序。但细究40年代解放区的小说叙述，更复杂的问题却在"革命之后"，虽然小说中"革命"是如何发生的是小说的叙述重心，但"真正的问题都出现在'革命的第二天'。那时，世俗世界将重新侵犯人的意识，人们将发现道德理想无法革除倔强的物质欲望和特权的遗传。人们将发现革命的社会本身日趋官僚化，或被不断革命的动乱搅得一塌糊涂"①。新生基层政权组织严重不纯，革命者革命激情消褪，革命积极分子蜕变，农民的物欲被土改斗争挑拨，干部特权遗传，村权建立过程中的民主形式，乡村人情、社会关系的复杂，上级领导工作中存有官僚作风，等等，单纯依靠新人德性的标榜并不能解决这些历史问题，社会现代化的问题在革命第二天才真正开始。40年代乡村革命小说在为建构新生政党政权的合理合法性而书写革命中国时，作者们已经开始注意到革命过程中乡村现代的深层问题，这些问题并不能为他们所解决，他们把这一问题的解决设想到革命全面胜利建立新生国家政权后，这种书写为未来社会建设提出了需解决的问题。与40年代这些小说相比，新中国成立后社会主义文学，才应深层触及"革命的第二天"问题，时代更加需要对未来社会建构想象的文学。要用"新的世界、新的人物"建构未来生活秩序，解决社会现代化中出现的更多复杂问题，这需要作家更大的想象气魄与勇气。

---

① ［美］丹尼尔·贝尔：《资本主义文化矛盾》，生活·读书·新知三联书店1989年版，第75页。

参考书目

〔美〕丹尼尔·贝尔：《资本主义文化矛盾》，生活·读书·新知三联书店1989年版。

〔美〕弗雷德里克·詹姆逊著，王逢振等译：《快感：文化与政治》，中国社会科学出版社1998年版。

〔美〕佛里曼、毕克伟、赛尔登著，陶鹤山译：《中国乡村，社会主义国家》，社会科学文献出版社2002年版。

〔美〕马克·赛尔登著，魏晓明、冯崇义译：《革命中的中国：延安道路》，社会科学文献出版社2003年版。

〔美〕杜赞奇著，王福明译：《文化、权力与国家》，江苏人民出版社2003年版。

〔美〕吉尔伯特·罗兹曼主编，国家社会科学基金"比较现代化"课题组译：《中国的现代化》，江苏人民出版社2005年版。

〔美〕莫里斯·迈斯纳著，张宁、陈铭康译：《马克思主义、毛泽东主义与乌托邦主义》，中国人民大学出版社2005年版。

〔美〕亨廷顿著，王冠华等译：《变化社会中的政治秩序》，上海人民出版社2008年版。

汪晖：《去政治化的政治：短20世纪的终结与90年代》，生活·读书·新知三联书店2008年版。

王先明：《变动时代的乡绅——乡绅与乡村社会结构变迁（1901—1945）》，人民出版社2009年版。

秦晖，金雁：《田园诗与狂想曲——关中模式与前近代社会的再认识》，语文出版社2010年版。

〔捷〕米列娜著，伍晓明译：《从传统到现代——19至20世纪转折时期的中国小说》，北京大学出版社 1991 年版。

赵园：《地之子——乡村小说与农民文化》，北京十月文艺出版社 1993 年版。

李辉：《风雨中的雕像》，山东画报出版社 1997 年版。

王德威：《想象中国的方法——历史·小说·叙事》，生活·读书·新知三联书店 1998 年版。

钱理群：《1948：天地玄黄》，山东教育出版社 1998 年版。

宋剑华：《百年文学与主流意识形态》，湖南人民出版社 2002 年版。

陈平原：《中国小说叙事模式的转变》，北京大学出版社 2003 年版。

席扬：《多维整合与雅俗同构——赵树理和"山药蛋派"新论》，中国社会科学出版社 2004 年版。

唐小兵编：《再解读：大众文艺与意识形态》，北京大学出版社 2007 年版。

黄科安：《延安文学研究——构建新的意识形态与话语体系》，文化艺术出版社 2009 年版。

蔡翔：《革命/叙述：中国社会主义文学—文化想象（1949—1966）》，北京大学出版社 2010 年版。

李洁非、杨劼：《解读延安：文学、知识分子和文化》，当代中国出版社 2010 年版。

赵树理：《赵树理文集》（1—4），中国工人出版社 2000 年版。

丁玲：《丁玲全集》（1—12），河北人民出版社 2001 年版。

周立波：《周立波文集》（1—6），上海文艺出版社 1981 年版。

柳青：《柳青文集》（1—4 卷），人民文学出版社 2005 年版。

欧阳山：《欧阳山文集》（1—10），花城出版社 1988 年版。

林默涵主编，魏巍、张学新、沈世鸣副主编：《中国解放区文学书系》（1—22 卷），重庆出版社 1992 年版。

《中国新文学大系 1937—1949》编辑委员会编辑：《中国新文学大系 1937—1949》，上海文艺出版社 1990 年版。

后　记

　　本书稿是我 2008 年获立国家社科基金项目《社会主义国家现代化进程中的城乡想象——1942—1976 年中国文学研究》的前期成果。项目研究内容除了本书稿部分外，另有"守乡/望城与社会主义想象（1949—1962）"、"德性/斗争与继续革命的想象（1962—1975）"两部分。本项目的研究，意图通过研究映射着社会主义国家现代化进程的这段文学，梳理其中的文学城乡，发掘城乡想象中萌芽的多重现代意识。项目立项后，我去西北师范大学读博士研究生，毕业论文另选它题，项目研究直到 2011 年博士毕业后才重新开始。从 2011 年到 2014 年，边工作边做项目，辛苦异常，现终于要结项了。

　　书稿即将付印，良多感慨！单位的领导和同事们的热情支持，对于本书的出版帮助极大，我把本书献给我爱的你们！

　　感谢妻子和儿子在生活中的支持，还有年迈的父母……我把本书献给爱我的他们！

郭文元

2014. 4. 8